개그맨

김성중은 1975년 서울에서 태어나 명지대학교 문예창작학과를 졸업했다.
2008년 중앙신인문학상에 「내 의자를 돌려주세요」가 당선되어 문단에 나왔다.

김성중 소설집
개그맨

초판 1쇄 발행 2011년 9월 15일
초판 10쇄 발행 2022년 10월 4일

지은이 김성중
펴낸이 이광호
펴낸곳 ㈜**문학과지성사**
등록번호 제1993-000098호
주소 04034 서울 마포구 잔다리로7길 18(서교동 377-20)
전화 02)338-7224
팩스 02)323-4180(편집), 02) 338-7221(영업)
전자우편 moonji@moonji.com
홈페이지 www.moonji.com

ⓒ 김성중, 2011. Printed in Seoul, Korea
ISBN 978-89-320-2234-5

이 책의 판권은 지은이와 ㈜문학과지성사에 있습니다.
양측의 서면 동의 없는 무단 전재 및 복제를 금합니다.

지은이는 서울문화재단 2009문학창작활성화지원사업기금을 수혜했습니다.

개그맨

김성중 소설집

문학과지성사
2011

차례

허공의 아이들   7
그림자   35
개그맨   67
버디   91
게발선인장   119
내 의자를 돌려주세요   155
머리에 꽃을   189
간   229
순환선   261

해설 허공의 만돌라_우찬제   298
작가의 말   326

허공의 아이들

소녀는 포치에 앉아 있다. 바닷물에 발을 담그듯 허공에 두 발을 엇갈려 젓고 있다. 진지하고 골똘한 얼굴로, 다섯 살부터 쭉 지어온 표정 그대로 멍하게 세상을 바라보는 중이다. 오후 햇살이 소녀의 눈동자에 부딪쳐 불투명한 음영을 만들어낸다.

  소녀의 어머니는 『위대한 개츠비』를 좋아했고 책 속에 나오는 포치 때문에 이 집을 샀노라고 입버릇처럼 말했다. 낮고 기다란 계단을 올라가면 지붕이 달린 현관이 나오는 서양식 포치는 그녀의 오랜 꿈 중 하나였다. 어머니는 베고니아 화분으로 이곳을 장식한 후 고리버들 의자도 하나 놓아두었다. 그리고 의자에 앉아 손의 일부처럼 이어진 뜨개바늘을 움직여

레이스 덮개들을 떠냈다.

  지금 소녀는 혼자다. 밤늦게 돌아오던 소녀의 아버지도, 뜨개질을 하던 어머니도 남아 있지 않은 빈집에서 조용히 소멸을 기다리는 중이다.

  발아래의 땅은 크고 작은 구덩이들로 가득하다. 틈새에서 검은 유혹이 흘러나와 공중에 드리운 소녀의 발목을 휘감는다. 소녀는 가장 깊어 보이는 틈새를 바라보았다. 그 속으로 뛰어들면 단단한 대지와 사라진 사람들이 남아 있기라도 한 것처럼.

  소녀는 난간을 꼭 붙잡고 몸을 일으켰다.

  소년은 배트를 휘둘러 2백 개의 스윙을 채웠다. 야구부 전체가 사라졌지만 소년은 매일 7킬로미터의 로드워크를 하고 폐타이어에 배트를 휘둘렀다. 운동을 거르면 몸이 무겁기도 했지만 달리 시간을 보낼 방법을 알 수 없기 때문이다. 성실하지만 기량이 늘지 않는 후보 선수, 그게 소년이다. 코치의 칭찬에는 안쓰러움이 묻어났지만 소년은 자신의 키가 10센티미터만 더 크면 주전 외야수가 될 거라는 기대를 버리지 않았다. 소년은 자전거의 스탠드를 발로 차 옆으로 붙였다.

  집 주위를 둘러보기 위해 소년은 천천히 페달을 밟았다. 전부터 금이 가 있던 집이 허공으로 떠오르면서 창문과 벽 사이에 주먹 하나가 들어갈 만큼 틈새가 벌어졌다. 평생 남의 집을 지어주느라 떠돌던 아버지는 정작 자신의 집은 돌보지 않았다. 상관없다. 어차피 세상의 모든 집이 비어 있으니까. 소년은 단순하게 생활했고 해결되지 않을 문제에 되도록 의문을 갖지 않으려 했다.

다세대주택과 빌라 들로 이루어진 골목을 누비는 사이, 소년은 수십 개도 넘는 구덩이를 지나쳤다. 나무가 뽑힌 자리에는 커다란 혹이 강제로 떨어져 나간 것처럼 움푹 팬 구덩이가 생겼다. 주변 흙들이 무너져 내리느라 작은 산사태가 일어나는 듯한 소요가 거리 전체에 가득 차 있다. 구덩이들은 점점 깊어지고 있었다.

네 블록을 지나자 똑같은 집이 연달아 들어선 타운하우스 단지가 나왔다. 소년은 이런 곳에서 지내는 자신의 모습을 떠올리느라 속도를 늦췄다. 움직이는 생물만 없을 뿐 단지는 고스란히 제 모습을 갖추고 있다.

여섯째 집 앞을 지날 때 소년은 급히 브레이크를 잡았다. 피아노 소리, 분명 피아노 소리다. 서툰 연주였지만 지난 두 달 내내 자신의 말소리 외에 별다른 소리를 듣지 못한 그에게는 경이로운 일이다.

소년은 한쪽 발을 페달에 걸친 채 연주가 끝날 때까지 엉거주춤 서 있었다. 어쩐지 그대로 지나쳐버리고 싶은 충동도 들었지만 다른 이를 만날 수 있다는 생각에 발걸음이 떨어지지 않는다. 자전거에서 내린 소년은 심호흡을 하고 문을 두

드렸다.

 소녀가 건반 앞에 앉은 건 적막을 견디는 매 순간의 긴장감에 지쳤기 때문이다. 피아노가 울리면 누군가 자신을 발견할지도 모른다는 막연한 희망을 품긴 했다. 하지만 그 사람이 제 또래의 남자아이일 줄은 몰랐다.
 누, 누구세요?
 소녀는 놀라서 말까지 더듬었지만 꾀죄죄한 유니폼을 입은 방문객도 그에 못지않게 눈을 크게 뜨고 중얼거린다.
 정말 사람이 있었네.
 두 사람은 경계심이 눅을 때까지 한참 동안 현관에 선 채로 긴 이야기를 나눈다. 소녀가 열다섯 동갑내기라는 것과 같은 학교에 다녔다는 사실을 알아가는 동안 소년의 심장은 마구 뛴다. 중학생이 되고부터 여자아이와 말을 섞는 일이 쉽지 않았다. 소녀는 지금까지 다른 사람은 아무도 보지 못했다는 소년의 말에 조심스레 되묻는다.
 누가 또 있지 않을까? 이 상황을 설명해줄 어른이 있으면 좋을 텐데.
 뭐가 뭔지 알아도 별 소용은 없을 거야. 달라질 것도 없고.
 그치만 궁금해하지도 않는 건 뭐랄까, 무책임하잖아.
 아이들은 시선을 돌려 허공에 떠 있는 열두 채의 타운하우스를 바라보았다. 익숙한 풍경이 단지 1미터쯤 떠올랐을 뿐인데, 완전히 다른 세상이 되어버렸다.

이윽고 대화는 재앙의 수순을 헤아려보는 것으로 이어졌다. 소녀는 나무들이 한꺼번에 뽑혀나가던 새벽에 자신에게 벌어진 일을 자세히 말해주었다.

낯선 소리가 들려 나갔더니 머리 위로 흙이 우수수 떨어지는 거야. 그날 날아가는 새들을 본 게 마지막이야. 동물들이 다 사라졌잖아.

응.

집에 들어오는데 뭔가 이상하더라구. 처음엔 몰랐어. 왜 그런지.

집으로 들어간 소녀는 반복적인 일상의 리듬이 미묘하게 흐트러진 것을 알아차렸다. 소녀는 고개를 갸웃거리며 다시 밖으로 나왔는데 평소와 달리 네 개의 계단이 아닌 다섯 개의 계단을, 그러니까 마지막에는 보이지 않는 허공의 계단을 내려온 것을 깨달았다. 집이 떠 있어요! 소녀가 집과 땅 사이에 한 뼘쯤 생겨난 빈 공간을 쳐다보며 큰 소리로 부모님을 불렀다. 평소에도 존재감이 적은 아버지는 그날따라 모습이 희미해 보였다. 즉각 눈치채지 못했지만 소녀의 부모는 점점 투명해지는 중이었다. 세상의 다른 모든 사람들과 마찬가지로.

마지막에는 목소리밖에 남지 않았어. 어머니는 사라지고 옷만 허공에 있는데 이런 말이 들려오는 거야. 밖으로 나가지 마라. 그게 어머니의 마지막 말이었어.

소녀는 고개를 푹 숙였다. 느닷없이 고아가 되어버린 충격이 아직 소녀를 놓아주지 않고 있었다. 당황한 소년이 화제를 돌렸다.

같이 나가볼래? 먹을 것도 찾아보고.

당분간 먹을 건 있어. 게다가 나도 곧…… 그렇게 될 텐데 뭘.

소녀는 부모의 소멸에 죽음이라는 단어를 쓰지 않았다. 거기에는 병도, 사고도, 살인도 없었다. 이슬이 햇빛에 닿아 사라지듯 증발해버렸을 뿐이다. 소녀는 '그렇게'라는 말을 힘주어 발음해놓고 냉랭한 얼굴이 된다.

소녀가 소년의 이사를 도우러 온 것은 일주일 뒤의 일이다. 소년의 집은 언덕 위에 외따로 떨어져 있었다. 방 두 개, 부엌 하나, 화장실 하나가 전부인 크지 않은 집이다. 벽에는 정말로 커다란 금이 가 있다. 지대가 높아서인지 틈새로 바람이 들어왔다. 바람은 소년의 머리카락을 흐트러뜨리고, 코를 푼 휴지를 어지러이 날리고, 소년이 덮고 자는 이불 위로 요란스럽게 돌아다니다 다른 틈으로 빠져나가곤 했다. 바람이 좁은 틈을 통과할 때 내는 독특한 소리들, 휘파람이나 울음소리 같은 것들 때문에 집은 늘 들썩들썩하고 시끄러웠다. 마치 이 근방의 바람이 모조리 소년의 집에 들러붙기로 작정한 것 같았다.

소년은 신발을 신은 채로 발에 차이는 물건을 구석으로 밀어 넣었다. 소녀가 함께 오겠다고 했을 때 거절했어야 했다. 땀 냄새 나는 옷가지나 라면 국물로 얼룩진 신문지가 널브러져 있는 실내는 혼자 있을 때와 달리 무척 남루해 보인다.

소녀는 당돌한 시선으로 구석구석을 살펴보았다. 산더미처럼 쌓인 햇반 위에 곰팡이가 핀 식빵이 눈에 들어왔다. 곰팡이는 아직 살아 있구나. 그러니까 저 밋밋하게 생긴 녀석이랑 나랑 곰팡이랑, 이렇게 남았단 말이지? 속으로 곱씹어본 제 말에 소녀는 저절로 이맛살이 찌푸려진다. 부은 눈에 두꺼운 입술을 가진 소년은 다소 둔해 보이는 인상이다.

넌 걱정도 안 돼? 우리도 언제 어떻게 될지 모르잖아.

소녀는 어쩐지 따지고 싶은 마음이 되어 소년에게 물었다. 머리를 긁적이며 말을 고르던 소년이 한참 후에 대답을 내놓았다.

네가 앉아 있는 거기, 벤치프레스.

응.

나 그거 하루에 2백 개씩 해. 그러니까, 전에는 그랬다는 거지. 이젠 그럴 필요가 없어졌지만.

무슨 소리야?

주전이 되지 못하면 고등학교에 가서는 야구를 할 수 없을지도 몰라. 그럴 바엔 차라리 세상이 없어져버렸으면 좋겠다고 생각한 적은 있어.

소년은 멋쩍은 웃음을 지으며 스포츠 백에 글러브와 배트를 챙긴다.

짐이 그게 다야?

어. 필요한 건 마트에서 가져오지 뭐.

옆집으로 옮겨온 후에도 소년은 여전히 오전 훈련을 거르지 않았다. 소녀는 2층 침실에서 잠이 덜 깬 눈으로, 달리기를 하러 나가는 소년의 모습을 내려다보곤 했다. 두 아이는 각자의 공간에서 생활했지만 끊임없이 서로를 의식했다. 시간이 지나자 함께 밥을 먹거나 마트에 다녀오는 일이 점점 늘어났다.

대형 마트는 걸어서 20분 거리에 있다. 예전 같으면 에어컨이 작동해 늦봄 더위를 식혀주었을 것이다. 하지만 공산품의 무덤으로 변해버린 마트 안에는 눅눅한 어둠뿐이다.

소년은 헤드램프를 꺼내 머리에 쓰고 소녀에게도 하나 건네준다. 두 사람은 갱도에 들어간 광부처럼 열주(列柱)를 이룬 상품들 사이를 돌아다니기 시작한다. 소년은 양말과 티셔츠, 유통기한이 넉넉한 가공식품과 공구 세트 같은 것들로 금세 카트를 채운다. 소녀는 물티슈와 과일 통조림을 담고 소년이 보이지 않는 틈을 타 재빨리 생리대와 속옷을 밀어 넣는다.

마트의 끝자락에는 어마어마한 부패가 기다리고 있다. 청보라색으로 변한 생선과 검게 변한 냉동육이 곰팡이 외투를 입고 있다. 물큰하게 녹아내린 과일은 형체를 알아볼 수 없을 정도다. 곤충마저 사라진 탓에 부패의 풍경은 적요롭다.

밖으로 나오자 소녀는 악취를 떨치려는 듯 숨을 크게 들이마시고 그늘에 앉았다.

건배라도 할래?

소녀는 하이네켄, 레페브라운, 칼스버그, 삿뽀로, 산미구엘, 그 밖에 종류별로 집어온 맥주들을 주르륵 늘어놓았다. 성적 좋은 모범생으로 살아온 날들의 의미가 사라졌듯 지금의 이 유치한 치기도 상관없다고 생각했다. 난 한 번도 어머니가 선택해주지 않는 상태에 놓인 적이 없었어. 소녀는 자신의 진정한 문제를 깨달은 사람처럼 쓴웃음을 짓고 모든 캔을 따서 한 모금씩 마셔보았다. 각기 다른 브랜드지만 맛은 하나였다. 미지근한 맥주의 맛.

망설이던 소년도 캔 하나를 골라 들이켠다. 소녀가 풋 웃는다. 웃느라 눈 밑 보조개가 팬다. 보조개가 생길 때마다 약간씩 일그러지는 얼굴이 꽤 예쁘다. 소년은 소녀의 미소에 위축됐고 소녀가 자기보다 키가 크다는 사실에도 기가 죽었다. 그래도 혼자가 아닌 것이 좋았다.

소녀는 날마다 허공의 키를 잰다. 줄자의 끝에 아버지의 서재에서 집어온 문진을 매달아 아래로 떨어뜨리는 것이다. 120센티미터, 135센티미터, 156센티미터. 소녀는 어부가 그물을 걷는 것처럼 아침마다 줄자를 감아올리고 길이를 확인한다. 허공은 소녀보다 빠르게 성장한다.

한동안 소녀는 같은 옷을 두 번 입지 않는 재미에 빠진 적이 있었다. 그러나 새 옷을 입은 모습을 봐줄 사람이라고는 자기보다 키가 작은 소년뿐이었으므로 금세 싫증을 냈다. 어둡고 텅 빈 상점을 순례하는 일도 시들해졌다. 특히 쇼윈도의 마네킹과 마주치는 건 사라진 사람들의 유령을 보는 것 같아 섬뜩했다. 소녀는 새로운 일상에 적응했지만 그럼에도 왜 자신과 소년만 남았는지 여전히 알 수 없었다.

소년은 갑작스럽게 우울해지는 소녀를 위해 여러 가지 노력을 했다. 캐치볼을 하자고 끌고 나가기도 하고 금전 등록기에서 지폐를 한 다발 꺼내와 포커를 가르쳐주기도 했다. 부루마블 게임의 가짜 돈처럼 의미가 사라진 진짜 돈을 수북이 쌓아놓고 치는 포커는 그런대로 재미있었다.

소년이 벌인 유희 중 가장 신나는 일은 예전에 살던 집에 불을 지른 것이었다. 더운 공기가 상승하듯 조금씩 허공으로 떠오른 집은 이제 박스 두 개를 쌓아야 올라갈 수 있었다. 소년은 주유소에서 가져온 가솔린을 집 안에 마구 뿌린 후 불을 붙였다. 불길이 치솟자 구르다시피 뛰어내려와 소녀에게 눈을 찡긋해 보였다.

허공에서 불타는 집은 근사한 구경거리였다. 불은 비명을 지르는 사람처럼 틈새로 마구 비어져 나와 붉은 혀를 드러내고, 연기를 뿜어내고, 유리창을 깨뜨렸다.

어차피 이 집에서는 좋은 일이 하나도 없었어.

소년은 변명처럼 덧붙였다. 할 수만 있다면 태어난 집까지 찾아내 모조리 태워버리고 싶었다. 불길에 뺨이 발갛게 달아오른 소녀도 파괴할 무언가가 남아 있다는 사실에 고무되어 소년을 부추겼다. 이 골목을 전부 태워버리자. 소녀는 들뜬 감정을 숨기지 않고 소리를 질렀다. 타오르는 불이 집과 사물을 삼키는 동안 땅이 무너지는 소리를 듣지 않을 수 있는 것도 좋았다.

종일 불을 지르고 다닌 아이들은 허기를 느꼈다. 소년은 파란 꽃이 그려진 법랑 냄비에 라면을 가득 끓여 소녀와 함께 먹었다. 식사 중에는 아무 말도 하지 않았다. 먹는 일에 집중한 나머지 음식을 숭배하는 느낌이 들 정도였다. 세상은 점점 부서지고 있지만 열다섯의 식욕은 여전히 왕성했다.

두 사람이 마음껏 돌아다닐 수 있는 날은 그리 많지 않았다. 건물은 2미터 이상 떠올랐으며 길은 조금만 헛디뎌도 끝이 보이지 않는 바닥으로 추락할 함정에 불과했다. 전에는 훌쩍 뛰어넘었던 작은 구덩이도 이제는 빙 돌아가야만 할 정도로 벌어져 있다. 거리 전체가 폭격을 맞은 것처럼 변하면서 외출은 하나의 모험으로 변하고 있었다.

그래도 아이들은 돌아다니는 일을 멈추지 않았다. 목적 없이 걸어 다니다 지치면 아무 곳에나 기어 올라가 낮잠을 청하곤 했다. 햇빛이 그림자의 길이를 짧게 만드는 초여름, 작은 호텔을 발견한 두 아이는 깨끗한 리넨 시트가 깔린 침대를 골라 쓰러지듯 누웠다.

　밖에서는 여전히 지진이 나는 것처럼 땅이 무너지는 소리가 들려왔지만 소년은 눕자마자 깊은 잠에 빠졌다. 소년이 곁에 있으면 소녀도 쉽게 잠이 들었다. 하지만 악몽을 완전히 몰아낼 수는 없었다. 소녀의 악몽은 늘 똑같다. 땅의 구덩이 속에서 하얀 손이 튀어나와 제 목덜미를 움켜쥐는 것이다. 꿈속에 너무 자주 출몰했기 때문에 소녀는 '시드'라는 이름까지 붙여주었다. 그냥 '손'이라고 부르면 금방이라도 그 손에 목이 졸릴 것처럼 두려웠기 때문이다.

　하지만 그것은 소녀의 실수였다. 이름이 생기자 시드는 왕성한 생명력을 부여받고 인격과 버릇까지 갖춘 채 사라지지 않았다. 시드는 침실 벽과 창문 사이로, 욕실의 갈라진 타일 사이로 손톱 없는 손가락을 넣어 틈을 벌렸다. 소녀가 잠든 동안 시드는 꼼꼼하게 세상을 부수고 있었다. 꿈속에서 시드는 이 세상을 거두고 다른 세상을 건축하려는 신이었다. 식은땀을 흘리며 눈을 뜬 소녀가 서둘러 소년을 깨웠다.

　넌 그런 생각 안 해봤어? 사라진 사람들이 다른 세상 어딘가에 옮겨 심어지고 있는 중인 거야. 그러니까 지금은 종말이 아니라 새로운 세상이 시작되는 창세기인 셈이지. 우린 선택

된 걸까, 아님 누락된 걸까?

　소년은 눈을 뜨지 않은 채로 웅얼거렸다.

　사람들이 죽지 않고 사라진 건 잘됐다고 생각해. 시체를 치울 필요가 없잖아.

　사람들이 죽었다는 증거는 어디에도 없어. 투명해져서 보이지 않을 뿐이지. 어쩌면 정반대로 우리 둘만 투명해진 건지도 몰라. 다른 사람은 다 그대로인데 말야. 그편이 훨씬 말이 되잖아.

　확실한 건 하나야. 죽으면 끝이라는 거.

　소년은 다시 잠에 빠져들었지만 소녀는 말을 멈추지 않았다. 난 구덩이에 돌을 던져봤어. 바닥에 닿는 소리가 들리지 않았지. 언젠가 저 구덩이들이 땅을 죄다 집어삼킬 거야.

　소녀의 말에 응답이라도 하듯 간헐적으로 땅이 무너지는 소리가 들려왔다. 끈처럼 가느다란 공포가 소녀의 목을 조였다. 소녀는 귀를 막고 아무 말이나 중얼거렸다. 시트러스, 사이프러스, 미노타우로스…… 이즈음 소녀는 되는대로 단어를 읊조리는 버릇이 붙어 있었다. 어떤 말을 하지 않고는 견디기 어렵다는 듯이. 땅의 몰락에 대항하는 소녀의 음성이 소년의 꿈속으로 스며들었다. 시트러스, 사이프러스, 미노타우로스……

　소년과 소녀는 두 개의 로프에 각목을 엮어 줄사다리를 만들었다. 전에 쓰던 사다리가 짧아지자 아예 길이를 연장할 수 있는 사다리를 만든 것이다. 허공은 이제 줄자로 잴 수 없을 만큼 자라났고, 아이들은 제 키의 세 배쯤 되는 공중에서 내려와야만 땅을 밟을 수 있다.

먼저 내려간 소년이 기다리는 동안 소녀는 출렁거리는 사다리에 발을 디뎠다. 소녀는 얇은 얼음판을 건드리듯 땅에 두어 번 발을 굴러보고서야 줄사다리에서 손을 놓았다. 소년과 나란히 걸어가며 그림자를 바라보던 소녀는 문득 놀랐다.

나보다 키가 크잖아?

그걸 이제 알았냐는 듯 의기양양하게 웃던 소년은 문득 바지를 걷었다.

요새 허리랑 다리가 너무 아파. 이거 봐.

소년의 종아리에는 갑자기 자라느라 살이 튼 흔적이, 성장의 채찍이 여러 개 나 있었다.

아이들은 본능적으로 어른스러워졌다. 살아남으려면 빨리 철이 들어야 했다. 소녀는 먼 곳으로 떠나는 이민자처럼 끊임없이 목록을 작성하고, 불필요한 세간을 내다 버리고, 생존의 필수품들을 한 번 더 선별해 가지런히 쌓았다. 안방은 천장까지 생수병으로 채워졌고 1층 주방과 거실은 통조림 창고처럼 변했다.

장마가 시작되면서 소년은 아예 소녀의 집으로 옮겨와 함께 지냈다. 거센 빗줄기에 토사가 빠르게 씻겨나가자 막연했던 불안이 또렷한 형상으로 변했다. 아이들은 땅 위에 남는 것과 허공에서 살아가는 것 가운데 하나를 선택할 때가 왔다고 생각했다.

점점 떠오르는 허공의 집을 택한다면 머지않아 완전히 고립되는 날이 올 것이다. 반대로 지상은 언제 무너질지 모르기 때문에 위험했다. 그 모든 경우보다 빨리, 몸이 투명해질 수도 있을 것이다.

두 사람은 앞으로의 날들에 대해 신중하게 고민했다. 늪처럼 변해버린 땅에 내려가본 이후 집 안에 남는 것이 더 안전하리라는 결론은 쉽게 내릴 수 있었다. 하지만 그다음부터는 입장이 달랐다.

생각해봐. 뭐하러 마트에서 물건을 나르는 수고를 하냔 말야. 그냥 거기서 살면 간단하잖아.

마트는 냄새가 너무 심해. 그리고 사람 사는 곳도 아니잖아.

곧 아무 데도 갈 수 없는 날이 올 거야. 그러면 여기 있는 물건들로 버틸 수 있겠어? 필요한 것만 챙겨서 나가자.

혹시 알아? 모든 게 원래대로 돌아올지. 갑자기 이런 일이 생긴 것처럼 느닷없이 제자리로 돌아오지 말란 법도 없잖아.

소년은 소녀의 터무니없는 희망에 어이가 없었다. 희망을 버리면 다 괜찮아진다. 하루하루 살아가다 어느 날 툭, 필라멘트가 끊어지듯 죽으면 되는 것이다. 그러나 소녀는 솔직한 바람을 털어놓았다.

낯선 곳에서 죽고 싶지 않아. 그 순간 내 방에 있었으면 좋겠어.

앞으로의 시간에 대해 두 사람의 관점은 전혀 달랐다. 소녀는 죽음을 맞이하는 순간에 방점을 찍고 있고, 소년은 살아갈 날들을 염두에 두고 있다. 자기 공간에 애착이 남다른 소녀와 달리 소년에게는 먹을 것도 충분하고 가벼운 운동도 할 수 있는 넓은 공간이 필요했다. 소녀의 곁에 남을 것인지, 아니면 소녀를 떠나 더 오래 삶을 붙들 것인지를 두고 소년은 고민에 빠졌다.

비가 그치면 난 나가겠어.

소년이 마지막 말을 내려놓자 살천스러운 빗소리가 침묵을 파고들었다.

마침내 빗방울이 약해졌다. 여전히 안개비가 뿌렸지만 소년은 미리 챙겨둔 가방을 메고 몇 주 만에 현관문을 열었다. 그러나 더는 발을 뗄 수 없었다. 장마에 갇혀 있는 동안 허공이 20미터 이상 불쑥 자라난 것이다. 아래를 내려다보던 소년은 소리를 질렀다.

제기랄!

집 바로 아래 생겨났던 구덩이는 흙탕물이 쏟아지는 거대한 폭포로 변해 있었다. 사다리의 길이를 억지로 늘여본들 황토색 급류를 피할 도리가 없다. 소년은 같은 높이로 떠오른

옆집으로 계속 이동해 폭포를 돌아갈 방법이 없는지 궁리해보았다. 하지만 타운하우스의 집들은 드문드문 떨어져 있고 옆집으로 건너가기조차 수월치 않다. 건물들은 길과 대지를 잃어버리고도 멀쩡하게 제 모습을 유지했는데, 그 때문에 더욱 기괴하게 보였다. 허공의 금빛 무덤들. 소녀는 타운하우스의 집들을 이렇게 불렀다.

소년은 제 의지와 상관없이 갇혀버린 게 분해서 발을 구르고 벽을 마구 쳤다. 단단한 근육들이 소멸에 맞서 싸우겠다는 듯이, 적어도 이 부당함에 화를 내기라도 해야겠다는 듯이 팽팽히 불거졌다. 하지만 어디에도 맞서 싸울 적이 없기 때문에 소년의 근육과 분노는 무용지물에 불과했다.

먹장구름 위로 조각보 같은 파란 하늘이 선뜻 비쳤다. 그 순간 소년의 분노는 세상의 유일한 분노였고, 소녀의 무기력한 슬픔도 마찬가지였다. 소녀는 자신과 소년을 묶어주는 단 하나의 끈이 오지 않을 미래라는 것을 알 수 있었다.

폭염이 시작되자 아이들은 자주 다퉜다. 소녀는 물을 아끼지 않는 소년을 볼 때마다 눈살을 찌푸렸고, 소년은 소녀의 공상에 비아냥을 숨기지 않았다. 소리를 지르며 격렬하게 싸울 때도 있었는데, 그러다 보면 아까운 물건을 창밖으로 던져버리기도 했다. 집 안에 갇혀 더위를 견뎌야 하는 날들이 이어지자 두 사람은 절대로 건드리면 안 되는 민감한 부분을 알아서 피해가는 방법을 터득했다. 서로를 외면할 도리가 없으므로 가급적 빨리 화해하는 편이 나았다.

소년은 달력과 시계를 모두 버렸다. 지루한 시간과 줄어가는 통조림의 비례를 헤아려보는 대신 달력과 시계를 버림으로써 초조함의 독기를 빼버린 것이다. 소녀는 완성된 천 피스짜리 직소 퍼즐의 올록볼록한 표면을 손으로 쓸어보았다. 2백 피스는 강아지 그림, 5백 피스는 고흐의 「밤의 카페테라스」, 천 피스는 독일의 노이슈반슈타인 성이었다. 소녀는 절반가량 퍼즐이 완성되면 도로 흐트러뜨리고 다른 쪽 절반을 맞추기 위해 조각을 뒤적거렸다.

식사를 반으로 줄였는데도 소년의 키는 계속 자라났다. 재앙이 시작된 이래 소년의 키는 8센티미터가 넘게 컸다. 멸망 직전의 세계에서도 소년의 성장판은 닫히지 않았고, 소녀는 달거리를 거르지 않았다. 성장은 그들에게 통조림의 계산법을 요구했고 유희의 수준과 정도까지 간섭했다. 그래 봐야 소년은 노동할 곳이 없고 소녀에게는 아이를 낳을 세계가 사라졌는데 말이다. 때문에 소녀는 한 가지의 커다란 질문을, 반쯤 저버린 신에게 물어야 했다. 사라지는 세계에서 성장하는 것은 무슨 의미가 있을까?

높은 고도에서 내려다보면 대지는 끓어넘치는 진흙 수프처럼 보였다. 거대한 구덩이들은 모두 한복판에 검은 눈알을 달고 있었다. 끝을 알 수 없는 깊이로 뻥 뚫려 있는 그 눈알이 어쩌면 우주와 이어져 있는지도 모른다고 소녀는 생각했다.

 맹렬한 햇빛이 가시고 바람이 선선해지자 소년은 다시 운동을 시작했다. 팔굽혀펴기 120회, 윗몸일으키기 80회 등 계획을 짜서 몸을 움직였다. 소녀는 소년이 물구나무를 설 때가 가장 근사하다고 생각했다. 헐렁한 티셔츠가 흘러내려 마른 몸과 갈비뼈가 드러날 때마다 소녀는 어떤 긴장을, 거의 성적인 긴장을 느끼지 않을 수 없었다.
 두 사람이 초가을의 날씨를 누리기 위해 포치에 앉아 바깥 풍경을 바라보고 있을 때였다. 문득 저 멀리 흠 가지 않은 푸른 대륙이 눈에 들어왔다. 눈을 가늘게 뜨던 소녀가 벌떡 일어났다.
 바다야!
 미치겠네. 대체 얼마나 올라온 거야……
 투덜거리기는 했어도 소년 역시 오랜만에 보는 바다에서 눈을 떼지 못했다. 해가 저물자 수평선에는 오렌지와 핑크 색이 섞인 구름이 리본처럼 드리워졌다. 그들이 볼 수 있는 건 끝장나는 세계뿐이었지만, 그래도 아름다웠다.
 꼭 비행기에서 내려다보는 것 같네.
 소녀는 반쯤 투명해진 어머니와 함께 포치에 앉아 비행기를 바라보던 날의 기억을 떠올렸다. 비행기에 탄 사람들은 최후의 희망을 가지고 무너지는 땅과 하늘 사이를 날아가며 필사적인 도피 중이었을 것이다. 그들은 과연 단단한 땅을 발견했을까? 아니면 어느 고도에 이르러 투명해지는 소멸을 맞이했을까? 어느새 비행기는 사라지고 하늘에는 긴 비행운만 남아 있었다. 소녀는 희망과 절망의 무늬들이 파란 하늘 속으로 완전히 흩어져버릴 때까지 포치에 앉아 있었다.

어머니가 보고 싶을 때면 소녀는 피츠제럴드의 소설을 꺼내 읽었다. 거기에는 부유하고 아름다운 상류층 처녀들, 플란넬 양복, 깨진 꿈의 파편이 숨 쉬고 있었다. 소녀는 가질 수 없는 감정에 굶주려 지나간 시대들, 1920년대의 낭만을 빌려 공포를 밀어냈다. 풍요가 존재했다는 것. 그것이 중요했다. 소녀는 무릎에 책을 내려놓은 채 경험하지 않은 세계에 대한 우수에 젖었다.

추위가 시작되자 소년은 물건들이 더 많아 보이도록 옮겨놓는 일에 몰두했다. 간격을 두고 듬성듬성 쌓은 통조림을 엇갈려 배치하는 식이었다. 하지만 아무리 교묘하게 쌓아도 식량이 줄어드는 사실을 감출 수는 없었다.

넓어진 거실로 찬바람이 불어왔다. 요 며칠 그들은 운무에 갇혀 있었다. 젖은 휴지를 켜켜이 쌓아놓은 것 같은 구름 아래 또 다른 구름층이 빠르게 흘러갔다.

마침내 구름 위로 지붕이 하나둘 고개를 내밀었다. 며칠이 더 지나자 탁 터진 목화솜 같은 구름 속을 절반 이상 빠져나올 수 있었다. 소년은 큰 소리로 소녀를 불러 이 모습을 감상하도록 했다. 그들은 하얀 구름이 만들어놓은 새로운 대지를, 그 위에 포근히 자리 잡은 집들을 바라보았다.

꼭 천국 같아.

소녀가 꿈꾸듯 중얼거렸다. 말라붙은 입에서 하얀 입김이 흘러나왔다.

구름을 통과하는 순간부터 그 일이 시작됐다. 소녀는 초경을 하던 날처럼 온몸이 다른 리듬으로 재배열되는 것을 느꼈다. 소매를 걷고 햇빛에 팔을 비춰보면 솜털 끝부분이 흐릿해진 것이 보였다. 그 사실을 알아차린 순간 살갗에 소름이 오싹 돋았다. 여전히 자극에 반응하는 몸과 점차 사라지는 몸 사이에 갇힌 소녀의 영혼은 어느 때보다 외로웠다.

투명해지기 시작하면서 소녀는 식탁 위의 잡동사니를 치우고 3천 피스짜리 퍼즐을 꺼내놓았다. 증기를 내뿜는 구식 기차와 나들이옷을 차려입은 사람들이 손을 흔드는 풍경이 그려진 그림이었다. 소녀는 해를 등지고 앉아 조금씩 사라지는 몸 대신 퍼즐 조각을 채워 넣었다. 완성되어가는 그림을 볼 때마다 소년은 가슴이 먹먹했지만 어떤 말도 건넬 수 없었다. 소녀의 모습은 자신의 미래이기도 했다.

소녀는 아주 잠깐, 남자아이와 알몸으로 잠든 자신을 노려보는 부모의 눈빛을 떠올렸다. 그러나 부모는 지상에 머물던 전생의 기억 같았다. 허공에는 금기로 시작되는 어떤 윤리도 남아 있지 않았으므로 그들은 오래전부터 죄의식 없이 서로를 만질 수 있었다.

  너를 좋아해.

  어느 밤에 소녀가 문득 중얼거렸다. 엷어진 육체만큼이나 작은 소리였다. 그러나 바람이 멈추고, 달이 뜨고, 주변에 소음이라고는 없이 고요한 허공이었기 때문에 그것은 세상에서 가장 큰 소리였다. 너를 좋아해. 소녀는 분명히 해두겠다는 듯이 한 번 더 똑바로 말했다. 소년은 기쁨에 사로잡혔지만 즉시 겁에 질렸다. 이 고백이 남아 있을 그에게 지옥을, 소녀가 없는 세계에서 소멸을 맞기까지 그리움의 지옥을 불러일으킬 주문이라는 것을 알고 있기 때문이었다.

  소녀의 눈은 점점 투명해지고 있었다. 눈을 감아도 눈꺼풀 너머로 동공이 희미하게 비쳐 보였다. 몸속으로 들어간 민달팽이의 뿔처럼. 소년은 두려움이 가라앉을 때까지 소녀를 바싹 끌어안았다.

  아파?

  아프진 않아. 그냥 모든 감각에 두툼한 솜이 들어찬 것 같아. 너도 뿌옇게 보이고 네 목소리도 물속에서 듣는 것 같아. 언젠가 이 솜이 가득 차면……

  소녀의 얼굴 윤곽이 조금 흔들렸다. 그래서 소년은 소녀가 웃고 있는 중이라고 생각했다. 눈 밑 보조개가 패고 얼굴이 약간 일그러지는 웃음.

　잠들면 꼭 깨워줘. 어떻게 끝나는지 알고 싶어.

　소녀의 마지막 희망은 소멸의 순간을 똑똑하게 인지하고 싶다는 것이었다. 잠든 사이에 사라지는 최후는 맞고 싶지 않았다. 그래서 소년은 꾸벅꾸벅 졸다가도 벌떡 일어나 소녀를 찾아 안았다. 불면은 이제 습관이 됐다.

　추위가 심해졌기 때문에 소년은 걸칠 수 있는 모든 옷들을 껴입었다. 두툼한 장갑을 끼고 모자를 두 개 겹쳐 썼다. 거의 목소리로만 남은 소녀는 그다지 추위를 느끼지 않았기 때문에 가벼운 스웨터를 걸치고 있었다.

　선반 위에 사탕이 남았을 거야. 과일 생각이 날 때 먹어.

　소녀는 초록색과 노란색과 빨간색 사탕을 차례로 떠올리며 이렇게 말했다. 초록색은 청포도 맛이야. 노란색은 파인애플 맛이고 빨간색은 사과 맛이고, 흰색은…… 흰색은 생각이 나질 않네.

　소년은 대꾸가 없었다. 여러 날 동안 소년은 혹독한 추위와 혼곤해지는 의식, 곧 혼자가 될 거라는 공포에 맞서 힘겹게 싸워왔다. 그러나 긴장이 느슨해진 사이 잠이 그들의 작별을 삼켜버린 것이다. 코가 막혔는지 입으로 내는 숨소리가 거칠어서 소년의 잠은 아주 탐욕스럽게 보였다. 소년은 진지하게, 불면으로 구겨진 피로의 주름을 펴고 있었다.

밤과 낮이 한 번 더 바뀐 후에야 소년은 기지개를 켰다. 온몸에 활력이 솟아 무슨 일이든 할 수 있을 것 같았다. 이윽고 기억이 살아나 현재의 비극을 되돌려놓았다.

식탁 위에는 완성된 3천 피스짜리 퍼즐이 놓여 있었다.

소년은 퍼즐이 소녀의 주검이라도 되는 양 건드리지 못했다. 옆에 다가갈 수도 없었다. 대신 통조림 네 개를 꺼내 한꺼번에 먹었다. 스팸을 먹고, 황도를 먹고, 번데기를 먹고, 콘샐러드를 먹었다. 빈 깡통은 유격수에게 송구할 때처럼 힘껏 던져버렸다. 커다란 호를 그리며 날아간 통조림 캔이 구름 속으로 사라졌다.

소년은 통조림 캔처럼 공중에 몸을 던져버릴까 생각해봤다. 아래를 내려다보면 위를 올려다볼 때와 마찬가지로 아득한 허공뿐이었다. 구덩이마다 검은 눈알이 박혀 있어. 소녀는 틈새의 가장 깊은 부분을 두고 이렇게 말했다. 그 속에 빠진다면 끝없이 추락할지도 모른다. 소년의 머릿속에는 오로지 추락밖에 없는 삶, 아찔한 속도 속에서 어른이 되고 주름살이 생기고 죽음을 맞이하는 인생이 순식간에 지나갔다.

며칠 후에야 소년은 퍼즐을 들고 포치로 나왔다. 그리고 소녀가 자주 그랬던 것처럼 한 팔을 난간에 끼운 채 허공에 발을 드리웠다. 퍼즐판을 거꾸로 들고 털어보았지만 뜻밖에도 퍼즐 조각은 완강하게 맞물려 있었다. 그래서 장갑을 벗고 한

가운데 박힌 조각 하나를 빼냈다. 기차의 중간 부분이었다.

소년은 잿빛 공중에 퍼즐 조각을 하나씩 뿌렸다. 마지막에는 퍼즐판마저 버렸다. 이제 소년에게 남은 것은 맨 처음에 빼낸 조각뿐이었다. 어떤 그림도 될 수 없는 단 한 조각. 그게 자신이었다.

먹새우처럼 몸을 웅크리고 있던 소년은 무언가 부딪치는 소리에 창밖을 내다봤다.

놀라운 곳을 지나고 있었다. 그곳은 말라버린 뿌리들의 숲. 지상에서 사라진 식물들이 떠 있는 곳이었다. 거꾸로 된 꽃다발처럼 풍성한 뿌리 뭉치가 있는가 하면, 몇 가닥 되지 않는 잔뿌리들도 있었다. 좀더 올라가자 잎이 다 떨어진 나무들의 모습이 드러났다. 이 풍경을 소녀에게 보여줄 수 없는 것이 안타까웠다. 온 세상의 부품이 공중에 떠 있어. 낱낱의 부품이 다른 세상으로 옮겨지는 중인 거야. 소녀는 이렇게 말한 적이 있다. 나무들이 남아 있는 것을 보면 소녀는 어떤 말을 들려줄까?

소년은 손을 뻗어 나뭇가지 하나를 꺾었다. 바싹 마른 가지를 모아 불을 피워볼 생각이었다. 양철로 된 양동이를 찾아낸 소년은 그 안에 나뭇가지와 종이를 채우고 불을 붙였다.

연기는 매웠지만 그마저도 반가운 온기였다. 불꽃이 집 안을 데우자 저보다 한 뼘 이상 작아진 소녀를 안고 있던 어느 오후가 떠올랐다. 길과 대지 없이 떠 있는 거리를 멍하니 바라보고 있을 때였다. 불현듯 확고한 믿음이 목소리가 되어 소년의 내부에 울려 퍼졌다. 소녀는 사라지고 너는 혼자가 될 거야. 마침내 예감의 순간이 이렇게 도래한 것이다.

소년은 기억에 사로잡힌 채 조금 울었다. 그러자 모든 틈이 맞물리고, 길이 떠오르고, 길 위로 아지랑이가 피어오르고, 그 사이로 자전거를 타고 지나가는 자신의 모습이 보였다. 갑자기 노인이 된 기분이었다. 어딘가 끝이 있을 수밖에 없다면 나는 거의 다 왔어,라고 소년은 생각했다. 소녀는 사라지고 소년도 사라지고 이 순간의 기억도 소멸될 것이다. 과일 사탕의 맛, 책 속의 사람들, 허공의 금빛 무덤, 시트러스, 사이프러스, 혹은 미노타우로스라는 발음, 엷게 부풀어 오른 소녀의 가슴과 애처로운 배…… 그 모든 것이 그와 함께 사라질 것이다. 소년은 허공의 거리에 매달린 기억의 왕국이었다.

어디선가 마지막으로 남은 땅이 무너지는 소리가 들려왔다. 그리고 또 다른 소리가 들렸다. 그것은 몇 달 만에 부쩍 자란 소년이 전부터 들어오던 소리였다.

뼈가 자라는 소리였다.

그림자

난시의 눈으로 세상을 보면 사물에 겹쳐 있는 또 하나의 상을 만날 수 있다. 나는 왼쪽 눈 때문에 이 사실을 터득했다. 초점을 풀고 기다리면 창틀에는 또 다른 창틀, 유리잔에는 또 다른 유리잔, 마룻바닥을 기어가는 개미에게는 또 다른 개미가 슬며시 나타난다. 두 개로 불어나는 사물을 보느라 나는 동생의 말을 놓쳤다.
 "……이상하지 않아?"
 나와 똑같은 얼굴. 우리가 분리되는 순간에는 어떤 굴절이 있었을까?
 "언니, 내 말 들었어?"
 재우쳐 묻는 소리에 두 개로 겹치던 사물이 일순 제자리로 돌아간다.

"뭐가?"

"삼촌 그림자 말야."

나는 대문을 나서는 삼촌의 뒷모습을 훑어보았다. 의족을 단 삼촌의 기우뚱한 걸음걸이는 하루 이틀 본 것이 아니다. 그런데 삼촌의 그림자는 조금도 절룩거리지 않는다. 심지어 조금 뚱뚱해 보이기도 한다.

"잘못 본 거겠지."

골목으로 나와보니 비단 삼촌의 그림자만 이상한 게 아니었다. 자전거를 타고 가는 쌀집 아저씨에겐 만삭 임산부의 그림자가, 미니스커트를 입은 대학생 언니에겐 서류 가방을 든 남자의 그림자가, 쌀집 할아버지에겐 보행기에 탄 아기의 그림자가 각각 붙어 있는 것이 아닌가. 깜짝 놀라 발밑을 살폈지만 다행히 동생과 내 그림자는 멀쩡했다.

할머니 댁에 온 뒤로 우리에게 이보다 더 놀라운 일은 없었다. 섬에 도착했을 때 나는 조용한 어촌 풍경 대신 펜션과 술집이 즐비한 모습에 실망했다. 부모의 지루한 이혼 소송도, 그래서 섬에 맡겨진 것도, 언제 육지로 돌아갈지도, 우리가 선택할 수 있는 건 아무것도 없었다.

"팔십 평생 이런 해괴한 일은 처음이다. 이게 무슨 일일꼬."

오후 늦게 돌아온 할머니는 이렇게 말했다. 유모차에는 할머니가 종일 모은 폐지들이 수북했다. 등이 심하게 굽은 할머니에게 낡아빠진 유모차는 바퀴 달린 지팡이나 다름없다. 그런데 지금 할머니의 발밑에는 긴 생머리에 허리가 꼿꼿한 젊은 여자의 그림자가 붙어 있었다.

소문이 섬 곳곳을 몰아친 다음 한층 놀라운 일이 밝혀졌다. 동물 그림자가 붙은 사람도 있다는 것이다. 그림자가 너무 줄어들어서 자세히 살펴봤더니 작은 치와와더라는 옆집 아줌마의 소식에 나는 데굴데굴 구르며 고소해했다. 그 아줌마의 입방정이 아니었다면 이웃들이 우리를 두고 그렇게 수군거리지 않았을 것이다.

며칠 후 시청에서 대대적인 설문 조사를 실시했는데, 그림자가 바뀐 게 틀림없다는 응답자가 전체의 95.5퍼센트에 달했다. 그중 바뀐 그림자의 정체가 대충이라도 짐작이 간다는 응답자는 62.7퍼센트, 당최 뭐로 바뀐 건지 모르겠다는 응답자는 32.8퍼센트였다. 오직 4.5퍼센트만이 그림자가 자신의 것이라고 대답했는데 그나마도 확신이 없어서 자꾸 땅만 쳐다본다고 했다. 동생은 노트를 꺼내 그림자와 관련된 소동을 스크랩하기 시작했다.

"말세야 말세."

"옛날 같으면 임금이 바뀌거나 역적이 나올 징조지."

할머니의 친구들은 마루에 모여 이렇게 떠들었다. 하지만 그림자가 바뀌었다고 딱히 달라지는 것은 없으므로 말세의 기미는 보이지 않았다.

"그저 그림자가 바뀐 것뿐이잖아요."

이렇게 태연한 반응을 보인 사람들은 무엇보다 강력한 힘을 발휘하는 실물경제의 지표, 부동산 시장에서 별다른 신호가 감지되지 않은 것에 안도감을 느낀 집주인들이다. 사실 발밑이 꺼림칙하다 해서 달라지는 건 아무것도 없었다. 사람들은 타인의 그림자를 앞세운 채 집을 나섰고 태양은 뒤바뀐 빛의 사생아들과 상관없이 풍요롭고 아름다웠다. 이방인이면서 그림자도 멀쩡한 우리의 나날은 다시 무료해졌다.

*

120년 만에 찾아온다는 개기일식 뉴스가 전해지자 섬은 야릇한 흥분에 휩싸였다. 동생과 나는 일생일대의 장관을 어디서 볼까 고민하다가 무지개를 처음 봤던 바닷가 절벽으로 가기로 했다.

절벽에는 사람들이 꽤 많았다. 전망이 좋은 곳에는 다들 이렇게 인파가 몰린 모양이다. 삼삼오오 모여든 사람 중에는 외국인도 보였다.

"왜 안 하는 거야?"

예고된 3시 20분이 지나도 일식의 기미가 없자 여기저기서 투덜거리는 목소리가 들려왔다. 나 역시 고개를 젖히고 햇빛을 하도 쳐다봐서 그런지 눈도 시고 목도 뻣뻣했다.

"시작하려나 봐."

동생이 셀로판지를 눈에 대고 하늘을 가리켰다. 그러고 보니 햇빛이 조금씩 줄어든 것도 같다. 엇, 하는 사이에 햇빛의 성성한 기운이 빠지고 주변 사물들이 표백제에 담갔다 뺀 것처럼 푸르스름해졌다. 조그만 젖꼭지처럼 돋아난 달이 태양의 가장자리를 삼키자 사람들은 휘파람을 불었다. 일식은 이제 맨눈으로도 똑똑히 보였고 빛을 빨아들이는 검은 구멍은 점점 자라났다. 하늘에는 다이아몬드 반지 모양의 거대한 원이 떠올랐고, 마침내 빛이 훅 꺼지자 스위치를 내린 것처럼 사위는 순식간에 어두워졌다.

"와아!"

사람들은 어둠 속에서 환호성을 질렀다. 별이 희미하게 보일 정도로 완벽한 어둠이었다. 2분 10초, 단지 2분 10초 동안의 일이다.

"지금은 그림자도 없겠네."

그 순간 동생이 속삭인 말은 오랫동안 어떤 단서처럼 내 기억 속에 남아 있다.

태양은 사라질 때와 마찬가지로 순식간에 본래의 모습을 회복했지만 돌아온 것은 빛의 질서가 아닌 그 반대였다.

일식 다음 날 할머니는 쪽 찐 머리를 풀어 곱게 빗질을 했다. 푸석푸석한 백발이 얼굴과 목에 착 달라붙어 기괴하게 보였다. 놀라운 것은 그다음 일이었다. 마당에 내려선 할머니가 직각에 가깝게 구부러진 등을 단번에 쭉 펴는 것이 아닌가. 할머니는 넋을 잃고 쳐다보는 내게 야릇한 미소를 지어 보이더니 유모차도 없이 집을 나섰다.

삼촌도 전혀 다른 사람이 됐다. 담배를 사러 나가는 삼촌의 의족은 온전한 뼈와 근육이 붙어 있기라도 한 것처럼 자연스럽게 움직였다. 할머니와 마찬가지로 삼촌도 해가 저물어서야 돌아왔는데 손에는 조그만 인형이 잔뜩 들려 있었다.

"이걸 산 거야? 우리가 애도 아니고."

"그게 아니라……"

아침에 눈을 떴을 때부터 삼촌은 평소와 전혀 다른 느낌이었다고 했다. 감각이 없어야 할 오른쪽 다리에 힘이 실리고 이상하게 기운이 넘치더라는 것이다. 가게까지 조금도 절룩거리지 않고 걸어간 삼촌은 느닷없이 인형뽑기 기계 앞에 멈춰 섰다. 홀린 듯 동전을 밀어 넣자 익숙하고도 낯선 흥분이 밀려왔다. 하나, 둘, 인형 뽑기에 몰두하면서 삼촌은 기계가 주는 중독성에 한없이 매료됐다.

"내 자신이 아니었어. 뭔가 날 조종하는 기분이랄까."

이런 대화를 하는 동안에도 할머니는 달빛에 생긴 자기 그림자에서 눈을 떼지 못했다. 허리가 휘지 않은 그림자를 바라보는 할머니의 모습은 물에 비친 자기의 얼굴에 반한 나르시스 같았다.

설마 바뀐 그림자가 영향을 끼친 것일까? 삼촌은 설문조사에서 자신의 그림자가 어떤 사람인지 모른다고 대답한 32.8퍼센트에 속한 사람이다. 남자에게 여자 그림자가 붙거나 아이에게 어른 그림자가 붙는 식이면 상황은 좀더 명확해진다. 하다못해 그림자의 손에 가위가 들려 있거나 철가방이 달려 있으면 미용사라거나 배달원의 그림자라고 추측해볼 수도 있을 것이다. 하지만 삼촌처럼 평범한 남자의 그림자가 붙으면 그림자 주인에 대한 힌트를 얻을 길이 없다.

"검은 윤곽만으로 추측할 수 있는 사람의 범주는 너무 넓으니까 말이야."

삼촌의 말을 받아 적던 동생이 이렇게 말했다.

"말도 안 돼. 그림자가 요술을 부리기라도 한다는 거야? 그림자가 힘을 쓴다는 말은 들어본 적이 없어."

"그림자가 바뀐다는 건 말이 돼? 지금쯤 다른 집들도 난리 났을걸."

다음 날 교차로 한복판에서 느닷없이 에어로빅을 하는 교통순경을 봤을 때도 우리는 이런 소동이 재미있는 일이라고만 생각했다. 하지만 잔돈 대신 성기를 내민 상점 주인 때문에 혼비백산한 후로 상황이 전혀 재미있지 않은 방향으로 돌아가고 있음을 깨달았다. 놀이터에서는 어른처럼 애무하는 아이들이 보였고, 전봇대 위에는 군복 입은 남자가 행인들에게 쓰레기를 던지고 있었다.

옆집 아줌마는 검은 우산에 기다란 천을 이어 붙인 햇빛 가리개를 쓰고 다녔다. 그럼에도 우리와 마주친 아줌마의 입에서는 멍멍, 소리가 튀어나왔다. 아줌마는 얼굴이 빨개졌지만 그다음엔 우리를 증오하는 표정을 지으며 한층 더 격렬하게 짖어대기 시작했다. 더 있다가는 다리라도 물 기세여서 재빨리 도망쳐야 했다.

그 후 그림자가 생기지 않는다는 플라즈마 전등, 그림자의 충동으로부터 보호해준다는 부적 등 온갖 사기가 판쳤지만 결과적으로 어떤 것도 그림자의 술수를 막아주지 못했다. 자신과 그림자를 오가는 사이, 사람들의 눈빛은 점점 더 흐리멍덩해졌다. 낮에는 줄에 달린 인형처럼 그림자의 조종대로 움직이고 밤에는 낮 동안 벌인 사고를 수습하느라 골머리를 앓았으니까.

"자아라는 연속성이 사라진다면 인간은 대체 무슨 존재란 말인가."

어느 밤인가 삼촌은 이렇게 탄식했다. 동생은 이 말이 삼촌의 머리가 아니라 심리학 책에 나오는 말이라고 했다. 어쨌거나 삼촌이 인용구를 늘어놓는 것으로 보아 제정신인 건 확실했고 저녁이 되면 상대적으로 안전한 것 같았다.

"이래서야 다들 어떻게 살아?"

"나도 모르겠다. 다리가 멀쩡한들 하루 종일 인형만 뽑는 남자 그림자가 무슨 소용이냐. 좀 온전한 놈으로 붙었으면 좋앉을걸."

"그림자가 햇빛에만 생기는 건 아니잖아. 그럼 밤에도 위험하긴 마찬가지 아닌가?"

"상대적으로 옅어서 그런지 밤엔 충동이 줄어드는 것 같아. 그래도 불빛을 줄이는 게 좋겠다."

삼촌은 이렇게 말하고 현관 불만 남긴 채 전깃불을 모조리 껐다. 어둠 속에서 할머니의 코 고는 소리가 희미하게 들려왔다. 일식 이후 할머니는 해 지기가 무섭게 잠을 청했고 동이 트자마자 탐욕스럽게 일광욕을 하러 나섰다. 남이야 곤란을 겪든 말든 허리가 꼿꼿해진 나날이 적잖이 만족스러운 모양이다.

"정말 미치겠는 건 어디까지가 내 행동이고 어디부터가 그림자가 시킨 일인지 헷갈린다는 거야. 꼭 머리 둘 달린 샴쌍둥이가 된 기분이다."

삼촌은 한숨을 쉬며 다리를 쭉 늘어뜨렸다. 나는 삼촌의 다리를 주무르는 척하며 의족을 살짝 만져보았다. 만약 그림자를 고를 수 있다면 어떤 것이 좋을까?

"아무튼 함부로 돌아다니지 마라. 어딜 가도 불안하니까."

삼촌은 이렇게 말했지만 우리는 호기심을 억누를 수 없어 날마다 거리를 쏘다녔다. 그중에서도 엉망이 된 인간관계를 훔쳐보는 순간이 가장 재미있었다. 아비와 아들의 그림자가 바뀌고, 선생과 제자의 그림자가 바뀌고, 사장과 종업원의 그림자가 바뀌면서 우리가 알던 풍경은 물구나무를 선 것처럼 뒤집어졌다. 아들이 아비를 때리고, 제자가 스승을 야단치며, 종업원이 사장을 해고하는 일이 부지기수로 벌어진 것이다. 옆집 부부와 그림자가 섞이는 바람에 예기치 않은 스와핑으로 부부싸움을 하는 집이 있는가 하면, 염소와 수간을 시도하던 사내가 현장을 들키기도 했다. 물론 그는 연인을 찾아왔을 뿐이라고 우겼다.

'그림자가 섞이는 양상에는 법칙도 패턴도 없다. 일대일 맞교환, 연쇄적인 교환, 전혀 상관없는 개체 간의 교환 등 뒤죽박죽이다. 마을마다 뒤바뀐 이웃, 친구, 연인의 그림자가 넘쳐난다.'

언제부턴가 동생 대신 노트를 정리하던 나는 이 모든 요지경을 낱낱이 기록해두었다.

수술실에 들어간 외과의사가 환자 한 명을 도륙한 사건은 이제 섬 내에 안전한 곳이 없다는 것을 알리는 전조였다. 의사의 그림자가 정육점 주인 것이라고 밝혀짐으로써 병원은 즉각 기피 대상이 됐다. 게다가 더 끔찍한 소식, 사람을 여섯이나 죽인 연쇄살인범이 감방에서 종일 기도만 한다는 소식은 새로운 공포를 불러 일으켰다. 무신론자인 그의 개종은 그림자가 시킨 것임이 틀림없다. 그렇다면 연쇄살인범의 그림자가 붙은 사람이 담장 밖에서 활개 친다는 뜻이 아닌가. 소문이 퍼지자 정체를 알 수 없는 남자의 그림자가 붙은 사람들의 얼굴에선 핏기가 싹 빠졌다. 내 그림자가 살인범의 것이라면? 강간범의 것이라면? 소아성애자나 마약중독자, 도둑의 것이라면? 자신도 모르는 사이 범죄를 저지를지도 모른다는 두려움에 사람들은 집 밖에 나서기를 꺼렸다.

휴교령이 내려지고 항구가 봉쇄된 것은 개기일식으로부터 정확히 2주 후의 일이다.

*

'정체를 알 수 없는 그림자들이 춤추는 한낮의 거리에 나서는 일은 위험하다. 그것은 살아 있는 유령 속으로, 그 자신이 유령이 되어 걷는 것이다. 언제 핸들을 꺾을지 모를 운전자와 눈이 먼 간호사, 네발로 기어 다니며 사람들을 물어뜯는 목사와 마약에 취한 공무원들의 거리를 배회하다가는 영영 집으로 돌아오지 못할 수도 있다. 이제 상식의 보호 서클이 깨지고 보이지 않는 틈새로 비이성의 광기가 숨어들었다. 존재의 수동적인 추격자였던 그림자가 거꾸로 존재를 넘어뜨리고 그 위에 자신의 위엄을 드러낸 것이다.

섬사람들에게 찬사를 받던 태양은 외로운 신이 되고 말았다. 추방당한 신은 창문마다 배교의 표식처럼 드리워진 검은

천을 훑으며 쓸쓸히 뜨고 졌다. 빛은 백색 공포가 됐고 하늘에서 떨어지는 덫으로 변했다. 함부로 거리를 나서는 자들은 어김없이 그 덫에 걸려 가족과 친구들을 잊었다……'

'할머니가 집을 나갔다'는 문장 아래 나는 이렇게 썼다. 며칠 전부터 할머니는 여자가 되고 싶던 남자, 신을 모시기 싫었던 무당, 침묵 속에 갇혀 있던 귀머거리와 어울렸는데 그들은 바뀐 그림자 덕에 오히려 행복해진 소수의 무리였다. 우리를 부양하며 시간을 보내기엔 할머니는 모처럼 돌아온 젊음이 아까웠을 것이다.

동생과 나는 할머니의 유모차를 가지고 주인 없는 상점을 털었다. 다들 그랬기 때문에 도둑질하는 기분은 들지 않았다. 당분간 먹을거리는 해결됐지만 안전은 담보할 수 없었다. 주변에 우발적인 범죄자들이 넘쳐났고 섬 전체에 신경질적인 긴장감이 고압 전류처럼 감돌았던 것이다. 그동안 정부가 해준 일이라곤 '그림자주의보'를 발령한 것밖에 없다. 일몰과 일출 시간, 흐린 날과 맑은 날을 알려주어 그림자의 위험지수를 예보하는 것인데, 이 정도면 일기예보와 다른 게 뭐란 말인가?

"제발 혼자 돌아다니지 좀 마."

나는 미치광이들의 거리에 무서운 줄 모르고 나서는 동생을 말리느라 진이 빠졌다. 동생의 호기심은 짜증이 날 정도였고,

낯선 사람에게 경계 없이 다가가는 것도, 사람들을 도우려 오지랖 넓게 나서는 것도 지금 상황에 맞지 않는 행동이었다.

"그래도 우린 정상이잖아. 그림자가 바뀌지 않은 건 사람들을 도와주라는 뜻이 아닐까?"

"언니는 우리가 멀쩡하다고 생각해?"

불쑥 이런 말이 튀어나왔는데 뱉자마자 엄청난 사실을 깨달았다. 동생을 '언니'라고 부른 것도, 언제부터인가 노트에 기록을 하고 냉철히 상황을 파악하려는 것도 모두 한 가지 사실을 말해주고 있었다.

"우리도 바뀐 거야. 몰랐을 뿐이지."

평소 같으면 이 말은 동생의 입술에서 나와야 한다. 바보같이 우리는 똑같은 그림자를 가졌기 때문에 여태껏 진실을 알아차리지 못한 것이다.

"무슨 일이냐? 나 좀 풀어다오."

마당의 나무에 묶여 있던 삼촌이 대화를 끊었다. 삼촌은 자기 그림자가 인형뽑기 중독자라는 것 말고 어떤 끔찍한 성향을 가진 사람인지 알 길이 없다며 두려워했다. 삼촌의 가장 큰 두려움이 열다섯 살짜리 소녀들과 살아가는 것, 언제 타인이 되어 우리를 덮칠지 모른다는 것임을 나는 알고 있다. 삼촌은 낮 동안 자신을 묶어달라고 부탁했다. 그러나 돛대에 묶인 채 세이렌의 노래를 들으며 항해하는 오디세우스처럼 주변에서 어떤 일이 벌어지는지 알고 싶어 했다.

"그다지 달라질 것도 없잖아."
나는 동생인지 언니인지 모를 내 자매에게 이렇게 말했다.

*

시간이 흐르면서 자연스럽게 섬은 '낮의 사람들'과 '밤의 사람들'로 나뉘었다. 태양을 두려워하지 않는 낮의 사람들은 반쯤 괴물로 변해 야만과 폭력을 즐겼다. 그들은 툭하면 두꺼운 커튼을 치고 낮 동안 잠을 청함으로써 자아를 보존하려는 '밤의 사람들'을 공격했다.
"병신들."
"두더지처럼 살지 말고 밖으로 나와!"
우리는 창밖의 소란을 무시하기 위해 귀를 막고 불안한 오후를 보내야만 했다.

단순히 그림자만 바뀐 것이라면 왜 정상적인 사람보다 난폭한 사람의 수가 갑자기 증가한 것일까?

오늘의 메모는 이렇게 시작됐다. 광기가 이토록 빠르게 확산된 것은 다른 존재로 살아볼 유혹에 투항한 자들 때문만이 아니다. 정말 심각한 건 사람들이 평소 저지르고 싶던 짓을 행한 후 그림자 탓이라고 둘러댄다는 것이다. 갑자기 아내를 때리기 시작한 약국 아저씨는 바뀐 그림자 때문에 그런 것일까? 학교 유리창을 박살낸 학생들의 그림자가 제각각이었던 건 어떻게 설명할 수 있을까? 어쩌면 '나는 내 자신이 아니므로 어떤 짓을 하든 면죄부가 있다'는 계산이 깔린 것은 아닐까? 죄책감 없는 타락이 용인되자 저마다 마음껏 방탕할 수 있는 자유를 누렸고 한번 저지른 부도덕에 점점 가속이 붙은 것이다.

시가지에는 반쯤 그슬린 건물 사이로 광기에 휩싸인 사람들이 돌아다녔다. 동생과 나는 겨우겨우 대형 마트까지 갔지만 입에서 술과 피가 동시에 흐르는 사람들에게 쫓겨 빈손으로 도망쳐야 했다. 그날 밤 삼촌은 가라앉은 목소리로 말했다.

"아무래도 떠나야 할 것 같다. 더 안전한 곳으로."

우리는 고개를 끄덕이고 짐을 꾸렸다. 지금쯤 할머니는 어디에 있을까? 우리와 달리 할머니는 태양이 밝은 대낮을 골라 먼저 집을 떠났다. 아마도 한밤중에는 다시 꼬부라진 허리로 잠이 들 것이다.

가로등이 깨져 있는 해안 도로를 걷다 보니 살던 곳을 버리고 떠나는 사람들이 행렬을 이루고 있다.

"모두 어디로 가는 거예요?"

"서쪽 산으로. 해가 가장 늦게 뜨고 빨리 지는 곳이지."

피난민 행색의 사람들이 무기력한 목소리로 말했다. 이 섬은 서쪽이 높고 동쪽이 낮은 지형이다. 동쪽에 몰린 해수욕장을 따라 관광지가 발달했고 개발이 안 된 서쪽 산에는 아직도 야생동물이 살고 있어 인적이 뜸했다. 그림자가 변치 않을 험한 산을 떠올리자 사람들이 한결같이 그쪽으로 향하는 이유를 알 수 있었다.

삼촌의 의족은 오래 버티지 못했다. 갓길에 주저앉은 삼촌 대신 동생은 지나가는 차를 볼 때마다 손을 흔들었다. 다행히 포장을 씌운 트럭 한 대가 우리 앞에 멈췄다. 트럭 기사는 삼촌과 우리 자매를 보더니 턱짓으로 짐칸을 가리켰다. 거기에는 젖먹이를 안은 젊은 엄마와 노부부, 씨근덕거리는 숨을 뱉는 천식 환자 등 우리처럼 빨리 걸을 수 없는 사람들이 타고 있었다. 인사가 오간 후, 나는 쉬지 않고 우는 젖먹이 엄마를 훔쳐보다 천식 환자에게 살짝 물었다.

"저분은 왜 우는 거예요?"

"간질 환자 그림자가 붙었대. 발작 때문에 애를 세 번이나 떨어뜨렸나 봐."

아이 엄마는 계속해서 모포에 눈물을 닦았다. 흐느끼는 소리 때문에 트럭 안의 분위기는 영 침울했다.

서쪽 산에서의 생활은 단 두 가지로 압축된다. 빛을 방어하는 것과 먹을 것을 구하는 것. 자연스레 무리의 리더가 선출됐고 사람들은 규율을 만들어 삶을 이어갔다. 천막을 치고, 먹을 수 있는 열매나 나물을 찾고, 돌아가며 불침번을 서는 동안에 장마가 찾아왔다. 종일 천둥이 치고 비가 퍼붓는 날이 계속됐지만 우리는 모처럼 그림자가 없어 평온한 낮 시간을 즐길 수 있었다. 석회 성분이 섞인 계곡물 대신 빗물을 마음껏 쓸 수 있는 것도 좋았다.

  장마가 끝나 다시 밤에만 생활하게 됐을 때 사람들은 인간이 얼마나 놀라운 적응의 동물인지에 대해 즐겁게 떠들었다. 하지만 이곳의 평화는 오래가지 않았다.

  은신처가 습격을 당한 것은 버섯을 따러 들어간 골짜기에서 하룻밤을 묵고 돌아온 날이었다. 우는 아이들 소리에 놀라 뛰어가보니 삼촌은 부서진 천막 더미에서 의족을 집어들고 있었다.

"무슨 일이야, 삼촌?"

"습격을 당했어. 네 동생이 끌려갔다."

  낮의 폭도들이 여기까지 침입했다고? 우리는 되도록 불도 피우지 않고 뱀파이어처럼 밤에만 움직였는데 어떻게 이곳을 찾아냈단 말인가.

"교수 짓이 틀림없어. 밤마다 책도 못 읽는다고 투덜거리더니 제 발로 나간 거야. 하지만 그 치들을 끌고 올 줄 몰랐다."

"지금 그게 문제야?"

  공포보다는 분노가 치밀어 머릿속이 아찔해졌다. 여자들을 싣고 갔다면 무슨 짓을 하려는지 뻔했다. 태어났을 때부터 지금까지 동생과 난 떨어져본 적이 없다. 나는 집히는 대로 짐을 챙겨 뛰어나갔다.

"위험한데 어딜 가?"

"어떡하든 찾아올 거야. 꼭 찾아서 같이 올게, 삼촌."

*

지금의 나는 누구일까?

해안 도로를 걸으며 나는 내 그림자에 물었다. 말라붙은 입술 거스러미를 떼어내자 쇳내 나는 피 맛이 감돈다. 이 피의 주인은 분명 나일 것이다. 그러나 진정한 주인은 발밑에 있다. 성별도 키도 체구도 나와 똑같은 그림자의 주인을 찾으러 가는 동안 나는 만나는 사람마다 이렇게 물었다.

"제 동생 못 보셨어요? 저와 똑같이 생겼는데요."

"제 언니 못 보셨어요? 저와 똑같이 생겼는데요."

밤과 낮에 따라 질문은 달라졌지만 어떤 몽타주보다 정확한, 바로 나 자신의 얼굴이 있기 때문에 사람들에게 동생의 인상착의를 말하기는 쉬웠다. 미친 여자에게 머리채를 잡히거나 뱀 그림자를 가진 사내에게 뒤꿈치를 물리는 등 위험한 순간도 적잖이 겪었다. 위기에 대처하면서 생존력을 터득한 나는 우리가 떠나온 곳을 향해 조금씩 나아갔다.

몇 달 만에 보는 시가지는 폐허로 변해 있었다. 새로 지어지던 모텔과 펜션은 무너지고 거리 전체에서 뭐라 말할 수 없는 시큼한 냄새, 아무렇게나 방치된 모든 것들이 자아내는 압도적인 냄새가 풍겨왔다. 발 딛는 곳마다 깨진 유리창, 난잡한 성교의 흔적, 오물과 쓰레기가 넘쳐났다.

광장 분수대 주변에서는 동성과 이성, 아이와 어른, 사람과 동물의 성교가 질펀하게 벌어지고 있었다. 하도 자연스러워서 오히려 당연하게 느껴질 정도였다. 구청 모퉁이를 돌았을 때 나는 뼈를 뱉어내며 고양이를 오물오물 먹고 있는 무리를 발견했다. 옆에는 돌조각이 눈에 박힌 채 고통스러워하는 사람이 떠돌고 있었다. 되도록 낮에는 돌아다니지 말아야겠다는 생각이 절로 들었다.

버려진 건물 보일러실이 내 새로운 은신처가 됐다. 나는 먼저 온 사람——이미 시체가 되어 있는——의 물건을 내다 버리고 두려움에 맞서기 위해 오직 동생만 생각하기로 했다.

해가 떨어지자마자 우리가 살던 집부터 가보았으나 동생의 흔적은 없었다. 뻥 뚫린 담장 너머로 옆집의 안방이 그대로 들여다보였다. 불에 탄 가구가 한때나마 사람이 살던 흔적일 뿐 골목 전체에 개미 새끼 한 마리 얼씬거리지 않았다. 나는 동생과 함께 쓰던 방에서 하루를 더 머물다 보일러실로 돌아왔다.

낮의 사람들 중에는 더러 밤중에도 깨어 있는 사람들이 있었다. 대부분 악몽 때문에 깨어나 우는 사람들이다. 그림자로부터 풀려나 잠시 유순해진 그들은 간혹 내 질문에 대답을 해주었다.

"혹시 제 동생을 못 보셨어요? 저랑 똑같이 생긴 아인데요."

은행 앞에서 한 남자를 발견한 나는 울음이 잦아들기를 기다려 물어보았다.

"난 죽이지 않았어. 정말이다."

남자가 피 묻은 손을 재빨리 등 뒤로 숨기는 것을 보자 심장이 얼어붙는 듯했다. 횡설수설하는 말 속에서 나는 그가 섬사람들이 가장 두려워한 그림자, 여섯 명을 죽인 연쇄살인범의 그림자가 붙은 사람임을 알아차렸다. 두 아이의 아버지이자 수학 교사인 그는 해가 저물면 자신의 손에 묻어 있는 희생자의 피와 머리카락을 발견했다. 공포와 피곤에 지친 그는 일찍 잠이 들었고 다음 날에는 살인자로 눈을 떴다. 그러나 이렇게 불현듯 잠에서 깨어난 밤이면 자신의 두 손에 남아 있는 죄의 흔적을 이해할 수 없어 우는 것이다. 연민을 느끼기에 그 손은 너무 무서워 보였다.

갈수록 동생을 찾는 일은 점점 더 힘들어졌다. 폭도들을 경계하느라 늘 긴장 상태였고 걸핏하면 굶기 때문인지 다리가 무거웠다. 특히 낮에는 온몸에 힘이 빠져 시체처럼 꼼짝할 수 없었다. 이대로 동생을 찾지도, 삼촌에게 돌아가지도 못하고 두 평 남짓한 보일러실이 내 무덤이 될 것 같아 자꾸 마음이 약해졌다.

"시가지에도 없고 서쪽 산에도 없다면 남은 곳은 맹인교의 동굴뿐이다. 나와 함께 갈래?"

통조림을 나눠 준 언니가 이렇게 말해주지 않았다면 정말 포기했을지도 모른다. 그녀는 밤과 낮 어디에도 속한 사람이 아니었다. 몽유병자처럼 두 구역을 떠도느라 머리가 돌아버릴 지경이라는 언니는 대답도 듣지 않고 앞질러 걸어갔다. 나는 그 뒤를 따랐다.

*

맹인교의 동굴은 북쪽 해안 절벽에 있다. 입구는 작지만 들어가면 쥐굴처럼 복잡하게 뻗어나간 좁고 긴 미로다. 빛은 전혀 들지 않았다. 네발로 기다시피 걷다 보니 두 무릎엔 금방 생채기가 났다.

"어서 와요."

얼굴을 더듬는 수많은 손들이 물러난 후 나는 맹인교 교주에게 인도됐다. 동굴 벽에 부딪쳐 울리는 교주의 목소리에는 기이한 확신이 서려 있었다.

"진정으로 앞을 보지 못하는 자들은 스스로 장님이 된 우리가 아니라 저 바깥의 사람들입니다. 신은 죄 많은 우리를 심판하기 위해 기만적인 빛을 내리셨습니다. 심판의 순간까지 온전한 자신으로 남아 있는 자만이 선택을 받을 것입니다."

맹인교의 교리는 단순한 종말론에 가까웠다. 선택을 받기 위해서는 눈먼 짐승처럼 동굴을 기어 다니며 기도하고, 하루 한 끼 식사로 만족해야 했다.

겉보기엔 더할 나위 없이 금욕적이었지만 이곳도 정상이 아니기는 마찬가지였다. 보이지 않는다는 핑계로 서로를 주무르거나 내키면 몸을 섞는 사람들과 광장 분수대에서 질펀한 난교를 벌이던 낮의 사람들 간의 차이는 빛의 존재와 부재뿐 아닌가. 어째서 빛과 상관없이 광기의 양상은 똑같은 걸까.

맹인교도의 동굴을 구석구석 뒤지면서 나는 이렇게 물었다.

"제 동생 못 보셨어요? 저랑 목소리가 똑같은 아인데요."

똑같은 얼굴, 똑같은 목소리. 동생을 찾는 시간이 길어지면서 내가 찾는 것이 나인지 내 동생인지 점점 더 알 수 없어졌다.

어둠 속에서 날짜 세기를 포기했을 때 놀라운 소식이 전해졌다. 뛰쳐나간 사람 중 한 명이 돌아와 바깥 동정을 알려준 것이다.

"바보처럼 여기 있을 게 아니에요. 밖에선 그림자를 찾는 기적이 한창이라고."

기적은 이곳 사람들이 가장 굶주려 있는 일이다. 남자에 따르면 그림자를 '분리'하는 소녀가 나타나 바뀐 그림자를 되돌려주고 있다는 것이다.

"알다시피 난 외국인의 그림자를 달고 있었죠. 그런데 그 소녀는 내 그림자를 갖고 나타났어요. 그 애가 그림자를 돌려주는데 맙소사, 마치 자석에 쇳덩이가 붙는 것처럼 철썩 달라붙더라니까. 그 순간 완전해진 자신감이 밀려오면서 외국어가 딱 멈추는 거야."

"그럼 외국인의 그림자는요?"

"소녀가 가져갔지. 다음번엔 그 외국인을 찾아갔을 거요. 밖에는 그 애가 고쳐준 사람이 엄청나게 많다니까. 이렇게 처박혀 있지 말고 어서 기적을 만나요!"

맹인교도들은 교주와 믿음을 버리고 쥐굴을 빠져나가는 쥐 떼처럼 다투어 빛의 세계로 몰려갔다.

*

마침내 나도 기적의 소녀를 만날 수 있었다. 하얀 피부에 은발을 가진 소녀의 옆에는 커다란 개가 따라다녔다. 이목구비가 정확히 떠오르지 않는 것은 소녀의 실루엣이 빛무리에 둘러싸인 것처럼 희미하게 번져 있었기 때문이다. 다만 두 눈동자는 칠흑처럼 검어서 나머지 부분과 또렷한 대조를 이루었다.

한참 지켜보다 보니 소녀가 어떻게 그림자를 떼고 붙일 수 있는지 알 수 있었다. 소녀에겐 자기 그림자가 없었다.

내가 처음 그 애를 봤을 때 소녀는 대머리의 그림자를 가지고 있었다. 그 그림자의 원래 주인을 찾아낸 건 앞장선 흰 개였다. 그에게는 원피스를 입은 여자의 그림자가 달려 있어 행동도 걸음걸이도 여성스러웠다.

소녀가 짤막한 나무 막대기를 들고 대머리에게 다가가더니 그에게 달린 원피스 그림자의 윤곽선을 땅바닥에 그리기 시작했다. 이윽고 선이 완성되자 원피스 그림자는 종이로 오려낸 것처럼 남자에게서 떨어져 나왔다. 소녀는 자기 발밑에 있는 그림자도 똑같이 방법으로 떼어냈다. 이제 땅에는 두 벌의 그림자가 주인을 기다리고 있다. 소녀가 먼저 원피스 그림자의 발 부분에 자기 발을 가져가자 대머리도 조심스럽게 원래의 자기 그림자로 발걸음을 옮겼다. 잠시 후 그림자를 되찾은 대머리가 환호성을 질렀다. 이런 식으로 소녀는 그림자를 바꿔가며 원래의 주인에게 돌려주고 있던 것이다.

열광하는 것은 맹인교도들뿐이 아니었다. 그림자를 되찾은 수많은 사람들이 소녀를 따라다니며 기적의 순간이 다른 이에게도 똑같이 행해지는 것을 지켜봤다. 나 역시 소녀의 뒤를 따라갔다. 소녀를 쫓다 보면 언젠가 내 동생도 찾을 수 있을 것이다. 하지만 동굴 밖에 나온 후로 기력이 더욱 떨어져 낮에는 서 있기조차 힘들었다.

*

공설운동장은 대형 스크린과 네 개의 조명탑을 갖춘, 섬의

규모에 비해 지나치게 큰 체육 시설이다. 완공된 후로 객석을 꽉 채워본 적이 없다는데 오늘은 계단까지 사람들로 북적였다.

시장이 하마 그림자를 떼어내고 본래의 그림자를 되찾은 건 상당수의 인구가 기적을 체험한 후였다. 동물원의 진흙 연못에서 지내던 시장은 제정신으로 돌아오자마자 섬의 질서를 찾는 데 자신이 기여한 바가 전혀 없다는 걸 깨달았다. 〈그림자 페스티벌〉이라 불린 그 행사는 다분히 재선을 염두에 둔 시장의 결정이었다. 아직까지 제 그림자를 찾지 못한 사람을 한자리에 모아놓으면 기적의 속도가 빨라진다는 게 시장의 판단이었다.

"존경하는 시민 여러분, 우리는 사상 유래 없는 재난을 맞이했습니다. 하지만 혼돈은 물러가고 새로운 물결이 우리 앞에 밀려오고 있습니다. 시장인 저는 하루속히 여러분의 곤란을 종식시켜드리고자……"

시장은 '재난' '혼돈'이라는 말로 교묘하게 그간 있었던 끔찍한 사건을 두루뭉수리하게 넘어간 후, 기적의 소녀를 자신이 고용한 것 같은 뉘앙스를 풍기며 연설을 마무리했다. 이윽고 추종자에 둘러싸인 소녀가 모습을 드러냈다. 눈부시던 소녀의 흰옷은 실밥이 풀려 너덜너덜했고 후광처럼 소녀를 감싸고 있던 빛도 처음보다 흐릿해져 있었다. 그림자를 찾지 못한 사람들은 남루한 소녀의 모습에 실망했지만 관중석에 앉아 자신들을 '구경'하는 사람들처럼 속히 예전의 모습을 찾고 싶어 안달이었다. 똑같이 혼란에 놓였을 때와 달리, 그림자를 찾은 사람과 그렇지 않은 사람이라는 새로운 불평등이 도래했기 때문이다.

행사는 사흘 밤낮으로 이어졌다. 급조된 마칭 밴드가 비슷한 레퍼토리를 반복하는 동안 소녀는 그림자를 분리해 주인에게 돌려주었다. 그림자를 되찾은 사람들이 늘수록 일의 속도도 빨라졌다.

시민들의 웃음이 멈추는 순간도 있었다. 그림자의 주인이 시체로 밝혀진 경우다. 운동장 구석에는 마흔여섯 구의 시체와 서른한 마리의 동물 사체가 흰 천에 덮여 지나간 혼란을 증거하고 있었다. 그러나 사람들의 우울한 기분은 전광판의 숫자가 바뀔 때마다 다시 유쾌해졌다. 전광판에는 그림자를 찾은 사람의 숫자와 남은 사람의 숫자가 축구 경기의 스코어처럼 나란히 기록됐다. 앞의 숫자가 올라갈 때마다 박수 소리가 힘차게 터져 나왔다.

하지만 나는 박수를 칠 수 없었다. 아직 동생의 모습이 보이지 않았기 때문이다. 그림자를 돌려주기 싫어 뒷걸음질 치던 할머니와 재회했을 때도, 그림자를 찾은 삼촌이 절룩거리며 나에게 다가왔을 때도 나는 긴장을 풀 수 없었다.

마지막 날 밤이 되자 운동장에 남아 있는 사람의 숫자는 2백여 명 안팎으로 줄었다. 연쇄적으로 그림자가 바뀐 사람들은 다들 제 그림자를 찾았다. 남은 이들은 아버지와 아들의 그림자가 서로 바뀐 것과 같이 그림자들끼리 맞교환된 사람들뿐이다.

  이제 운동장에는 일일이 눈으로 확인할 수 있을 정도의 사람들과 얼굴이 흰 천으로 덮여 있는 몇 구의 시체들만 남아 있다. 나는 다가올 파국을 알면서도 버티는 사람처럼 입술을 깨물었다.

  소녀가 시체 중 하나의 천을 거둬냈을 때 나는 손으로 입을 막아 비명을 참아냈다. 시체는 나와 똑같은 얼굴이었다. 그제야 왜 낮에는 꿈 없는 잠만 잤는지 똑똑히 알 수 있었다. 소녀는 거침없이 내 뒤에 숨어 있던 동생의 그림자를 떼어냈고 내 발밑에는 '자석에 달라붙는 듯한 느낌'이 전해졌다. 그 순간 물에 젖은 솜처럼 무거웠던 몸뚱이가 가벼워지면서 태내에서부터 함께했던 동생과 영영 이별했다는 사실을 실감할 수 있었다.

  나는 떨리는 손으로 동생의 주검을 만져보았다. 내 주검을 만지는 것처럼 섬찟해서, 삼촌에게 기댄 채 정신을 잃고 말았다. 차라리 그림자를 찾지 못한 채 영원히 헤매는 편이 나았을 텐데. 나는 소녀가 되돌려준 질서가 견딜 수 없이 원망스러웠다.

*

의식을 되찾은 건 귀를 찌르는 폭죽 소리 때문이었다.

눈을 떠 보니 전광판의 뒤쪽 숫자는 '0'이 되어 있었다. 사람들은 일제히 관중석에서 운동장 복판으로 달려들었다. 군중들이 둥근 원이 되어 소녀를 감쌌을 때 갑자기 발걸음을 멈춘 건 누군가의 한마디 때문이었다.

"정말로 그림자가 없네."

소녀의 발밑에는 소녀가 앉은 의자의 그림자만 길게 자라 있었다.

하지만 기적의 순간마다 소녀의 발밑에서 그림자가 사라지는 걸 봤지 않았던가. 그런데 사람들은 왜 감사 인사 대신 가시 돋친 질문을 퍼부었을까.

"왜 그림자가 없는 거죠?"

"대체 그런 능력은 어떻게 생긴 거냐구!"

모두들 제 그림자를 되찾은 세상에서, 얼굴에 음영도 지지 않고 발밑에 그림자도 없는 소녀는 방금 전까지의 혼돈을 일깨워주는 기이한 존재였다. 몇몇 사람들은 그래도 덕분에 이만큼 일이 해결된 것 아니냐고 소녀를 두둔했지만 의혹의 목소리는 줄지 않았다.

"애초에 이런 일이 생긴 것부터가 저 소녀 때문이 아닐까요? 그러니까 저 애가 이 일을 해결할 수 있던 거고."

눈을 감은 채 침묵을 지키는 소녀를 대신해 누군가 날카로운 추측을 내놓았고, 이 말은 기름에 불붙은 성냥을 떨어뜨린 것처럼 사람들을 자극했다.

"저 애를 놔두다간 또 무슨 일이 생길지 몰라요."

"일어나서 무슨 말 좀 해봐!"

누군가 소녀에게 물병을 집어 던졌다. 발치에 웅크리고 있던 개가 으르렁거리자 그제야 소녀는 눈을 떴다. 얼굴은 여전히 무표정했지만 파리했던 소녀의 몸은 처음 본 그 순간처럼 환해졌다. 동시에 운동장을 비추던 조명탑의 불빛이 점점 더 밝아지기 시작했다.

대형 스크린에는 클로즈업된 소녀의 얼굴이 커다랗게 나타났다. 운동장에 모인 사람들은 소녀의 까만 눈동자에 하얀 점이 생겨난 것을 똑똑히 지켜봤다. 하얀 점이 점점 커지면서 검은 눈동자를 삼키는 모습은 모두의 기억 속에 남아 있는 개기일식의 하늘을 거꾸로 재현한 것이나 다름없었다. 눈동자에서 검은빛이 빠져나가자 소녀의 발밑에는 검은 잉크가 번지는 것처럼 그림자가 자라나기 시작했다. 동시에 압도적인 공포가, 무언가 잘못되고 있다는 공포가 사람들을 사로잡았다.

"안 돼!"

소녀를 에워싸던 원이 무너지면서 사람들이 달려드는 순간, 운동장을 밝히던 조명탑의 전구가 불꽃을 튀기며 터져나갔다. 순식간에 어둠이 덮쳤고 겨우 주인을 찾은 그림자도 사라져버렸다. 밤과 낮의 사람들이었던 그들, 두 벌의 자아를 오가느라 미칠 듯한 혼란을 겪었던 그들은 마지막 광기에 휩싸였다.

빛은 어디에도 없다. 우리를 기만하고 혼란시켰던 빛은 어디에도 없다. 사람들은 완벽한 어둠 속에서 한 덩어리가 되어 멈추지 않을 긴 비명을 질러댔다. 다시는 빛이 돌아오지 않기를 바라면서 나도 입을 벌려 비명을 질렀다. 비로소 광기로 몸을 해방시킨 사람들의 심정을 알 것 같았다. 백 퍼센트의 공포, 백 퍼센트의 환희, 백 퍼센트의 어둠이 내 몸 가득 차올랐다. 보이진 않지만 나는 이 어둠 속에서 사람들의 이빨이 새하얗게 빛나고 있을 것이라고 상상했다.

개그맨

내가 사랑하는 남자는 TV 안에 있다. 그는 개그맨이다. 그는 신중하게 공을 때리는 프로 당구 선수처럼 말 사이의 타이밍을 노려 공기를 한곳으로 얼어붙게 만드는 개그를 구사한다. 느린 말투에 느린 움직임, 한순간 던진 말로 주변을 어리둥절하게 만든 후 각자의 연상 끝에 터지는 폭소. 대중이 그의 개그를 좋아하게 되기까지는 오랜 시간이 걸렸다.

　나는 그가 무명 시절일 때 만났다. 양철 지붕에서 통통, 빗소리가 울리던 바bar였다. 좁고 꾀죄죄한 곳이지만 안주는 비쌌던 것으로 기억된다. 개그맨은 떨어지는 빗물을 바라보면서 수첩에 뭔가를 적고 있었다. 교과서를 덮은 후 더 이상 시를 읽은 적이 없는 나는 아주 쉽게 그를 시인이라고 생각했다. 그가 적은 건 훗날 CF에도 등장한 유행어였다.

그 시절엔 직장이 따분해 못 견딜 지경이었다. 구인 광고를 보고 찾아간 곳에서 사장은 작업실 한 귀퉁이를 가리켰다. 네모난 어항 같은 유리 파티션 안에 전화기가 놓인 책상이 있었다. 사장이 직접 전화를 받으면 고객에게 신뢰를 주기 어렵다는 게 나를 고용한 이유의 전부였고, 전화는 종일 서너 통밖에 걸려오지 않았다. 나는 유리 파티션 안에 앉아 컵 모양의 종이에 부어진 머핀 반죽처럼 온갖 공상으로 부풀어 올랐다.

월급날에는 또 다른 어항을 찾았다. 양철벽에 유리창을 낸 작은 바에는 화가나 음악가 들이 열대어처럼 떠다녔다. 최대한 자연스럽게 섞여 있다는 인상을 주기 위해 애쓰는 나. 전류가 흐르지 않는 꺼진 소켓 같은 나. 벽에 걸린 꽃처럼 붙박여 있는 열아홉. 그런데 마침내 손을 내민 사람이 나타난 것이다.

"동물원, 갈래요?"

첫마디가 뭐였는지, 무슨 말을 나눴는지 기억나지 않지만 여하튼 그가 이 여섯 글자를 발음할 때(그리고 사이에 쉼표를 넣었을 때) 벌어진 입 모양은 분명히 떠오른다. 그날 난 월급의 상당액을 술값으로 지불했고 벽에서 풀려 나왔다. 그의 트레이드마크 같은 유행어를 최초로 들은 사람도 나였다. 나는 나만의 허영심으로 이 기억을 지금껏 간직하고 있다.

동물원은 기묘한 어항이었다. 철창 안에는 다른 종의 포로

들이 반쯤은 긍지를 상실하고, 또 반쯤은 여전한 긍지를 간직한 채 앉아 있었다. 영장류관에서 우리는 오랑우탄의 거대한 주름을 바라보았다. 회색 가구처럼 꼼짝 않던 오랑우탄이 갑자기 벽에 머리를 쿵쿵 찧기 시작했다. 깜짝 놀란 내가 유리에서 떨어지자 그가 웃었다. 지금은 유명해진 그 웃음소리.

"무서워요?"

두려워요, 라고 속으로 대답했다. 유리 벽이 흔들릴 정도로 이마를 쾅쾅 찧어대는 오랑우탄의 몸부림은 어딘가 경이로운 데가 있었다. 나는 저렇게 온몸을 부딪쳐본 적이 없다. 어느 날 나를 둘러싼 어항이 녹아버리고 늙은 내가 흘러나오는 순간이 올까 봐 늘 두려웠다.

개그맨은 알갱이로 된 갈색 설탕을 오도독 씹어 먹기를 좋아하고 물고기와 함께 산책하는 일을 좋아했다. 그가 기르는 물고기들은 오래 살지 못했다. 시든 꽃을 버리고 새 꽃을 사는 사람처럼 그는 죽은 물고기를 버리고 새 물고기를 사러 나오곤 했다. 그런 오후에는 반드시 나를 만나러 왔다.

스물일곱의 남자가 비닐봉지를 든 채 나를 기다리던 모습이 선연하다. 투명한 비닐 안에는 물고기가 느긋하게 헤엄치고 있었다. 우리는 걷거나 전철을 탔다. 물고기를 들고 다니는 것은 평범한 데이트에 긴장을 불러일으키는 일이었다. 물이 새거나 너무 흔들리면 곤란하므로 자연히 걸음이 느려지는데 그것도 좋았다. 할 말이 떨어지면 말없이 물고기만 바라

보았다. 그 유연한 움직임을 들여다보는 일은 묘하게 중독성이 있어 물고기의 종을 물어본 적도 있는데,

"글쎄, 이마트에서 파는데 7백 원인가 그럴 거야."

이렇게만 말하고 그는 귀를 긁적였다. 귓바퀴가 안쪽으로 살짝 접힌 작은 귀. 기린이라면 좀더 쫑긋한 귀가 어울릴 텐데. 그와 닮은 동물을 고르라면 단연 기린이었다. 높이 솟은 목 위로 젊지도 늙지도 않은 얼굴의 기린. 그 큰 몽상가는 긴 목과 다리 때문에 느리게 활강을 하듯 움직일 수밖에 없다. 도대체 민첩해질 수가 없는 것이다. 물고기를 들고 다니는 그도 그랬다.

"너를 사랑하는 것 같아."

어느 날 가장 높은 곳에 돋은 나뭇잎을 갉아 먹듯 그가 내게 속삭였다. 나는 홍학처럼 붉어졌다.

스무 살이 되는 여름의 일이다.

서른아홉의 나도 여름을 맞고 있다.

무명 시절이 끝나자 그는 어항을 내게 맡겼다. 나는 깨끗이 닦은 어항을 TV 위에 올려놓고 리모컨을 눌렀다.

브라운관에서 그가 튀어나왔다. 연예인이 스무 명쯤 나와 퀴즈를 맞히는 오락 프로그램이었다. 맨 뒷줄에서 다른 출연자에 반쯤 가려진 그가 보였다. 작은 귀와 끔벅이는 눈동자를 찾아내자 눈물이 날 것 같았다.

첫 출연에서 그는 한마디도 하지 않다가 벌떡 일어나 카메라 밖으로 사라졌다. 놀란 MC가 얼마 후 돌아온 그에게 무슨 일이냐고 물었다.

"오줌이 마려워서요."

심드렁하게 말한 개그맨은 눈을 또 끔벅거렸다. 다들 오줌 줄기처럼 시원하게 웃어댔다.

그는 나무의 아래에서 위까지 이파리를 모조리 먹어치우는 기린처럼 참을성을 가지고 영역을 넓혀나갔다. 자학적이지만 불쾌하지 않은 위트를 묻어놓고 사람들이 웃기를 기다리는 표정이 내 눈엔 똑똑히 보였다. 아무도 웃지 않으면 잠깐 초조한 표정을 짓다가 이내 태평한 얼굴로 돌아갔다. 내게는 그가 TV에 나오는 것보다 왼쪽 턱에 작은 점이 있는 걸 발견한 게 더 놀라웠다. 늘 오른편에서 걸었기 때문에 왼쪽 모습을 자세히 본 적이 없던 것이다.

한번은 그가 걸인 행세를 하고 나온 적이 있다. 다 떨어진 옷에 가발을 쓴 그는 쉴 틈 없이 사람들을 몰아치며 웃겼다. 세상이 떠나가라 웃는 사람들을 보고 있자니 후드득 눈물이 나왔다. 필사적으로 웃음의 그물을 치는 그와 통통한 물고기처럼 왁자하게 입을 벌리고 웃는 사람들의 결합은 이상하리만치 감동적이었다. 사소한 수치심 하나까지도 깊숙이 간직하고 살아가는 나로서는 자신을 재료 삼아 대중과 줄다리기를 하는 그가 세상에서 가장 용감해 보였다.

내 연인의 사랑스러움을 그대로 전해주는 TV는 얼마나 신기한지. 가끔씩 나만 알아볼 수 있는 기호들이 잡힐 때, 그러니까 곤란한 순간 미세하게 떨리는 눈썹이라든가 하품을 참을 때 부풀어 오르는 인중을 발견할 때 나는 수백만 명의 시청자와는 다른 맥락으로 웃을 수 있었다. 그의 유행어를 흉내 내는 사람을 발견하는 일도 신기했다. 어디서나 그를 따라하는 사람들이 눈에 띄었기 때문에 우리가 헤어졌다는 사실도 실감이 나지 않았다.

어느 밤인가 아파트 베란다에서 앞 동의 거실을 한참 들여다본 적이 있다. 온 가족이 개그맨이 나오는 방송을 보면서 깔깔거리고 있었다. 저 많은 창문들 안에 TV가 있고 그 안에 내 연인이 들어 있다는 생각을 하자 친구 한 명 없는 도시가 다정하게 느껴졌다.

그가 전성기를 이어간 동안 나는 여러 마리의 물고기를 길렀다.

사장은 나무를 깎아 간단히 조립할 수 있는 가구들을 팔았는데 반응이 꽤 좋았다. 주문이 몰려들자 두 명의 직원을 더 채용해 일을 나누어 주었다. 사장은 언제나 첫번째 커피를 마신 후 나를 호출했다. 함께 일한 지 몇 년이 지나도 내 이름 끝에 꼭꼭 '군' 자를 붙여서 부르는 그였다. 첫인상이 소년 같아서, 조그만 작업실에 온종일 함께 있는데 여자라고 생각하면 너무 쑥스러워서 부른 호칭이 굳어진 것이라고 했다. 나무처럼 우직하고 결이 드러나는 사람이었다. 내내 일에만 매달려 있던 그는 야근을 하던 어느 밤, 청혼이랄 것도 없는 말을 건넸다. 나는 고개를 떨어뜨리고 결혼이라는 좁은 어항으로 옮겨갔다.

개그맨의 목은 점점 길어져서, 그의 부와 유명세는 끝없이 높아져서 점점 더 아득하게 느껴졌다. 어떤 경우에도 웃지 않는 캐릭터로 CF도 여러 편 찍었다. 얼굴을 잔뜩 찌푸린 채 프라이드치킨이 담긴 쟁반을 들고 있는 그는 웃기기보다는 난처해 보였다.

그 무렵 우리의 관계는 우정과 흡사한 것으로 뭉툭해졌지만 완전히 끊어지지는 않았다. 그는 1, 2년에 한 번쯤 전화를 걸어오는 것으로 나를 잊지 않고 있다는 표식을 남겼다.

"내 어항은 잘 가지고 있지?"

곧 결혼한다고 말하자 개그맨은 이렇게만 대꾸했다. 어항 속에서 물고기가 살랑, 꼬리를 흔들며 방향을 바꿨다.

"난 웃을 수 없어서 웃기는 사람이 된 것뿐이야. 우스운 얘기지?"

수화기 너머로 똑똑거리는 소리가 들려왔다. 나는 그 소리를 알고 있다. 마땅한 말이 떠오르지 않을 때 갖고 다니는 볼펜의 꼭지를 누르는 소리다.

몇 달 후 세상을 떠들썩하게 한 마약 사건이 터졌고 그는 연루된 사람 중 가장 유명 인사였다. 모자를 눌러쓴 개그맨의 모습이 사회면에 실렸는데 그것이 내가 본 마지막 모습이었다. 물고기가 지나간 물에 아무 흔적이 남지 않는 것처럼 개그맨은 완벽하게 자취를 감췄다.

이듬해 어느 주간지에 그가 자신의 아이를 낳은 여자와 다른 대륙에 건너가 있다는 기사가 실렸다. 별로 신뢰할 수 없는 기사였는데도 그 아이를 상상하는 것을 멈출 수 없었다. 가끔 소리 내어 어항 속 물고기에게 그의 안부를 물었지만 좌우로 꼬리를 흔들 뿐이었다.

"그거 알아? 목수의 아내는 다음 생에 나무옹이로 태어난대."
어느 날인가 남편은 나무를 다듬다 말고 이런 말을 꺼냈다. 원목 한가운데 굳은살처럼 툭 튀어나온 옹이가 심술궂게 보였다. 남의 집을 지어주느라 정작 자신의 집은 만날 비우는 도편수를 원망하던 아내가 나무의 옹이로 환생해 목수의 애를 먹인다는 것이다.
"어쩌면 아내의 외로움이 나무에 박힌 옹이 같다는 뜻일 수도 있고."
겸연쩍게 웃는 그의 눈가에 다정한 주름이 잡혔다. 그즈음 출장이 잦아 집 비우는 일이 많았기 때문에 미안하다는 말 대신 남긴 얘기였다.
남편과 나는 14년을 부부로 살았다. 그와 사별했을 때 눈물이 많이 났지만, 그건 다른 옹이를 가슴에 지닌 채 충실한 아내 노릇을 했던 내가 가증스러웠기 때문이다. 아침에 일어나면 일상은 똑같은 무늬가 끝없이 이어진 벽지처럼 정교하게 같은 리듬으로 흐르다 다음 날로 이어지곤 했다. 나는 그런 질서가 좋았다.

 결혼 생활이 끝난 것은 유리가 깔린 식탁에 녹즙을 내려놓는 일과 그걸 마셔줄 사람이 사라진 것을 의미했다. 또한 일상을 지탱해주던 질서가 모조리 빠져나간 것이기도 했다. 그러자 흐르는지도 몰랐던 시간이 갑자기 벽에서 튀어나와 거울을 내밀기 시작했다. 너는 곧 중년이 될 거야. 추억도 지니지 못한 채 노년도 아닌 중년이. 유령처럼 살아가는 일을 멈추고 싶었지만 어떻게 해야 할지 알 수 없었다.

 어느 일요일 아침, TV 속에서 오랜만에 개그맨의 목소리가 들려왔다. 무명 개그맨이 전성기의 그를 흉내 내는 거였다. 목소리는 놀랍도록 비슷했지만 외모는 그다지 닮지 않았다. 특징만 부풀려놓은 캐리커처처럼 어설펐지만 그를 흉내 내는 것으로 살아가는 사람이 있다는 것이 신기했다. 나는 가짜라도 그가 오랫동안 재생되기를 빌었다.

 그때 개그맨의 엽서가 도착했다.

*

  열두 시간이 넘는 비행을 마치고 새로운 대륙에 내리자 갑자기 쏟아져 나온 외국어들이 방언처럼 웅웅거렸다.

  마중을 나온 키키는 여자가 아니었다. 그렇다고 남자도 아니다. 샴페인 색 머리와 페이즐리 문양의 원피스를 멀리서 볼 때까지도 나는 여자라고만 생각했다. 하지만 각이 진 어깨나 툭 튀어나온 눈썹 뼈, 커다랗고 억센 손은 키키가 남자로 태어났던 사람이라는 것을 말해주고 있었다. 그녀는 내 이름이 적힌 작은 손팻말을 들고 있다.

  인사를 건네자 키키는 환하게 웃었다. 짙은 새도에 감춰진 눈주름이 골을 이루며 일그러졌다. 늙은 여자처럼 보였지만 민첩하고 재빠른 동작에는 젊음이 흐르고 있다. 전체적으로 나이를 가늠할 수 없는 인상이다.

  "잘 왔어요. 차는 밖에 세워두었어요."

  소형 왜건에 오르자 그녀는 간단한 질문들을 건넨다. 비행이 피곤하지 않았느냐, 여행을 많이 해봤느냐, 이런 뜻인 것 같다. 나는 그녀의 빠른 영어에서 몇 개의 단어를 건진 후 나머지 여백을 멋대로 해석하고 뜸을 들여 짧은 대답을 내놓았다. 내 영어가 시원찮다는 것을 눈치챈 키키는 말을 느리게 하려고 애썼고 가끔 손짓으로 설명하느라 핸들을 놓기도 했다. 우리의 대화는 장황하면서도 정중한 형태로 이어졌다.

시내를 달리는 동안 아름다운 책에서 막 빠져나왔을 때의 멍한 만족감이 나를 사로잡았다. 창밖은 어릴 적에 보았던 팝업북 같았다. 책장을 펼칠 때마다 새로운 장치들이 튀어나와 어린 나를 놀라게 했던, 아버지가 먼 나라에서 사오신 책이다. 첫 장을 넘기면 원피스를 입은 금발의 앨리스가 등장한다. 갑자기 나무가 일어서고 주머니가 달린 옷을 입은 토끼(주머니에 줄에 달린 회중시계가 들어 있어 직접 꺼내 볼 수도 있다)가 지나간다. 심술궂은 여왕과 몸이 트럼펫으로 된 병사들이 줄지어 행렬을 이루기도 한다. 창밖의 도시는 자꾸자꾸 장면을 바꾸었고 그때마다 모자 장수나 체셔 고양이처럼 신기하게 보이는 사람들이 지나갔다. 나는 목이 길어진 앨리스처럼 고개를 빼고 눈을 크게 떴다.

호텔에 도착했을 때 문제가 생겼다. 내가 머물기로 된 방에 다른 누군가가 이미 묵고 있다는 것이다. 여행사에서는 중복 예약을 사과하면서 환불을 해주거나 몇 시간 내로 다른 호텔을 골라주겠다고 제안했다. 상황을 눈치챈 키키는 어깨를 으쓱하고 유일한 해결책은 이것뿐이라는 듯 단호하게 말했다.

"우리 집으로 오세요. 손님용 침실도 있으니까."

손을 저었지만, "뭐하러 그래요. 친구들 집을 놔두고"라는 대답이 돌아왔다. 정확히 말해 우리는 같은 친구를 둔 사이에 불과했지만 만난 지 두 시간도 안 돼 그녀는 나를 '친구'라고 부르는 것이다. 누군가의 호의를 거절하는 일에 평생

서투른 나는 트렁크를 들고 앞장서는 키키를 힘없이 따라갈 수밖에 없었다.

아파트는 아무리 봐도 방이 하나밖에 보이지 않았다. 키키는 태연하게 거실 한쪽에 놓인 텐트를 가리키며 이렇게 말했다.

"수면 장애가 심해서 텐트를 치기 시작했거든요. 훨씬 아늑해요."

그녀는 삼각형으로 생긴 불면의 도피처를 가리키며 익살스럽게 웃었다.

머무는 내내 키키는 아주 자연스럽게 나를 배려했다. 솔직히 말하자면 나는 신경증 환자나 좀 멍청한 어린애처럼 보살핌을 받고 있었다. 말도 잘 알아듣지 못하고, 포크와 나이프를 솜씨 좋게 만져 고기에서 뼈를 발라내지도, 상대의 기분을 제대로 살피지도 못하기 때문이다. 이런 것들이 불편하게 느껴질 때면 침묵을 지켰다. 침묵은 외부의 한기를 막아주는 두툼한 외투처럼 나를 보호할 것이다.

개그맨의 일터였다는 〈버드케이지〉는 대로에서 깊게 들어간 골목에 있었다. 키키의 아파트에서 네 블록 떨어진 곳이다. 옥외 철 계단이 딸린 건물 뒷면으로 이어진 골목은 대낮에도 어두웠다. 이곳에 오는 동안 다친 다리를 핥는 개들을 보았고 수제품을 파는 흙처럼 까만 이민자들을 보았다. 곳곳에 개그맨의 보이지 않는 사인이 있기라도 하듯 나는 주의 깊게 이 모든 풍경을 마음에 새겼다.

스프레이로 상호를 휘갈겨 쓴 철문은 굳게 잠겨 있었다. 키키가 문을 열고 스위치를 올리자 환풍기가 느릿느릿 돌아가는 소리와 함께 내부가 밝아졌다. 스무 개 정도의 탁자와 구석의 작은 무대가 보였다. 나무로 된 탁자는 사람들의 팔꿈치에 닳아 반질반질 윤이 났고 의자 쿠션은 푹 꺼져서 오래된 단골들이 드나드는 곳이라는 느낌을 준다.

"당신이 찾아와주지 않았다면 정말 낙담했을 거예요. 여기 있는 우리 모두는……"

키키는 벽 한쪽을 차지한 괴짜들의 사진을 가리켰다.

"과묵한 조를 무척이나 좋아했어요."

낯선 이름으로 그가 호출된다. 이제부터 내가 스크랩하지 못한 그의 인생이 조금씩 튀어나올 것이다.

"그는 1권이 없는 책 같았지요. 어떻게 살아왔는지는 통 말하지 않더군요."

유리 너머 들어온 빛이 키키의 얼굴에 그물 같은 그림자를 만들어냈다. 그녀는 조금 찡그린 상태로 자기감정에 집중했다. 빛은 유리의 무늬를 따라 흐르다가 고이면서 계속 변하고 있었다. 마침내 키키가 "지금 보겠어요?"라고 묻자 숨통이 트이는 느낌이다.

"여기에 넣어달라고 해서요."

그녀가 하얀 리넨 위에 커피 깡통을 내려놓았을 때 나는 무슨 말인지 몰라 멍하니 쳐다보기만 했다. 옆면에는 커피나무와 영문 타이프가 새겨져 있고 크기는 작은 페인트 통만 한 것이었다. 그녀는 그 속에 개그맨의 유골이 들어 있다고, 그의 부탁이었다고 손짓 발짓을 동원해 설명해주었다.

어느 날 손님으로 온 그가 무대에 서고 싶다고 했을 때 키키는 말도 어눌한 동양인이 무엇을 할 수 있을까 의아했다고 한다. 첫 공연에서 개그맨은 모피 레깅스를 입고 벗은 상체에 나비넥타이만 두르고 나와 '매번 섹스에 실패하는 폴'이라는 캐릭터를 펼쳐 보였다. 박수 소리가 늘어날수록 폴의 인생에는 살이 붙었다. 부에노스아이레스에서 온 폴, 낯선 섹스를 두려워하면서 동경하는 폴, 시대가 바뀌어도 여전히 구식인 폴, 실패한 모험을 음탕한 공상으로 메워가는 폴, 사막 식물처럼 끈질긴 폴……

이것이 그의 2권이었다.

나는 유골이 든 커피 깡통을 손으로 만져보았다. 이상하리만큼 아무런 동요도 일지 않았다. 극적인 순간에도 절망하거나 슬퍼할 수 없는 마음 때문에 실망감이 밀려왔다.

우리는 장례식을 의논하는 친척들처럼 이 유해를 어떻게 할 것인지에 대해 대화를 나누었다. 주로 키키가 말하고 내가 고개를 끄덕이는 식이다. 공항에 내린 순간부터 한국에 두고 온 시간은 빠르게 흐려지고 있다. 무수한 모래 알갱이로 된 그림이 갑자기 흩어져버린 것처럼.

20여 분을 달린 차는 땅과 같은 색으로 칠해진 트레일러 앞에 멈췄다. 마을이 내려다보이는 언덕 위의 트레일러는 그가 죽기 전 살았던 곳이다.

 삐걱대는 문을 반쯤 열어보았을 뿐 안으로 들어가지는 않았다. 집기마다 흰 천이 씌워져 있는 내부는 오래된 먼지에서 나는 냄새를 풍겼다. 영안실의 국화 향처럼 희미하게 죽음이 배어 있는 냄새. 나는 선 채로 녹이 슨 창틀과 시든 아이비 넝쿨, 엎어진 커피 잔을 들여다본 후 문을 닫았다.

 "이쪽으로 올라와봐요. 전망이 끝내준다고요."

 키키의 목소리가 높은 데서 들려온다. 트레일러 옆에는 지붕으로 올라가는 사다리가 놓여 있다.

 지붕은 햇빛을 받아 눈부시게 반짝거렸다. 파란 하늘에 풍성하게 새털구름이 피어오르는 건조하고 맑은 오후다. 매니큐어를 칠한 여장 남자와 트레일러 지붕 위에 나란히 앉아 햇빛을 받고 있으니 문득 삶이 복잡해진 기분이 든다.

 "아 참, 깜박했네."

 키키는 가방에서 갈색 수첩을 꺼내 건넸다. 귀퉁이가 닳아 보풀이 이는 겉장을 펼치자 낯익은 필체가 눈에 들어왔다. 처음 만났을 때도 개그맨은 이와 비슷한 수첩에 아이디어들을 적곤 했다.

 "이 수첩에서 당신에게 보내는 엽서가 나왔어요. 마침 한국에서 온 손님이 있어 편지를 보낼 수 있었지요."

나는 안주머니에서 엽서를 꺼내 수첩에 끼워 넣었다. 한자리에 붙박여 살지 않았다면 결코 수신될 리 없을 엽서에는 5년 전 날짜가 적혀 있다. 문득 그가 들려준 이야기, 우리가 보고 있는 별이 오래전에 죽은 별일 수도 있다는 이야기가 떠올랐다. 영원한 것은 별이나 그걸 바라보는 우리가 아닌 빛뿐이라고, 그는 말했다.

나는 먼 우주에서 외계인을 상대로 우스갯소리를 늘어놓던 개그맨이 내게 엽서를 쓰는 장면을 상상했다. 그가 죽었다는 것도, 내가 서른아홉이라는 것도 믿기지 않는 지금, 실감 나는 것이라곤 트레일러를 달구는 저 빛들뿐. 내 피부, 내 입술, 혀와 점막과 늑골 속으로 들어온 빛이 심장을 톡톡 두드린다. 내가 두근거리기 시작한 것은 5년 전 그가 내 이름을 종이에 새겨 넣은 바로 그 순간부터일 것이다. 나는 그네를 높이 밀어내는 아이처럼 앉은 채로 발을 쭉 뻗었다.

트레일러에서 내려와 키키가 어디로 가고 싶으냐고 물었을 때 엽서의 앞면을 가리켰다. 협곡이 보이는 국도변의 전망대 사진. 빛바랜 사진이지만 풍경이 근사하다. 이곳에 그를 뿌리고 싶다고 말했다.

키키는 멀지 않은 곳이니 차를 놔두고 걸어가자고 했다. 침묵, 몇 마디의 대화, 다시 침묵. 이런 순간이 단층처럼 쌓이는 동안 나는 새로운 무늬를 발견했다. 키키가 옛날 영화를 좋아한다는 것과 한 번도 떠나지 못한 여행의 여정을 끊임없이 새로 짜고 있다는 것, 월세가 넉 달쯤 밀려 있다는 것 등등. 그녀는 여행 계획에 들떠 있다가 이따금 통장 잔고를 걱정한다. 마치 스프링이 달린 장부가 내려와 잠깐씩 가난을 들춰 보는 식이다. 그러나 이것 역시 내가 지어낸 이야기인지도 모른다. 나는 여전히 억양과 단어 몇 개로만 그녀의 말을 받아들이고 있으니까.

언덕 아래 마을을 지나쳐서 도로를 따라 걸었다. 비스듬하게 길어진 햇빛 때문에 우리의 그림자는 거인처럼 자라나 있다. 허클베리, 야생 시클라멘, 키키도 알지 못하는 까만 열매가 달린 덤불들, 이런 것들을 가로지르자 칠이 벗겨진 벽들과 비쩍 마른 고양이와 국도를 달리는 차들이 나타났다. 전망대는 부서진 선체의 마지막 파편처럼 국도에서 삐죽 튀어나온 황무지 끝에 있었다.

바람은 협곡 사이에 갇힌 거대한 짐승처럼 으르렁거렸다. 나는 자연이 너무 크고 거대하면 근사하기보다 무섭게 보인다는 것을 깨달았다. 우리는 어느 즈음에 유골을 뿌릴까 고민하다가 겨우 한곳에 멈춰 섰다. 옷매무새를 가다듬은 키키가 내 옷이 먼지투성이가 됐다며 털어주다가 비명을 질렀다.

"맙소사! 이런……"

그제야 품에 안고 있던 커피 깡통이 새는 것을 깨달았다.

녹슨 자리에 보일 듯 말듯 한 구멍이 뚫려 개그맨의 유골이 빠져나가고 있던 것이다.

빵가루를 조금씩 뿌리는 헨젤과 그레텔처럼 우리는 개그맨의 유골을 언덕과 마을 외곽과 국도에 뿌리면서 걸어온 셈이다. 이미 유골의 3분의 1 이상 달아나 있다. 황급히 손으로 쓸어 모으던 키키는 울음을 터뜨릴 것 같은 표정이다.

나는 세찬 바람에 날려 뼈 먼지가 공중을 가득 메우는 상상을, 유골마다 불이 붙어 도시 전체가 날아오르는 불티로 환하게 차오르는 상상을 했다. 나에게는 아득한 순간마다 맨 처음 떠오르는 영상에 빠져드는 버릇이 있었다. 부모님의 시신을 한꺼번에 마주했을 때 생겨난 이 버릇을 생의 곳곳에 써먹었다. 삼베옷을 입고 관에 누운 남편을 봤을 때도 나는 유리곽에 들어 있는 마론 인형을 떠올렸다. 핏기가 빠져 입고 있는 옷처럼 누렇게 변한 남편의 얼굴을 마주 볼 용기가 없었기 때문에 인형의 커다란 눈, 볼펜으로 빨갛게 칠했던 입술, 노란 안경 수건을 덮고 자던 인형의 잠. 이런 연상으로 재빨리 달아났었다. 연상은 산불처럼 번져 괴로운 순간의 감각을 무디게 만들어준다.

나는 커피 깡통에 손을 넣어 유골을 뿌리기 시작했다. 뼛가루는 형체를 바꾸어 날아올랐고 키키도 나를 따라 유골을 뿌렸다. 그 순간 돌풍이 방향을 돌려 훅 밀려왔고 우리 둘은 뿌렸던 뼈 먼지를 고스란히 뒤집어쓰고 말았다. 콜록콜록, 기침을 하는 키키의 모습을 보자 도저히 참을 수 없어 웃음이 터지고 말았다. 이건 마치…… 그의 마지막 개그 같구나. 어색한 순간마다 더 어색한 말을 꺼내 사람들을 웃기던 개그맨의 모습이 떠올랐다. 우리는 개그맨의 콩트 속에 출연한 보조 출연자들 같았다.

아무것도 실감 나지 않았지만 일은 다 끝난 셈이다.

또다시 〈버드케이지〉에 앉아 있다. 시든 화분 사이에 눈에 띄지 않는 좌석이다. 내일이면 트렁크를 들고 다시 비행기에 올라 집으로 돌아갈 것이다.

금요일 밤은 공연이 있는 날이다. 키키는 내 앞에서 공연을 선보일 생각에 들떠 있다. 분장실에서 그녀는 동료들이 정말 대단한 가수라며 기대해도 좋다고 했다. 다들 과묵한 조와 함께 무대에 섰던 사람들이죠. 키키는 이렇게 덧붙였다.

"지퍼 좀 올려줄래요?"

그녀는 스스럼없이 드레스 입은 등을 돌려왔다. 등에는 뜻을 알 수 없는 글씨가 붉고 푸른 물감으로 새겨져 있다. 뜻을 알 수 없게 된 것은 철자의 절반 이상이 불에 탄 흉터처럼 일그러져 있기 때문이다.

"아팠어요?"

무심코 묻자 그녀는 힘없이 웃으며 고개를 가로저었다. 나는 문신 속의 이름과 그 이름을 지우려던 사람이 하나였을 것이라고 직감했다. 다정한 키키는 아마도 내가 상상할 수 없는 인생을 살아왔을 것이다.

네 명의 드랙퀸이 거울 속에서 마지막으로 매무새를 가다듬었다. 앵무새의 꼬리처럼 색색의 깃털 의상을 입은 그녀들은 아름답기보다 도발적이다. 특수한 벨트로 '거기'를 맵시 있게 조여 짧은 드레스임에도 흉하지 않다.

분장실을 나온 후에는 테이블을 메우는 손님들을 하나하나 살펴보았다. 정장을 입었지만 눈가에 아이라이너를 길게 칠한 남자 커플, 앞니가 네 개쯤 달아난 부랑자 같은 늙은이, 침으로 눅눅해진 담배를 돌려 피우는 히피들. 그중 하나가 내게도 담배를 내밀었다. 막연하게 마약이라는 생각이 들었지만 뻣뻣한 태도로 받아서 한 모금 들이켰다. 후추를 들이마신 것처럼 재채기가 났고 썩은 과일에서 풍기는 물큰한 향이 주위에 퍼졌다. 사람들의 웃음소리, 간간이 술잔이 부딪치는 소리, 접시가 달그락거리는 소리 들이 섞이지 않고 따로 분별할 수 있을 정도로 선명히 들려왔다.

나는 편안하게 보이려고 노력했다. 내게는 부자연스러움의 무게를 재는 저울이 있다. 그 저울이 기울면 비참해질 정도로 초조하기 때문에 타인 속에 섞여 있는 일은 늘 긴장되는 일이다. 괴짜와 아웃사이더 사이에서 최대한 자연스럽게 보이려고 애쓰는 내 모습은 20년 전과 조금도 다르지 않다.

묵직한 금술이 달린 벨벳 커튼 사이로 키키가 등장했다. 강한 조명 때문에 이마와 눈가의 주름은 하나도 보이지 않았다. 마치 빛이 주름을 모두 메워서 그녀를 젊게 만들어준 것 같다. 비행기로 열두 시간 넘게 날아와 지하 클럽에서 나를 친구,라고 부르는 드랙퀸의 무대를 바라보는 일은 수많은 내 공상 속에서도 한 번도 마주치지 않은 장면이다. 그런데도 나는 무대를 태연하게 바라보고 있다. 이런 일이 생길 거라는 것을 알고 있던 사람처럼. 늙은 내가 과거의 한순간을 회상하는 것처럼.

이윽고 키키가 노래를 시작했다. 내가 알아들을 수 있는 것은 어떤 소녀의 날씬한 다리에 관한 대목뿐이다. 멋대로 지어낸 가사일지도 모른다고 생각하면서도 노래가 만들어준 공상에 빠져드는 것을 멈출 수가 없다.

길고 탄력 있는 다리로 전속력으로 운명에서 달아나는 소녀. 잔인한 태양이 조그만 그녀의 등을 다 태우고, 젊음이 벗겨지고, 어머니의 기도가 깨지고, 욕설을 섞어야만 털어놓을 수 있는 세월이 이어지는 동안 그녀는 멈추지 않고 달리고 있다. 시간이 지날수록 음악은 멜로디가 아닌 스토리였다.

사람들은 그녀의 노래를 따라 어떤 인생으로 흘러들어갔다. 그 속에 들어 있는 패배가 그들에게는 낯설지 않을 것이다. 그들은 나보다 훨씬 더 순수한 평화를 누리고 있었다. 온갖 명성과 가십에 둘러싸여 있던 개그맨이 줄에서 떨어진 광대가 된 후 누렸을 그 평화는 내 몫이 아니었다.

노래 속의 인생을 다 통과했을 때, 건반 소리가 사라지고 속삭임과 한숨 속에서 키키가 모든 이를 위로하는 미소를 지었을 때, 나는 인생이 낭비되어버린 것을, 어떤 선택지에도 동그라미를 치지 않으려고 발버둥 치는 동안 이곳의 누구보다 외롭고 비참해져 있는 것을 깨달았다.

무대에서 내려온 키키가 내 옆에 술잔을 갖다 줄 때까지 나는 눈물을 흘리고 있는 줄도 몰랐다.

〈버드케이지〉의 사람들은 모두 인생의 1권을 들추지 않는다. 만약 그녀가 이런 관행을 깨고 어디에서 왔느냐고 묻는다면 이렇게 답할 수밖에 없을 것이다. 나는 어항에서 왔어요. 투명하고 편안한 곳이었지만 진짜 물길은 아니었지요. 나는 고통스러웠고, 고통을 느낄 수 있어서 거의 행복할 지경이었다.

어항 속에 가둬두었던 물들이 내 몸 가득 차올랐다 터지면서 세차게 흐르고 있었다. 그러자 일생을 가둬두었던 지느러미가 움직였다. 괜찮아요, 괜찮아요, 키키는 바보처럼 같은 말만 되풀이했다. 나는 그녀의 가짜 유방 안에 들어 있는 진짜 심장의 고동 소리를 들으며 눈물을 멈출 수 없었다.

바디

1

 버디. 나의 버디. 죽은 바다와 썩은 땅 사이에 너를 묻는 것을 용서해줘.

 공기에서 기름 냄새가 난다. 가솔린을 넣은 바이크는 멋진 배기음과 흡기음을 뿜어낸다. 버디와 함께 달릴 날을 꿈꾸며 오랫동안 공들여 만든 물건이다. 이 시대의 불법적인 것이 대개 그렇듯 바이크는 몹시 아름답다. 아름답고 해롭다.
 보츠와나 환경협약 이후 우리는 이런 물건을 손에 넣을 수 없었다. 나처럼 가난한 사람들은 갑자기 뛰는 물가 때문에, 그러니까 정부의 공식 인증 마크가 찍힌 정품들만 구매하기에는 가진 돈이 턱없이 부족했기 때문에 갖은 방법을 써서 이런 물건들을 숨겨두었던 기억이 난다.

  지금 타고 있는 바이크는 그렇게 감춰둔 부품으로 만들어진 것이다. 전기 바이크를 개조하는 수고에 비해 연료를 구하는 일은 몇 배로 어려웠다. 적발되면 엄청난 벌금을 물어야 하는 것을 알면서도 나는 라오스의 암시장까지 뒤져 이 물건을 만들었다. 도색을 마무리하면서 몸체에 버디의 영문자를 적어 넣었다.

  죽음보다 늦게 도착한 가솔린 때문에, 버디는 살아서 이 미끈한 4기통 바이크의 질주를 보지 못했다. 어쨌거나 우리는 8월의 해안 도로를 함께 달리고 있다.

  등에 닿은 R의 이마가 뜨겁다. 내 허리를 꼭 껴안고 있는 그녀의 손가락에 끼워진 반지를 생각하니 심장이 아리다. 버디의 새끼손가락에서 빛나던 굵고 묵직한 녹주석 반지. 여든이 넘었지만 내 질투는 조금도 늙지 않았다.

  처음 만났을 때 그녀는 꽤 예뻤다. 마흔 살짜리 애송이인 줄 알았는데 예순다섯이라고 해서 속으로 돈푼깨나 있는 여자라고 생각했다. 25년을 젊게 보이기 위해 그녀는 부모의 유산 일부를 허물어 썼다. 나머지 유산은 탄력 있는 피부 아래 감춰진 약하디약한 혈관을 교체하는 데 들어갔다. 부자로 태어나 가난하게 죽을 운명인 그녀. 평균 수명이 140에 달하는 이 시대에 70도 넘기지 못할 그녀. 연약하고 변덕스러운 버디의 연인.

늪이 이룬 바다의 쓰레기에서 연무가 피어오른다.

그러니까 버디는, 부서진 사람이었다. 격렬한 바이크 사고에서 살아남았지만 내부 장기는 박살난 상태였다. 날계란을 너무 흔들어 노른자가 터진 것처럼 간과 신장과 폐가 고루 찢어져 있었다. 당직 의사는 그날 터진 수많은 노른자 가운데 하나를 보듯 힐끗 쳐다보고 차트에 절망을 의미하는 라틴어를 적었다. 그는 내 파티션에서 넘어간 서류를 참조해 상처를 꿰매기 시작했다.

나는 MG7이라고 불리는 의료 등급 프로그램과 그에 따른 최근의 납부 실적을 평가해 치료 수준을 정하는 작업을 45년간 해왔다. 내 손에서 넘어간 서류는 몇 단계를 거쳐 환자들에게 운명의 형식으로 도달한다. 병원의 말단 촉수에 불과한 내가, 어떤 면에서는 생사를 결정짓는 최초의 권력을 쥐고 있는 셈이다.

진짜 공포는 돈과 유전자에 의해 의료 등급이 A에서 G까지 매겨진다는 것이고, 플러스와 마이너스의 개수가 의미하는 더 섬세한 차별에 한 명도 예외 없이 포함된다는 것이다. 일단 자기 등급에서 밀려난 사람들이 원래의 등급을 회복하기란 쉬운 일이 아니다. MG7은 불만이 폭발하지 않을 수준의 교묘한 균형을 지키고 있기 때문에 이런 진실은 겉으로 잘 드러나지 않는다.

지금 인류가 고치지 못할 환부가 어디 있는가? 최고의 장비와 인력이 투입될 때 재생되지 않는 세포, 살아나지 않는 환자는 거의 없다. 그러나 의료 드림팀의 수술대에 올라갈 때까지 돈을 쓴 사람이라면 다음번 죽음의 위기는 빈손으로 맞을 수밖에 없을 것이다.

불가능한 수준까지 생명을 연장받은 몇몇 부자들이 죽음 대신 봉인의 형태로 냉동고에 저장돼 있으나 그 숫자는 제로에 가깝다. 파산에 이르기 전에 죽음을 선택하고 품위 있게 삶을 마무리하는 것이 이상적이지만 대체로 많은 이들이 그때를 놓친다. 따라서 죽음은 의료 등급이 최하로 떨어진 순간에 찾아오기 마련이다.

응급실에 실려 온 환자들은 일생일대의 투쟁 상황에 놓여 있다. 목을 조여오는 죽음과 한 번도 겪어본 적 없는 처절한 사투를 벌이는 것이다. 그건 어디까지나 환자 개인의 사정일 뿐, 함께 싸워줄 의료인에게는 그날 할당된 수많은 케이스에 불과하다. 어쩌면 점심을 먹고 처리할 5분짜리 일거리일 수도 있다.

병원에 떠도는 농담 중에는 이런 얘기가 있다. 외상 정도와 의료 등급이 비슷한 환자들이 한꺼번에 응급실에 실려 온다면 누가 살아남을까?

힌트는 위의 상황 속에 있고, 정답은 잘생긴 사람이다. 의사들이 회생 불가능한 환자라고 판명한 사람을 인턴과 간호사 들이 정성을 다해 살려내는 케이스를 나는 딱 두 번 봤는데, 그중 하나가 버디다. 버디는 아름다운 남자, 망가지고 다친 것이 너무나 안타까운 남자였다.

F등급인 그가 우리 병원에서 받을 수 있는 치료는 최소한의 봉합과 3000시시의 수혈이 전부다. 하지만 의사의 응급처치가 끝나자 당직 인턴과 수많은 간호사들이 15분 간격으로 들여다보며 정성을 퍼부었다. 버디는 서풍의 신 제피로스의 질투 때문에 부메랑을 맞고 죽어가는 히아킨토스였다. 님프처럼 몰려든 간호사들이 죽어가는 버디를 살려놓았다.

6개월간 허용된 의료비를 다 쓰고 퇴원할 때까지 그는 자신이 얼마나 대단한 호의 속에 놓여 있었는지 알지 못했을 것이다.

병원을 나온 버디가 갈 곳이 없다는 것이 내게는 행운이었다. 그를 사랑하게 됐으니까.

나는 버디와 함께 살았다. 버디는 정키다. 버디는 기타를 잘 쳤다. 그러나 사고를 당해 죽다 살아났고 그 후 뭔가가 망가져버렸다. 버디는 아름다운 남자지만 왼쪽 눈꺼풀을 절반 이상 밀어 올리지 못한다. 버디의 망가진 눈은 신비하고 고집스러워 보인다. 어떤 일이 있어도 눈꺼풀을 완전히 열지 않기 때문이다.

우리는 동성 부부처럼 지낸다. 버디를 만난 이후 나는 권태로운 병원 직원에서 부지런한 범죄자가 되었다. 두 사람의 생활비를 만들기 위해서 어쩔 수 없었다. 나는 MG7의 드러나지 않은 균열을 파고들어 빵과 맥주를 산다. 등급을 살짝 올려주고 대가를 얻는다는 뜻이다. 버디를 만나기 전까지 내 삶은 지루한 것이었다. 186센티미터짜리 우울이 바로 나였다. 그러나 한쪽 눈이 불구인 아나키스트를 만난 이후로 완전히 달라졌다.

버디는 내가 그를 욕망한다는 것을 알고 있다. 버디는 가끔 내 욕구를 들어주었지만 그건 우정 어린 예의일 뿐 아무런 감정이 실려 있지 않다. 나는 그가 스트레이트라는 것을 잘 알고 있다.

R이 우리 사이에 들어온다.

R은 나를 좋아하고, 나는 버디를 좋아한다. 우리는 이루어질 수 없는 짝사랑을 하는 공통점을 갖고 있다.

버디는 이런 일에 아무 관심도 없다. 사우나에 가서 땀방울이 떨어지는 것을 백까지 세고, 버드와이저 식스 팩을 사가지고 돌아와 종일 TV를 보며 맥주만 마신다.

매일매일.

좋은 시절이었다.

어느 날 셋이 술을 마시다 곯아떨어지는 날이 온다. 새벽에 일어난 나는 R과 버디가 알몸으로 누워 있는 것을 발견한다. 버디의 팔이 R의 가슴 위를 가로지르고 있다. 나는 그 순간에도 버디의 육체에 시선이 먼저 간 것을 똑똑히 기억하고 있다.

R의 눈 화장은 마구 번져 있다. 울면서 함부로 눈을 비벼댄 탓이다. 내가 그녀의 사랑을 거부하자 이렇게 복수한 것이다. 어때?라고 묻는 듯 그녀의 유두가 뾰족이 솟아 있다.

나의 사랑이 굴욕을 견딘다. 나는 버디와 헤어지지도, R을 집에서 쫓아내지도 않았다. R의 외로움도 굴욕을 견딘다. 그녀는 버디의 육체적 연인이라는 역할 외에 아무것도 주어지지 않는 자신의 위치를 참아낸다. 버디는? 사우나에 다녀와서 맥주를 마신다. 마침내 내가 R의 섹스 요구를 들어주었다는 고백도 꿀꺽, 맥주와 함께 넘기던 녀석이다.

우리는 서로의 꼬리를 무는 뱀처럼 맞물려 있다.

어느 날 모르핀에 취한 R이 이런 이야기를 들려주었다.

낮에 귀족 남자에 관한 꿈을 꾸었어. 프록코트를 입고 접이식 안경을 들고 있는 서양 남자야. 눈 색깔은 기억나지 않고 코는 매부리코인데 약간 왼쪽으로 휘어져 있고 주근깨가 많아. 사진보다 회화 같은 느낌이랄까.

그는 굉장히 우유부단해. 주위엔 온통 여자뿐이지. 어머니와 여동생, 하녀와 이웃집 귀족 처녀가 그를 돌봐줘. 그는 근친을 제외한 두 여자—하녀와 이웃의 처녀—를 희미하게 사랑하는 것 같아. 하지만 절대로 내색하지 않아.

어느 날 하녀는 모친이 임종했다는 전보를 받았으니 집으로 돌아가야 한다고 말해. 그런데 그녀가 울면서 느닷없이 고백하는 거야. "당신 같은 멍청이를 좋아하느라 6년을 허비하다니. 이젠 돌아가겠어요." 갑자기 그는 하녀를 놓칠 수 없다고 자각하게 돼. 곧장 청혼을 하고 다음 연회에 그녀를 데려가 모두 앞에서 이 사실을 공표하겠다고 약속해. 하녀는 기뻐하면서 그동안 모은 돈으로 드레스를 장만하겠다고 하지.

다음 날 하녀는 영원히 사라졌어. 사랑을 잃었지만 그는 그다지 낙담하지 않아. 그러자 이웃의 귀족 처녀가 이렇게 말하지. "그녀는 당신을 믿을 수 없던 거예요. 당신이란 사람을 신용할 수 없으니까 모험을 하지 않았던 거죠. 어쨌든 나는 당신에게 흥미가 있어요. 나마저 잃어버리기 전에 내게 청혼하는 것이 좋지 않겠어요?"

그는 그녀의 말에 일리가 있다고 생각해. 정원 쪽으로 나 있는 발코니에서 그녀의 깊게 팬 드레스에 고개를 묻고 한쪽 유방에 키스를 하지. 이웃 처녀는 가볍게 그를 밀쳐내면서 이렇게 말해. "나는 하녀가 아니에요. 다른 쪽 유방에도 키스하고 싶으면 정식으로 청혼을 하세요."

그들은 결혼을 하고 오랜 세월이 흐르지. 내내 무탈하게─이 말은 정신분석 용어 같아. 아무 탈이 없다는 뜻이지만 어떤 가면도 쓰지 않고 살아간다는 말 같거든. 즉 끔찍하게 단조로운 시간이란 뜻이지─살아온 그는 아내의 노련함을 증오해. 그리고 죽음이 다가올수록 하녀를 그리워하지. 진심으로 사랑하지도 않았는데 말이야. 어떻게 생각해?

어떻게 생각해?라는 말은 R이 이야기를 끝낼 때 잘 쓰는 표현이다. 엉뚱하고 지루한 회오리바람을 만들어놓고 돌연 정지한 다음 감상을 묻는 식이다. 어떻게 생각하느냐고? 솔직히 그녀가 욕구불만 상태구나 하는 정도의 감상밖에 떠오르지 않았다. 맞은편에서 울리는 버디의 기타 소리에도 똑같이 귀를 기울였기 때문에 이야기를 제대로 듣지도 못했다. 버디의 기타와 R의 이야기가 동시에 들려올 때 나는 행복이라고 부를 수 있는 완벽한 균형 상태 속에 빠져들곤 한다.

피트니스로 다져진 R의 작고 탄탄한 몸을 보고 있으면 그녀가 살날이 얼마 남지 않았다는 사실이 믿기지 않는다. R은 우리 병원의 골칫거리 환자였다. 갑작스러운 발병 때문에 추락한 상류층 환자. 수술 전까지 누리던 세계에서 축출당해 자기 관보다 조금 넓은 병원 침대 외엔 남은 것이 없는 환자. 놀라움을 히스테리로 폭발시키는 환자 말이다.

나는 바뀐 처지를 비관한 환자들이 종종 자살을 시도하는 것을 알고 있다. 내 나이의 사람들은 눈앞에서 죽음을 보는 일을 원치 않는다. 그래서 내 사무실 맞은편 복도에서 울고 있는 그녀에게 아껴둔 페치딘을 건네주었다. 버디와 내게 쾌락을 안겨줄 약들을 빼돌려 세번째 서랍에 넣어두었기에 가능한 일이었다.

 진통 처방을 받지 못해 통증을 고스란히 견디던 R은 이후 어린아이처럼 나를 따라다녔다. 그리고 퇴원한 지 한 달 만에 내 집의 초인종을 눌렀다. 가족도 이웃도 없는 R은 아무도 모르게 죽는 것이 가장 큰 걱정이라며 파산에서 겨우 건진 보석들을 내밀었다.

 나는 보석의 무게와 R의 남은 시간을 가늠해보았다. 보석 쪽의 저울추가 더 묵직했으므로 그녀를 받아들이기로 했다. 120세가 되기 전에 바닥날 것이 틀림없는 내 연금을 생각하면 돈은 항상 더 필요했다.

 부자 특유의 손상된 적 없는 자신감으로 빛나는 R. 그녀가 들어오자 내 집은 완전한 가정을 이룬 느낌이었다.

 바텐더가 남은 술을 훔쳐오듯 나는 병원에서 여러 가지 약을 숨겨온다.

 버디의 쾌락을 돕고 R의 고통을 덜어줄 귀엽고 사랑스러운 알약들, 앰플들. 버디는 아주 신중하게 약물을 배분해준다. 덕분에 R과 나는 단번에 중독자가 되진 않았다. 우리는 약간의 벤제드린만으로 음악이 되곤 했으니까.

 가끔씩 약에 취한 채 K지구 끝부분에 있는 놀이터로 밤 산책을 나갔다. 노인들의 슬럼가로 변하기 전에는 이곳에도 아이들이 살았다. 나는 손자를 태웠던 그물 그네를 친구들과 타는 일에 부끄러움을 느끼지 않는다. 무슨 일을 하든 자연스러운 버디가 곁에 있기 때문이다.

그물 그네는 커다랗게 벌어진 광주리 모양으로 굵은 밧줄을 엮어 만든 것이다. 그네가 움직이면 잡초에 반쯤 파묻힌 철봉과 고장 난 시소들이 차례로 시야에서 사라진다. 그 위로 실버 시터의 방문만 기다리는 노인들의 아파트 불빛이 드리워져 있다. 관대한 어둠 속에 누추한 사물들은 다 녹아버리고 검은 산 위로 달이 떠오른다.

우리는 세상에 셋밖에 남아 있지 않다는 환상을 즐기며 그네의 도약을 즐긴다. 그네는 완전히 누울 수 있을 만큼 크지만 셋이 동시에 눕기에는 약간 좁다. 그래서 나와 버디가, 버디와 R이, R과 내가 번갈아 오르고 한 명은 그네를 밀어준다. 그 멋진 여름밤 속에 그네에 누워 눈을 감는 것처럼 근사한 일은 내 생에 없었다. 그 순간에 눈을 감아버리는 건 눈앞의 달콤함을 물리치는 호사스러운 기분을 선사하니까.

주름살과 검버섯이 가득한 얼굴을 한 채 우리는 소년 소녀로 돌아간다.

더 이상 내 가랑이에 손을 넣으면 안 돼.
모처럼 R이 없는 둘만의 식탁에서였다. 버디가 나를 거절한다. 샐러드에 머스터드 소스는 치지 마. 이런 것과 비슷한 말투다. 너무나 평온한 어조 때문에 나는 버디의 말이 환청처럼 들린다.

  안 돼.

  한 번 더 울리는 목소리. 자기 확신에 빛나는 남자가 명령한다.

  나는 아무것도 하지 않음으로써 돌이킬 수 없는 선택을 할 때가 있는데, 그 순간이 그랬다. 버디가 자기 섹스를 방기하지 않는 것은 곧 나 대신 R과 잠자리를 한다는 뜻이다. 그렇다고 R과 커플이 된 것은 아니다. 여자를 안음으로써 본래의 자신으로 돌아왔을 뿐이다.

  R은 종종 버디와 함께 쓰는 침대에서 빠져나와 내게 온다. 여자가 사랑하는 게이의 성기를 입에 넣을 때 느끼는 감정을 이해할 수 있다고 말하면 그녀는 내게 침을 뱉을지도 모른다.

  하지만 비슷한 절망을 나 역시 지나왔지 않은가. 버디의 몸을 처음 만졌을 때 나는 놀라움에 휘둥그레진 오른쪽 눈을 들여다보지 않으려 필사적으로 노력했다. 반만 열린 왼쪽 눈. 의안처럼 박혀 있는 무심한 눈동자. 그것만이 내 구원이었다. 섹스가 끝난 후 늘 버디의 왼쪽에서 잠을 잔 것도 그 때문이다. 그 대단한 모욕감을 지불하고 얻은 건 텅 빈 육체뿐이었다.

  나를 안았던 R도 그랬으리라. 나는 지루한 늙은 게이를 사랑하는 R의 마음을 끝내 이해할 수가 없다. 그녀에게는 단지 추락을 윤색하기 위한 환상이 필요했던 것이 아닐까? 그러나 R은 늘 말한다. 네가 좋아. 너의 무기력한 다정함을 사랑해.

우리는 서로에게 몸을 빌려주는데, 영혼이 비어 있는 육체만 얻을 수 있을 뿐이다. 버디가 나와 R처럼 절망하지 않는 것, 자기 공상에만 집중하는 것이 위태로운 관계의 유일한 균형추다. 우정과 애증이 멋대로 튀어나오는 순간 때문에 우리는 점점 젊어진다.

혼란을 털어놓으면 버디는 이렇게 말한다.

생각이 많은 것은 슬픈 일이야. 생각은 대체로 밝은 쪽으로 뻗어 나가지 않으니까.

버디는 창밖의 담쟁이넝쿨을 쳐다보다 의미 없는 욕을 하고 씩 웃는다.

게다가 우린 늙은이잖아. 섹스는 별 문제가 안 돼.

완전히 반어적인 표현으로 버디는 이 말을 쓴 것이다. 그는 시알리스나 비아그라의 도움이 필요 없을 만큼 젊고, 인생을 들여다보는 자가 아니라 여전히 살아가는 자다.

물론 버디의 말대로 섹스는 가장 큰 문제가 아니다. 진정한 위기는 내 일흔네번째 생일이 다가온다는 것이다. 이는 곧 공식적인 은퇴를 의미한다. 사회와의 거리는 점점 더 아득해지는데, 죽음 역시 너무나 멀리 있다. 이 사이에서 미아가 된 사람들이 K지구에 넘쳐난다.

많은 미아들이 자살을 택함으로써 고독과 빈곤에서 벗어난다는 것을 나는 잘 알고 있다.

인생의 네번째 계절이 시작됐지만 내 마음엔 조금도 한기가 들지 않았다.

정년퇴직을 했다고 갑자기 회색 머리칼의 현명한 늙은이로 변하는 것은 아니지 않은가. 우스운 것은 나 역시 그런 편견에 어느 정도 물들어 있다는 것이다. 출근하지 않은 다음 날부터 나는 일종의 연기를, 그러니까 늙고 현명한 노인의 모습을 연출하려고 했다. 알츠하이머 예방 프로그램을 알아보거나 박물관의 무료 강좌를 살펴보기 시작한 것이다. 이 나이까지 한 번도 아파본 적 없는 내가 멀쩡한 몸을 가지고 스스로를 중늙은이 취급하고 있다. 얼마나 어리석은 짓인가?

나는 알몸으로 거울 앞에 서서 '본래의 내 모습', 그러니까 젊은 시절의 내 모습을 찾아보려고 애를 썼다. 주름진 피부와 굽은 등, 가늘어진 팔다리가 눈에 들어왔다. 그러나 가슴의 근육은 무너지지 않았고 관절도 여전히 부드럽게 움직였다. 분수에 넘치는 건강이 나를 더 어리둥절하게 만든다. 중년에서 벗어났지만 여전히 노년으로 진입할 수 없기 때문이다.

어느 날 T의 부고가 전해진다.

T는 오랫동안 내 동료이자 상사였다. 나는 돈과 성공을 밝히고 동성애자를 괴롭히는 것으로 직장 내에서 자기 권력을 구축하던 그를 한결같이 증오했다. 그가 재산을 탕진하고 창녀들의 꽁무니를 쫓아 일생 동안 쌓아온 성취를 무너뜨릴 때만큼 내 어두운 만족감이 충족된 적이 없을 정도다.

그런데도 T의 죽음은 가까운 이들의 죽음보다 큰 충격이었다. 나는 T에 대한 증오가 나를 버티게 해준 중요한 힘이었다는 것을 인정하지 않을 수 없었다. 증오가 있어서, 부당하고 치졸한 것을 혐오하는 자신을 의식할 수 있어서 보다 젊고 인간적일 수 있던 것이다. 그런데 적이 죽고 증오가 문을 열고 나가자 감정의 한 축이 무너져버렸다. 이런 식으로 내 세계는 점점 더 비워질 것이다.

버디는 약을 줄였기 때문에 우울증이 온 것뿐이라고 말했다. 기다려봐. 끝내주는 숙녀를 구해올 테니. 그 숙녀는 갈색 캡슐로 된 윗도리를 입고 투명한 아랫도리에 수백 개의 형광색 알갱이를 집어넣은, 세상에서 가장 야하고 도발적인 알약일 것이다.

나는 점점 생각이 많아진다. 버디가 옳았다. 생각이 많은 것은 슬픈 일이다. 낮에는 아케이드까지 걸어갔다가 조그만 아이의 뒤통수를 보며 울었다. 청보리 싹이 바람에 갈라지듯 동그란 소용돌이를 일으키는 아이의 뒤통수. 팔과 다리에 흐르는 통통한 활력. 갑자기 내가 그렇게 걸었을 때 지켜보던 어머니의 눈빛이 떠올랐다. 보통 사내아이처럼 밖에 나가 놀지 않는다고 걱정하던 목소리도. 내 인생은 허공에 뿌린 물처럼 잠깐 반짝이다 사라지는 중이었다. 나는 정말 늙은이처럼 울었다. 모든 것이 약의 파시즘이 사라진 탓이다.

침대에 누울 때마다 하나의 문장이 머릿속을 떠나지 않는다. 다음 여행은 묘지로 간다. 다음 여행은 묘지로 간다. 다음 여행은 묘지로 간다⋯⋯

2

　⋯⋯갈수록 심해지는 노인 범죄에 대해 정부는 특단의 조치를 내렸습니다. 두 달 전 병원에 불을 지르고 신약을 훔쳐 간 ○○○의 사형을 집행한 데 이어⋯⋯

　뉴스에서 버디의 추종자들이 벌인 일이 흘러나온다. 최근에 발생한 강력 범죄의 24퍼센트가 노인에 의해 자행되었다는 뉴스는 우리의 의미심장한 업적을 말해준다. 늙어도 사형을 당할 수 있다는 인식을 심어주기 위한 정부의 조처는 우리 같은 노인들의 피를 끓어오르게 만들 뿐이다.
　돈 있는 자는 2백 년도 살 수 있다는 세상인데, 우리는 벌써부터 노인으로 분류된다. 인생의 절반을 노년으로 살아가야 하는 세대에게 범죄는 자연스러운 진로가 되기도 한다. 은퇴자로 살기에 죽음은 너무 멀리 있지 않은가.
　일흔 살이 됐을 때 버디는 사우나에 가는 것을 그만두었다. 대신 땀방울을 세면서 만들어온 공상을 우리에게 이야기한다. 그것은 파괴에서 시작해서 파괴로 끝나는 아주 신나는 스토리였다. 절도, 암살, 방화와 같은 말들을 발음할 때마다 버디는 다 마신 맥주 캔을 우그러뜨린다. 그 순간에도 절반밖에 열리지 않는 왼쪽 눈 때문에 나는 가슴이 저렸다.

  R이 까르르 웃으며 박수를 쳤다. R은 끝, 디 엔드, 종말, 이런 말들을 무척 좋아한다. 죽음이라는 말만 제외하고. 전 재산을 바친 수술에도 불구하고 삶을 조금밖에 연장받지 못한 것에 대해 R은 언제나 슬퍼한다. 나는 그녀의 주름살을 손가락으로 천천히 만져본다.

  모자라는 완력 때문에 우리는 독약과 폭발물을 연구하는 데 집중한다. 우리는 구닥다리답게 전통적인 방식을 선호한다. 나의 작은 집이 화학자의 실험실처럼 변한다.

  폭발력이 강한 더블베이스 화약을 만들면서도 나는 버디의 공상이 실현되리라고 믿지 않았다. 약물과 마찬가지로 위험하기 때문에 매력적인, 우리를 청춘으로 되돌리는 버디의 멋진 술책 중 하나라고만 여겼던 것이다.

  그러나 우리의 첫번째 범죄는 생각보다 빨리 다가왔다.

  R의 열이 내리지 않았기 때문이다.

  혀 안쪽에 하얀 점막이 생기더니 손발에만 돋던 발진이 온몸으로 번지고 수포가 되어 터졌다. 뉴스에서 연일 떠들어대는 전염병과 완전히 일치하는 증세다. EV9형 바이러스의 변종으로 침투 즉시 면역 체계를 교란시키는 이 병의 치사율은

30퍼센트를 웃돌았다.

우리는 R의 신음 소리를 듣고 싶지 않지만 약과 돈, 어느 것도 구할 수 없다. 면역력이 떨어지는 사람들──노인이나 몸이 약한 사람들──이 병을 방어할 방법은 S제약회사가 독점적으로 만드는 신약을 처방받는 것뿐이다.

신약 생산이 제한적이기 때문에 전 국민에게 공급하기 어렵다는 공식 발표를 믿기 힘든 것은, 이 정부가 공공연하게 노인에 대한 적대감을 드러냈기 때문이다. 여당 국회의원 K가 발의한 법안에는 '젊고 건강한 미래 세대를 위한 양보가 필요하다'는 설명 아래 신약을 D등급 이상, 70세 이하에게만 제공한다는 내용이 담겨 있다. 항간에는 이번 전염병이 대통령의 친형이 대주주로 있는 S사의 주가와 무관하지 않다는 소문이 돌았다. 전염병과 신약, 노령 인구의 '조절'이라는 세 박자가 맞물려 있다는 음모론은 갈수록 힘을 얻고 있다.

그러나 집행의 권력은 저쪽에 있으므로 K의원이 상정한 법안은 국회를 통과한다. 약을 구할 가망이 없어지자 버디는 R을 내려다보며 내게 물었다.

내버려둘 거야?

훗날 연쇄 테러로 번질 사건은 이 한마디에서 촉발됐다.

나는 그 말의 압력을 견디지 못했다. 무엇보다 내가 가진 좋은 유전자가 친구들을 먼저 보내고 혼자 남은 말년을 초래할까 봐 두려웠다.

우리는 오랫동안 내 직장이던 병원으로 향한다. 신약을 훔치려면 다중 센서를 무력화시킬 수 있는 보안 카드를 반드시 손에 넣어야 했다. 나는 예전 동료에게서 이 마법의 카드를 건네받았다. 5년 전 그의 외아들이 심장 수술을 받을 수 있도록 의료 등급을 조작해준 적이 있기 때문이다.

약제실의 물품 보관 창고에 들어서자마자 버디는 S사의 로고가 찍힌 박스를 거칠게 뜯었다. 나는 당연히 신약 앰플 세 개만 챙기고 떠날 줄 알았다. 하지만 버디는 박스를 거꾸로 들어 바닥에 쏟더니 흩어진 앰플을 닥치는 대로 가방에 쑤셔 넣었다. 그리고 재촉하는 나를 개의치 않고 태연하게 약탈을 감행했다. 그는 쾌락의 약물들을 귀신같이 알고 있기 때문에 이런 보물 창고를 그대로 지나칠 수 없었던 것이다.

그날 밤 버디가 벌인 가장 미친 짓은 의료 등급 심사과를 통째로 날려버린 일이다. 내 손목시계가 붙은 사제 폭탄이 내가 40년 넘게 일한 책상 위에서 폭발했다. 등급 파일이 담긴 하드디스크는 잿더미로 변했지만 어차피 무수한 백업이 있기 때문에 완전히 쓸데없는, 버디의 말대로라면 상징적인 의미 외에 실리가 없는 행위였다.

우리가 무사히 돌아오는 데는 이틀이 더 걸렸다. 환자복을 입고 격리 병동에 숨어 있다 소동이 절정에 달한 틈을 타서 빠져나오기까지 시간이 필요했기 때문이다. 이것은 R에게도 우리에게도 전혀 이롭지 않은 짓이었다. 하지만 내 고함 소리와 R의 고열이 잦아들자 버디는 손톱만큼의 후회도 없는 표정으로 이렇게 말했다.
 진짜 축제는 지금부터라구, 친구.

 버디는 아홉 곳의 병원에서 열한 개의 폭탄을 썼다. 기폭 타이머로 손목시계를 사용했기 때문에 불타버린 병원의 수만큼 우리가 가진 시계도 사라졌다. 그 시계가 가리켰던 시간이 사라진 것처럼 미묘하고 통쾌한 기분이 들었다. 더구나 생각지도 않은 동조 세력이 나타나 우리를 은닉해주었다.
 병원이 습격당하고 신약이 강탈당했다는 뉴스는 예기치 않은 사회적 메시지가 됐다. 다른 병원들이 잇따라 공격당한 것은 확산된 변종 바이러스가 MG7의 균형을 무너뜨렸기 때문이다. 사망자가 발생한 가구는 남은 가족의 감염 유무와 상관없이 보험 등급이 떨어졌고, 그 결과 신약을 구할 수 없는 사람들의 숫자가 기하급수적으로 늘어났다. 그런 이들에게 병원을 약탈한다는 발상은 비도덕적인 일로 받아들여지지 않았다.
 버디는 새로운 상황이면 뭐든 흡수하지 않고는 못 배기는 사람이다. 어제와 다른 일이 벌어진다면 무턱대고 환영이었다. 다섯번째 범행부터는 좀더 적극적으로 상황을 연출했는데, 현장에 나흘 뒤의 날짜를 스프레이로 적어둔 것이다. 그 날짜에 보이지 않는 동조자들이 도시 곳곳의 병원을 공격함으로써 사태는 더욱 확산됐다. 무너진 병원 너머로 수많은 E, F, G 등급의 사람들이 몰려들었다.

곧바로 진압이 뒤따랐다. 뉴스에는 검거되는 용의자들, 불발탄으로 날아가버린 아파트, 병원에 진주한 군인들의 모습이 차례로 등장했다. 수상한 가방을 멘 노인 둘이 잡히는 현장이 실시간으로 생중계되기도 했다. 곤봉 몇 대에 종이인형처럼 구겨진 용의자들은 길게 흘린 침방울 때문에 혐오스럽게 보였다. 두 눈은 승리감으로 빛났는데, 그런 눈은 절대로 존경받지 못한다. 죽어가는 몸에 지나치게 생기를 부여하기 때문이다.

악행을 더해가면서 우리는 시간을 망각으로부터 구해낼 수 있었다.

살인에 관한 한 지금까지의 집행자는 버디였다. 그러나 국회의원 K의 암살을 앞두고 버디는 가벼운 발작을 일으켰다. 우리에게는 가진 신약 전부와 맞바꾼 아코니친과 완벽한 계획이 있기 때문에 암살을 미룰 수 없었다. 할 수 없이 내가 나서기로 한다.

선거를 앞둔 K는 유세 일정을 소화하고 있었다. 등 돌린 노인 유권자들의 환심을 사기 위해 실버타운을 방문하는 일정도 포함돼 있다. 나는 동원된 가짜 지지자들 사이에 섞여 있다가 버디의 매뉴얼대로 화장실에 들어가는 K의 뒤를 쫓는다.

감정이 금방 드러나지 않는 나이라는 것이 천만다행이다. 나는 세면기에서 손을 씻고 있는 K를 향해 고개를 돌리며 말을 걸었다.

멋진 연설이었습니다, 의원님.

K는 선거 포스터에서 본 것과 비슷한 미소를 지으며 내가 내민 손수건을 받아 들었다. 젖은 손을 닦는 그의 모습을 쳐다보지 않기 위해 필사적으로 노력해야 했다. 가로세로로 두 번 접힌 손수건의 가운데에는 접촉만으로도 치명적인 액체가 묻어 있다. 피부에 닿은 독극물이 그를 무력하게 만드는 동안 재빨리 주삿바늘을 목에 찔러 넣었다. 아코니친은 곧 그에게 죽음이라는 충격을 가할 것이다. 화장실을 나오자 구역질이 치밀어 오른다.

피와 폭력이 없는 행동이었지만 두려움이 너무 커서 다른 감각이 사라져버린다. 땀구멍 밖으로 흘러나온 두려움이 공기를 진동시키고, 그 파장에 닿은 누군가가 즉시 나를 의심할 거라는 생각이 들 정도였다.

버디.

복도의 벽에 기대어 나는 슬프게 중얼거렸다. 내 입술이 만들어낼 수 있는 가장 아름다운 주문.

나는 늙었어. 이런 일을 감당하기에는.

늙었다―노인이 되었다―죽음이 가까이 온다―누추하다― 그런 내 모습을 누구라도 알 수 있을 것이다―이런 자기 연민이 메아리치는 동안 뜻밖에도 뇌 속에 차가운 이성이 몰려왔다.

동물의 보호색처럼 내게는 늙음이 있지 않은가. 나는 병약함을 한껏 과장해 노인 흉내를 내보았다. 힘겹게 숨을 쉬고 난간에 의지해 겨우 발짝을 떼는 노인의 모습을.

범죄를 완성하기 위해 필요한 것은 내가 늙었다는 '진실' 뿐이다. 누군가 나를 의심해서 곤란한 질문을 하면 귀가 잘 들리지 않는 척을 하면 된다. 더 곤란해지면 어지러움을 호소하며 바닥에 주저앉아버릴 수도 있을 것이다. 더구나 여기는 실버타운이 아닌가. 늙은이들이라면 사방에 넘쳐나고 있다.

사람들 속에 섞여 제복을 입은 경비원과 마주쳤을 때 두려움은 완전히 가라앉아 있었다. 나는 벽에 기대 기침을 쿨럭거렸다. 경비원은 아무런 경계 없이 나를 지나쳤다. 모든 것이 완벽하다.

생전 처음으로 늙은 내 모습이 '적합한' 상황 속에 놓여 있었다. 어쩌면 내 인생은 이 순간을 위해 달려왔고, 거울 속의 내가 그토록 늙어 있던 것은 바로 이 순간 때문인지도 모른다.

나는 천천히 정문을 통과해 밖으로 걸어 나왔다.

미디어에서는 우리를 실버 갱이나 노인 테러리스트라고 부른다. 우리가 무너뜨린 건물과 암살한 경찰, 의사, 정치인의 얼굴이 화면에 지나간다. 과격하고 빈틈없는 것이 우리의 특징이다. 우리는 의료 기록 외에 범죄 기록을 가질 수 있는 것에 기뻐하며 뉴스를 시청한다.

버디의 몸에 이상이 발견된 것은 여덟번째 목표를 살해한 다음이었다. 버디는 마지막 사건을 앞당겨야겠다고 말하는 것으로 다가올 자신의 죽음을 알려줬다. 죽는 것보다 '축제'를 지속할 수 없는 게 더 애석하다고 싱긋 웃기도 했다.

정부와 공모해 제한적으로 신약을 공급하던 S사 최고 경영자의 돌연사는 우리의 마지막 작품이었다. 버디는 골프장에서 쉬고 있던 그에게 마지막 아코니친을 사용했다. 우리는 좀 더 요란한 사건을 기대했지만 유가족들이 부검을 원치 않아 조용히 처리됐다. 버디는 3개월 후에 죽었다. 투병을 생략하기 위한 자살이었다.

나는 혼란하고 지루한 세상에 남았다.

버디는 내게 가장 중요한 것을 선사한 후 남김없이 약탈해 갔다. 사랑하고 숭배할 수 있어서, 미워하고 갈망할 수 있어서, 인생에서 처음으로 청춘을 살았다. 그의 체취. 갈색 빵처럼 그을린 벗은 등. 속눈썹 사이로 반만 드러낸 고독. 이 모든 것이 지상에서 사라졌다. 옆에서 R이 흐느껴 우는 소리가 들려왔다.

이제 내 차례야.

그녀는 버디의 죽음이 아니라 다가올 자신의 죽음 때문에 우는 것이다. 검버섯이 가득한 그녀의 젖은 뺨을 갈기고 싶은 충동을 간신히 참았다.

버디는 흰 수의를 입은 채 관 속에 담겨 있다. 박엽지에 싸인 겨울 사과처럼. 나의 교황이 죽었다. 나는 한쪽 꼬리지느러미를 잃은 고래처럼 어떻게 살아가야 할지 아득했다.

화장터의 연기가 사라질 무렵 버디의 오랜 꿈이 떠올랐다.

나는 죽어가는 R과 죽은 버디의 유골을 태우고 달린다.

죽은 버디의 왼쪽 눈은 반쯤 열려 있었다. 나는 오랫동안 이 눈을 오해해왔다. 버디의 왼쪽 눈은 열리지 않는 게 아니라, 감기지 않는 것이었다.

이제 곧 버디의 뼛가루가 사라질 것이고 조금 더 지나면 R도 사라질 것이다. 우리가 태어난 간척지─이 땅은 원래 바다였다─에 혼자 남아 있는 나를 상상하는 일은 쉽지 않지만, 어쨌든 그렇게 될 것이다.

도로 중간에 돌무더기가 나타난다. 나는 어떤 충동에 이끌려 그대로 직진한다. 돌에 걸린 바이크가 튕겨 오른다. 죽은 바다와 썩은 땅 사이에서 우리 셋은 허공으로 도약한다. 공중에 걸린 달이 버디의 왼쪽 눈과 닮아 있다. 반쯤 열린, 감기지 않는 신비한 눈. 버디. 나의 버디.

계발선인장

지금도 그 거리를 선명하게 떠올릴 수 있다. 1층에는 차양을 드리운 서너 평 남짓한 가게들이, 2층에는 살림집들이 들어선 건물이 30여 미터쯤 이어진 시장 길이다. 트럭이 지나갈 때마다 행인들이 옆으로 비켜서야 할 만큼 골목은 좁다. 옥상에서 내려다보면 야채와 건어물과 얼음 위의 생선을 가리고 있는 차양이 이어지면서 허공에 또 다른 길을 내고 있는데, 나는 그 길에서 옆 건물의 사람과 눈이 마주치기도 했다.

골목 중간에는 커다란 약국이 여왕처럼 박혀 있고 제조 날짜가 수상한 화장품을 파는 노점과 야쿠르트 아줌마의 손수레가 길 쪽으로 비죽이 나와 있다. 내 방에 가만히 누워 있어도 조수가 들어차듯 솟았다가 가라앉는 골목의 숨결을 느낄 수 있었다.

 최소한의 가게가 문을 여는 오전의 시장이 파리하고 창백한 안색이라면, 느른하게 머리를 틀어 올린 여인들이 게으른 슬리퍼 소리를 내는 정오의 시장은 점점 살집이 붙고 핏기가 도는 모습이다. 해가 기울면 거리는 눈에 띄게 부풀어 오르며 변덕스러운 흥분 상태가 된다. 나는 창문을 열어놓고 골목의 기이하고 폭발적인 활력에 전염되면서 장사꾼과 손님들의 대화에 귀를 기울였다. 그러면 인간의 소리로 지어진 허공의 집 위에 누워 있는 느낌이 들었다.

 게발선인장 이야기를 하고 싶다. 어른 손가락 한 마디만 한 잎사귀가 이어지는 그 식물은 위로 자라는 대신 옆으로 볼품없이 늘어지는 속성이 있다. 게의 발처럼 생긴 잎의 끝 부분에는 작고 화려한 자주색 꽃이 피는데, 연약한 꽃대를 지닌 탓에 살짝 스치기만 해도 툭 떨어져버린다. 누군가 실수로 게발선인장 꽃을 떨어뜨릴 때마다 할머니는 미간을 찌푸렸는데 내가 떠나기 전날 밤 선인장 꽃은 하나도 남아나지 않았다.

 이 이야기를 게발선인장이 자라듯 하나씩 이어가려고 한다. 나라는 이교도는 그 이상한 종교——한 명의 교주, 한 명의 교도, 한 명의 배교자로 구성된——의 최후를 본 유일한 목격자이므로.

내 방이 '제3의 예루살렘'이자 온 동네가 다 아는 사이비 종교의 온상이라는 사실은 2학기 개강 파티 때 알았다. 대화 도중 시장의 돼지국밥집이 맛있다는 말이 나왔고 무심코 그 건물 옥탑에 산다고 했더니 복학생 선배 하나가 이렇게 물었던 것이다.

"지내기 괜찮냐?"

나는 올라가는 출입문이 상가 건물 입구라거나 국밥집이 시끄러운 그런 애로 사항을 말하는 줄 알았다. 그러나 선배는 다른 의미로 묻고 있었다.

"그 집 할머니…… 이상하지 않던?"

아래층에 내려갈 일은 달에 한 번 방세를 낼 때뿐이니, 딱히 할 말이 없었다. 어쩌다 주인집 사람들과 마주쳐도 간단히 목례만 할 뿐 말을 섞어본 적이 드물었다. 사실 내게는 이 도시 자체가 낯설었다.

내가 P시에 간 이유는 지원한 대학 중 유일하게 나를 허락한 학교가 있기 때문이었다. 충실하게 입시를 대한 적이 없으면서도 나는 초라한 결과에 분개했다. 자취방으로 얻은 옥탑이 녹슨 철문을 달고 있는 것도 화가 났고, 논두렁 밭두렁을 지나 산 중턱에 들어선 학교 건물을 보자 사기를 당한 기분마저 들었다.

신입생 대부분이 편입과 재수에 대해 소곤거렸고 아무도 대학 생활에 들뜨지 않았다. 그건 또 그것대로 보기 싫었다.

나처럼 시무룩한 얼굴 사이에 끼어 똑같은 좌절을 나눠 갖는 것이 견딜 수 없어 학교에는 거의 나가지 않았다. 대신 세 평짜리 옥탑방 안에서 우울한 자유를 누렸다.

그러다 반년이 지나서야 겨우 맘 잡고 학교에 나왔더니 집주인이 사이비 종교에 빠져 있다는 소문을 들은 것이다.

"무슨 종교요?"

"일주교(一主敎)라던가. 동네 사람들이 그러는데 가까이하지 않는 게 상책이래."

선배는 소주를 털어 넣고 이내 다른 사람을 말밥에 얹었다. 나는 그 뒤를 따를 수 없었다. 불현듯 옥상 구석에 세워진 깃발—아무 글씨 없이 푸른 바탕에 커다란 동그라미만 그려져 있는—이 머릿속에서 떠오른 것이다.

그대로 살자니 무당 집에 세 든 것처럼 찜찜하고, 나가자니 당장 이 돈에 그만한 방을 얻을 수 있을까 싶어 적이 심란했다. 다음 날부터 1층 식당에서 밥을 먹은 건 이 모든 게 뜬소문이라는 말을 들었으면 싶어서였다.

"철마다 부적은 잘만 쓰는 인간들이 사이비 운운하는 게 웃기지 않냐? 대학생인 니가 한번 말해봐라."

주인집 종교 문제에 대해 아느냐고 묻자 식당 아저씨는 대수롭지 않게 반문했다. 자기 입장에선 동네에 부는 재건축 바람이 더 신경 사나운 일이라며 조합장으로 나선 약국 아줌마의 허물만 잔뜩 늘어놓았다.

나는 아저씨처럼 태연할 수가 없었다. 냉장고 문을 열었을 때 노란 불빛을 받고 있는 밀폐 용기를 한참이나 노려본 것이 그 증거다. 김치와 초마늘, 집 된장에 무친 고추는 방세를 낼 때마다 주인집 할머니가 억지로 떠안긴 것들이었다. 돌아와 꾸러미를 풀면 자극적인 냄새에 인상이 찌푸려지면서도 시큼한 침이 고였고, 그런 날엔 모처럼 밥을 새로 지어 먹곤 했다…… 그간 잘 먹던 음식을 새삼 노려보는 꼴이 우스워 냉장고 문을 도로 닫았다.

나는 겁먹은 탐정이 되어 조그만 단서에도 신경을 곤두세웠다. 할머니가 예사로 하는 말도 의미를 헤아렸고, 아침마다 경을 읽는 듯한 노인의 낮은 음성에도 귀를 기울였다. 그 결과 내가 주변에 얼마나 무신경했는지 새삼 깨달았다.

우선 할아버지와 할머니는 부부가 아니었다. '진천 이모'라고 부르는 또 다른 할머니 역시 주인 할머니와 자매 지간이 아니었다. 한마디로 혈연과 아무 상관없는 노인 셋이 사는 집에 내가 들어온 것이다. 훗날 할머니는 '모든 것이 일주님이 정해놓은 운명'이라고 했지만 나는 다른 방향에서 날아온 운명을 느꼈다. 불가해한 것에 유독 끌리는 내 기질은 이 시절에 빚진 탓이 크다.

느지막이 일어나 볕 잘 드는 거실을 차지한 할아버지는 수련을 하는 시간을 제외하면 도무지 하는 일이 없었다. 비대한 몸에 풍성한 텁석나룻, 한쪽 다리를 절룩거리는 노인은 이상야릇한 눈빛을 하고 있어 마주 보기가 꺼림칙한 인상이었다.

할머니는 항상 바빴다. 남의 부탁을 거절하는 법이 없던 할머니는 새벽같이 일어나 거리를 쓸고 치운 후 품삯도 없는 허드렛일을 도맡아 했다. 동네에 초상이 나면 수십 명이 먹을 육개장을 끓였고 길짐승의 사체와 취객의 토사물을 치웠으며 형편 어려운 장애인의 집에 정기적으로 쌀과 연탄을 배달시켰다. 자신에게 신경 쓸 짬이 없을 것 같은데도 노인 특유의 군내가 나지 않았고, 늘 깔끔한 차림에 수줍고 다정한 태도로 이웃들을 대했다.

이런 선행에는 모순된 점도 없지 않았다. 한 번은 할머니가 버려진 낚싯줄에 걸려 괴로워하는 천변의 비둘기들을 구해주는 것을 본 적이 있다. 더러운 비둘기를 안고 칭칭 감긴 줄을 커터 칼로 끊어주는 그녀의 모습은 성화에 나오는 성녀 같았지만, 다음 순간 나는 못 볼 꼴을 봤다.

"에고, 멱을 따버렸네."

목에 걸린 낚싯줄을 끊어주다가 그만 명까지 끊어버린 것이다. 할머니는 당황한 기색도 없이 피 묻은 손을 솜바지에 쓱 닦더니 이내 다른 비둘기를 안아 들었다. 재난 구호 활동에 나선 요원이 작은 불행에 일희일비하지 않는 것과 비슷한 관록이랄까.

이런 기벽 때문인지 혹은 일주교 때문인지 다들 도움은 받아 챙기면서도 시장통의 친목에는 할머니를 통 끼워주지 않았다. 말하자면 할머니의 인격은 사이비 종교로 '손상'되었으며 선행 또한 순수한 것이 아니라는 인식이 깔려 있었던 것 같다.

그에 비해 진천 이모는 동네의 유명한 험구가(險口家)로 친구도 적도 많았다. 이모의 귓속으로 들어온 소문은 그 뚱뚱한 육체 안에서 한껏 부풀었고, 밖으로 나올 때는 종류와 상관없이 얼마간의 음담이 섞여 있었다. 그 소리를 들으며 고개를 끄덕이다 보면 부지불식간에 이모가 뿜어내는 부정적인 영향력 아래 놓였고, 이모는 그런 식으로 자기 처지에 권력을 부여해 시장 내에서 일정한 위치를 누렸다. 진천 이모를 통해 나는 일주교의 내막에 대해 좀더 알 수 있었다. 첫번째 단서는 할머니가 잘 쓰는 단어에서 출발했다.

"이모, 대체 십승도령이 뭐예요?"

"저 영감탱이지 뭐여."

한때 일주교 신자였던 이모는 씹어뱉는 듯한 말투로 운을 뗐다. 교리에 따르면 십승도령은 '십자가로 승리한 구세주'라는 뜻으로, 예수가 첫번째 십승도령이고 노인이 마지막 십승도령이라는 것이다.

"그 비닐하우스만 안 갔어도 내 신세가 요렇게 쪼그라들진 않았을 거여. 암만."

진천 이모는 병원에서 포기한 남편의 말기 암을 고쳐보려고 산에 들어갔다가 일주교에 입문했다고 한다. '제2의 예루살렘'이라 불리는 비닐하우스에는 스무 명의 신도들이 공동생활을 하고 있었다.

기독교 종말론에 명상법이 뒤섞인 일주교는 교주를 신으로 떠받들고 수련을 통해 신심을 유지하는 사교(邪敎)였다. '일주는 부모요, 인간은 자녀요, 만물은 그 가족'이라는 것이 그들 신앙의 요체다. 수련은 되도록 물소리를 들으며 하는 것이 좋은데, 자연의 소리 가운데 가장 선한 기운을 품고 있는 것이 바로 물이 흐르는 소리이기 때문이다. 교주가 직접 녹음한 물소리 테이프를 틀고 정좌를 한 후 지그시 눈을 감으면 정수리로 들어온 기운이 신체의 중심인 배꼽노리에 고인다. 그 기운을 담기 위해 두 손을 그릇 모양으로 오목하게 배꼽 밑에 갖다 댄다는 대목에선 웃음을 참기 어려웠다. 더 웃긴 말은 그다음에 이어졌다.

"수련할 때 고무줄 달린 빤스는 금물이여. 기의 흐름을 막거든."

이모는 아침마다 테이프를 틀어놓고 수련을 하는 노인과 할머니의 모습을 묘사하며 깔깔댔다. 나는 할머니 앞에서만 일주님 운운하며 간살을 떠는 이모의 이중성이 더 못마땅했다. 일찍감치 배교를 한 이모는 오랫동안 P시를 떠나 있었다. 그러다 자식들과 사이가 틀어져 오갈 데가 없어지자 슬그머니 할머니의 건물로 돌아온 것이다.

사람들의 약점을 즐기는 진천 이모 같은 부류는 그 골목에서 드물지 않았다. 그에 비해 할머니의 정체는 모호했다. 어찌 보면 기품 있게 잘 늙은 노인인데 사이비 종교를 믿고 있는 것도 그랬고, 그런 자에게서 흔히 볼 수 있는 광기나 공격성이 전혀 느껴지지 않는 것도 놀라웠다. 비록 이단에 빠졌다고는 하나 어리석음마저 맹렬한 선행으로 승화된 할머니는 스무 살의 내가 만난 가장 큰 수수께끼였다.

물론 자식 둘을 한꺼번에 잃는 일이 흔한 것은 아니다(종갓집 며느리였던 할머니는 자식을 잃은 후 일주교에 빠져 집에서 내쫓겼다고 했다). 하지만 그런 불행을 할머니만 겪은 것은 아닐 텐데 그녀는 어느 순간 전과는 전혀 다른 사람이 됐다.

아마도 이런 모습일 것이다. 어떤 상황이 왔는데, 극복하거나 벗어날 수가 없다. 숨구멍이 생기자 받아들이기 시작한다. 처음엔 힘겨웠지만 시간이 지나면서 점점 익숙해진다. 마침내 상황과 그는 완벽히 한몸이 된다. 남들은 극단적으로 변한 모습에 놀라지만 당사자는 그렇지 않다. 그가 밟고 있는 땅에서는 당연한 귀결이기 때문이다.

사이비 종교의 본산에서 사는 일은 별다른 것이 없었다. 다만 맹신에서 비롯된 할머니의 선량함을 어떻게 봐야 할지는 쉽사리 결론이 나지 않았다. 어쨌거나 본인이 행복하고 주변에 늘 도움이 되고 있으니 그 종교도 인정해주어야 하지 않을까, 잠정적으로 그런 결론을 내렸던 것 같다.

그 무렵 나는 성경과 맑스를 동시에 읽고 있었다. 둘 다 감흥 없긴 마찬가지지만 '동시에' 읽는다는 겉멋에 도취된 것이다. 뒤늦게 들어간 사회과학 동아리에서 나 같은 애송이 관념론자 두어 명을 만났고, 우리는 개론서를 전전하며 교양의 압력을 받고 있었다. 내내 겉돌던 대학 생활에 과녁이 생겨 그럭저럭 재미를 붙이던 나날이었다.

친구들과 헤어져 늦게 집에 돌아오던 어느 밤, 흥미로운 장면이 내 눈에 들어왔다. 고주망태로 취한 노인이 자정 넘어 순찰차에 실려 온 것이다. 경광등을 받고 선 할머니는 밤의 고양이들이 빛에 얼어붙는 것처럼 잔뜩 겁먹은 모습이었다. 종일 집귀신으로 살던 노인은 누구에게 두들겨 맞았는지 앓는 소리를 내며 할머니의 부축을 받아 안으로 들어갔다.

통 존재감이 없던 노인은 그날 이후 조금씩 변해갔다. 담배 냄새가 수시로 내 방 창문을 넘어 올라오는가 하면, 늦게까지 TV 소리가 들려왔다. 노인은 별다른 행동을 하지 않았지만 소리와 냄새로 자신의 변화를 발산하고 있었다.

교주의 변화 말고도 할머니의 심기를 어지럽힌 일은 또 있었다. 시장에서는 할머니의 종교 문제를 건드리지 않는 묵계가 있는데 그걸 정면으로 깨뜨린 사람이 나타난 것이다.

"계세요?"

마침 할머니와 함께 점심을 먹고 상을 치우던 참이었다. 그

즈음 나는 할머니의 외고집에 약간 반해 있었고, 시장 사람들의 부당한 처사에 분개하기도 했다. 할머니는 그런 나를 손녀처럼 예뻐하며 종종 밥상을 차려 불러내곤 했다. 노인은 자리를 비우고 없었다. 어쩌면 교주가 없는 틈을 타서 그 여자가 왔는지도 모르겠다.

"식사 중이신가 보네?"

"다 먹었어요. 들어와요!"

오랫동안 손님을 맞아본 적이 없던 할머니는 누군가 집에 방문해준 것에 기뻐하며 얼른 커피와 과일을 내왔다. 이쯤해서 내가 물러나야겠지만 할머니는 과일을 먹고 가라며 나까지 붙들어 앉혔다. 중년 여자는 잠시 저어하는 표정을 짓더니 이내 본인의 숭고한 정체를 밝혔다. 골목 끝에 새로 들어선 개척 교회의 목사 부인이라는 것이다. 동네에 케케묵은 이단이 있다는 소문을 듣고 부러 찾아온 것이 틀림없었다.

그다음에 내가 본 장면은 나른한 오후에 벌어진 두 종교인 사이의 성전(聖戰)이었다. 목사 부인은 입을 열 때마다 성경 구절을 들먹이며 일주교의 허술함을 공격했다.

"……베드로 후서 2장 1절에 이르기를, 민간에 거짓 선지자들이 일어났나니 너희 중에서 거짓 선생들이 있으리라고 하였습니다. 누가 거짓 선생이겠습니까? 하나님은 알되 예수님은 따르지 않는 자들 아니겠습니까? 이단에 속한 자는 하나님의 나라를 유업으로 받지 못합니다. 이제라도 교회를 분별하시고 자신을 분별하시기 바랍니다."

할머니는 가타부타 없이 듣고만 있었다. 침묵에 힘을 얻은 목사 부인은 사탄에 홀린 자에게 기다리는 지옥의 잉걸불을 묘사했는데 어찌나 생생한지 그녀야말로 이교도적 신비에 흠뻑 빠진 사람처럼 보였다. 뒤이어 자기 목소리에 도취된 자에게서 흔히 보이는 열정으로 아름다운 계명들도 설파했다. 차분히 과일을 포크로 찍어 건네던 할머니가 마침내 말문을 열었다.

"이봐요. 나도 충분히 그렇게 살고 있어요."

자랑이라기보다 사실이니까 알려준다는 말투다. 약간 화려하기까지 한 당당함이었다. 목사 부인은 잠깐 얼굴이 굳어졌으나 이내 평정을 찾고 설교를 이어갔다.

"심히 교만한 말을 다시 하지 말 것이며 오만한 말을 너희 입에서 내지 말지어다, 사무엘 상 2장 3절의 말씀입니다. 방금 한 말씀은 회개하셔야 합니다."

"회개는 일주님 앞에서나 할 일이죠. 당신네 예수는 2천 년 전에 죽었지만 내가 모시는 예수는 아직 살아 계십니다. 일주님을 모시면 일만 시름을 잊고 사망의 법에서 해방될 수가 있답니다. 눈 밝은 사람이라면……"

할머니가 오히려 역개종을 권하자 목사 부인은 알라를 믿으라는 무슬림을 만난 표정이 되어 더 이상 말을 잇지 못했다. 결국 커피 잔에 찍힌 립스틱 자국을 제외하고 그녀는 할머니에게 아무런 흔적을 남길 수 없었다.

　사실을 말하자면 할머니의 주님은 그렇게 찬란하지 않았다. 쬐가 난 어린아이 같은 모습이랄까. 끼니도 귀찮아했고 매일 한다는 수련도 건너뛰기 일쑤였다. 그리고 수시로 바깥나들이를 했다.
　할머니는 변함없이 상을 차려놓고 노인을 기다렸다. 절대로 다그치거나 귀찮게 굴지 않았지만 더 정성껏 수발을 들고 수련을 종용하는 할머니와 대치하는 일이 쉽지만은 않았을 것이다. 끼니를 거른 채 외출하는 노인의 모습을 보고 있으면 뜬금없이 '비폭력저항운동' 같은 말이 떠올랐다.
　그런데 그건 내 착각이었다. 개론서를 덮고 한창 집회에 쫓아다니고 있던 때라 이 집에서 벌어진 일도 나중에야 알아차렸다.
　"얼굴이 왜 그래요?"
　빈 반찬 통을 돌려주다가—집에서 밥 먹는 일이 줄어 상한 반찬을 아깝게 버린 날이었다— 나는 소스라치게 놀랐다. 할머니의 눈두덩과 턱에 시퍼런 멍이 들어 있었다.
　"눈이 어두워져서 그런가, 자꾸 여기저기에 부딪치네."
　할머니는 아무 일도 아니라는 듯 반찬 통을 받아 찬장에 넣었다. 그때까지도 노인이 손찌검을 하리라고는 상상도 못했다. 하지만 이틀 후, 할머니의 얼굴에는 또 다른 상처가 생겼고 이런 짓을 할 사람은 한 명밖에 없었다.
"정신 차리세요. 저 인간은 망령 난 사기꾼에 불과하다구요!"
마구 고함치는 내 모습을 상상했다. 하지만 할머니를 익히 알고 있는 나로서는 다음 장면도 곧바로 떠올랐다. '큰일 날 소리를…… 글쎄 부딪쳤대도 그러네.' 거짓말에 익숙하지 않은 할머니는 흔들리는 눈동자로 한사코 부인할 것이다.

나는 스무 살짜리답게 피가 끓었고 이 상황을 방기하는 건 비겁한 짓이라고 생각했다. 이런 고민을 선배에게 털어놓았더니 섣불리 나서지 말고 전문가에게 문의부터 해보라는 조언이 돌아왔다. 몇 군데의 단체에 전화를 걸었지만 종교의 자유가 보장된 대한민국에서 자신의 의지로 사교를 믿는 늙은 여인을 구제해주기란 쉬운 일이 아니었다. 해당 기관에서는 할머니가 치매에 걸린 것도 아니고 사리분별이 멀쩡한 상태에서 그렇게 살아가는 거라면, 안타깝지만 할아버지와 격리시킬 구실이 없다는 답을 들려주었다. 상황을 바꾸려면 학대를 입증할 만한 증거가 필요했다.

이 모든 것이 그간 얻어먹은 밥과 할머니와의 우정이 빚어낸 강요된 공명심 때문이었다. 알량한 양심에 시달리는 나날이 이어지자 개입을 요구하는 상황에 새삼 짜증이 밀려왔다. 얹혀사는 주제에 폭력까지 휘두른 노인이 기가 막혔고 온갖 추문을 퍼뜨리는 이모가 입을 닫고 있는 것도 혐오스러웠다. 나는 이 골목에서 단 한 명, 할머니만 기품 있고 빛나는 사람이라고 생각해왔다. 하지만 그 성녀의 저토록 무지하고 어리석은 모습을 보니 마음이 답답했다. 그들은 제자리에 붙박인 채 돌던 궤도를 이탈하지 않을 것이다. 움직여야 하는 건 나였다.

일주교가 '물의 날'이라 신봉하는 셋째 주 수요일에 노인을 미행했다. 달마다 노인은 신의 계시를 처음으로 받은 산에 다녀오곤 했다. 그러나 정오가 지나 집을 나선 노인의 발걸음은 산으로 향하지 않았다.

시외버스를 타고 한 시간 남짓 달려 도착한 곳은 저수지 낚시터였다. 낚싯대를 빌려 좌대를 하나 차지한 노인은 오후 내내 그곳에서 시간을 죽였다. 해가 저물자 노인은 잡은 고기를 놔주고 저수지를 떠나 시내 외곽에 있는 유흥가를 기웃거렸다.

유흥가라고는 하나 어딘가 궁상맞은 생활의 냄새가 풍기는 길의 끝에는 〈장미〉〈백합〉〈물망초〉 따위의 가게들이 죽 이어졌다. 홍등가의 간판 위에 피어난 그 꽃들은 아무런 위화감 없이 열쇠집이나 세탁소와 마주 보고 있었다. 그 앞에서 한참 서성거리던 노인은 보다 허름하고 개방적인 막걸리집을 골라 들어갔다.

길가에 철판을 내놓고 부침개를 지져대는 좁은 틈 너머로 드럼통 테이블에 앉은 노인의 모습이 언뜻 비쳤다. 도토리묵과 막걸리를 시켜놓은 노인은 일하는 아줌마에게 연신 수작질이었다. 옥신각신 끝에 기어코 옆자리에 아줌마를 앉히더니 수시로 지분대며 막걸리를 들이켰다. 자꾸 쪼개지는 도토리묵을 젓가락으로 집다가 바지 앞섶에 뚝 떨어뜨린 모습에서는 비애감마저 몰려왔다.

"부끄러운 줄 아시죠."

나는 자제심을 잃고 말았다. 불쑥 들어가 노인에게 소리를 지른 것이다. 놀란 노인이 주물럭거리던 아줌마의 손을 놓고 흐리멍덩한 눈으로 나를 올려다보았다.

"이 꼬락서니가 뭡니까? 제발 할머니는 놔주고 갈 길 가세요. 어디 가서 뒈지든지요."

막걸리집 아줌마가 가로막았지만 나는 끝장을 보자는 마음으로 버티고 서서 노인을 노려보았다. 어느새 늙은 호색한에서 위엄이 넘치는 교주의 모습으로 변한 노인은 고기의 근수를 견주어보듯 뭔가를 가늠하면서 눈을 가늘게 치떴다. 그러더니 손짓으로 술잔을 하나 더 청해 짐짓 술까지 따라주었다.

"옥고를 치렀다지? 나 역시 감옥소에 간 적이 있다네."

엉뚱하게도 노인은 첫 마디에 내 안부부터 챙겼다. 나한테 통 관심이 없는 줄 알았는데 집회 중에 잠깐 잡혀간 사실도 알고 있었다. '옥고'라 할 정도는 아니라고 말하려다 노인이 왜 감옥에 갔는지부터 물었다. 노인은 쓴 입맛을 다시며,

"산림법, 공원법 위반이었지"

라고 말했다. 일주교 초기에 머문 산이 도립공원으로 지정되는 바람에 무허가 건물 주인으로 고발당했다는 것이다. 초장부터 누추하다.

"가끔 사람들은 뭔가를 강렬히 원하지. 원하는 게 뭔지도 모르면서 그냥 열렬히 뭔가를 기다리는 거야. 난 그런 사람들의 귀에 소리굽쇠를 한번 퉁, 울려준 죄밖에 없어. 공명을 일으키고 동심원 안에서 안정을 누리려 한 건 그 사람들 의지야. 종교는 그런 마음만 건드려주면 저절로 생겨나는 거라네."

뜻밖의 장광설이 이어졌지만 나는 꼿꼿한 눈빛을 유지하려고 애썼다. 신이었다가 인간 이하로 추락해 벌레처럼 살아가는 사나이. 단 한 명 남은 교도의 부양이 아니면 진작에 끝장났을 남자의 인생이 도토리묵과 탁주가 놓인 테이블 위에 천천히 펼쳐졌다.

전쟁고아가 된 후 안 해본 일이 없다 했다. 구두닦이, 대폿집 심부름꾼, 식당 배달원을 거쳤지만 가난과 무학이 늘 그의 앞길을 가로막았다. 일을 찾아 떠돌아다니는 사이, 공상적인 기질은 가지를 뻗어 독특한 관념을 빚어냈다.

양복점 시다로 있을 때 처음 교회를 접했다. 허공에 반쯤 붕 떠 있던 상태에서 종교를 만나니 스펀지가 물을 빨아들이듯 마음은 신앙으로 가득 찼다. 그는 스팀 다리미를 든 채 골똘히 자기 안의 하나님을 응시하곤 했다. 옷의 주름조차 신의 암호로 보이기 시작한 건 성경을 다섯 번 통독하고 난 다음부터였다.

젊은 나이에 병을 얻자 산으로 들어가 3년간 수련을 했다. 병은 나았지만 욕심을 버리기 위해 40일간 단식을 하고, 정욕을 버리기 위해 거세를 하고, 교만을 버리기 위해 '겸손'이라는 문신을 왼쪽 가슴에 새겼다. 그러나 한낱 문신이 필요 없을 정도의 징표가 내려왔다. 1979년 2월 17일, 신의 강림을 접한 것이다.

폭설이 쏟아져 거처로 삼던 동굴에 고립된 그는 며칠째 굶주리고 있었다. 눈을 녹여 먹으며 간신히 의식을 유지했지만 입김을 토해내는 것만이 유일하게 숨이 붙어 있는 증거였다. 동굴은 그대로 관이 될 것이고 검은 흙 위로 흰 눈이 덮여 죽음을 은폐할 것이다. 그는 마지막 기도를 올리기 위해 남은 양초에 불을 붙였다.

어느 순간부터 추위와 허기가 느껴지지 않았다. 진즉에 꺼졌어야 할 촛불이 점점 밝아졌고 빛의 가장자리로 물러난 어둠은 더 이상 냉혹하지 않았다. 조용히 드러누운 그는 자신의 몸이 텅 빈 파이프 같다고 생각했다. 빛과 어둠이 끝없이 그의 육체를 통과했기 때문이다.

더 이상 감당할 수 없는 상태가 되자 육체라는 겉옷을 벗어버렸다. 수백만 개의 입자가 되어 허공에 떠다니던 그는 빛과 어둠의 꼬리를 쫓았다. 전 세계의 고통과 환희가 흐르는 곳에서 그는 용해의 기쁨을, 해방을, 명정(明淨)을 맛보았다. 모든 것을 노력 없이 이해할 수 있었고 평생 누려보지 못한 사랑이 느껴졌다.

그곳에는 혼자만 있는 것이 아니었다. 구원자와 수많은 추종자들이 빛무리 속에 모여 있었다. 구원자의 얼굴을 본 순간, 그는 깜짝 놀랐다. 바로 자신의 얼굴이었다. 엄청난 힘으로 육체 속에 환원된 그에게 신의 음성이 들려왔다.

'나를 사랑하느냐.'

물론 그러했다.

'내 길을 따라올 수 있겠느냐.'

그는 바위에 이마를 찧으며 신심을 다해 받들겠다고 응답했다.

혼절에서 깨어났을 때 이마에는 붉은 태극 문양의 해인(海印)이 인각되어 있었다. 만왕의 왕, 만주의 주로 재탄생한 그에게 세상을 다스릴 권세의 표식이 주어진 것이다.

다시 수련에 돌입한 그는 다섯 가지의 의문을 풀기 위해 애를 썼다. 의문은 이런 것이다. 진리는 무엇인가? 말세는 언제인가? 나의 사명은 무엇인가? 나에게 어떤 능력이 있는가? 인간은 어떻게 해야 구원을 받는가?

시간을 들여 얻은 답은 이러했다. 진리는 일주이다. 말세는 지금이다. 나의 사명은 이 사실을 세상에 알리고 사람들을 구원의 길로 인도하는 것이다. 내 능력을 의심하면 안 된다. 인간은 종말이 올 때까지 선하게 살며 수련을 거듭해야 한다.

교주의 자질은 대중에게 어떤 공상을 펼쳐 보일 수 있는가에 달려 있다. 그런 면에서 그는 신이 될 자격이 충분했다. 가난과 무학이 빚어낸 독특한 관념은 그만의 조잡하고도 힘 있는 공상을 만들어냈다. 건강과 돈과 학식이 없는 자들. 행운이 항상 불운보다 모자랐던 자들. 그들에게는 고통에 휩쓸려가지 않을 닻이 필요했다. 어려운 말을 쓰지 않고, 실천이 복잡하지 않고, 얻을 것이 확실한 닻이면 더 좋았다.

그는 어떤 삶도 혹독할 수만은 없다는 것을 알고 있었다. 기어서 구걸하는 걸인도 따뜻한 봄 햇살에 저절로 미소를 짓는 순간이 있고, 평생 누워서만 지내는 환자도 통증을 완전히 잊게 해주는 천국의 꿈을 꾼다. 그래서 교주는 집단적인 한풀이와 비슷한 눈물의 정화 의식을 치른 후에는 반드시 삶의 기쁨을 환기시켰다. 이런 방법이 효과가 있는지, 혹은 산에서 생활을 하기 때문인지 병이 나았다는 사람들도 나타났다. 교세가 확장되면서 갖가지 제의가 탄생하더니 이윽고 형식이 다듬어졌다.

연극배우가 관중의 기를 받아 무대를 초현실적인 상태로 몰아넣듯이 제의는 그렇게 고조되고 완성되었다. 세차게 흐르는 물소리, 자극적인 갖가지 향, 타오르는 촛불이 동원됐다. 어둠 속에서 밝게 빛나는 교주를 보면서 일주교 신자들은 커다랗고 뜨거운 근원과 하나 되는 강렬한 일치감을 느꼈다.

인간에게는 자신보다 크고 위대한 존재에 합일되고 싶은 욕망이 있음을 교주는 잘 알고 있었다. 그것을 충족시켜주기 위해서 자신은 더 크고 위대해야 했다.

초월에의 오르가슴, 신도들의 눈빛에서 읽히는 숭배의 표정, 아찔한 전능의 기억들…… 그는 세계의 아버지가 되어 소나기 같은 행복을 맛보았다. 〈하늘 군대〉를 조직한 것은 신도 수가 백 명이 넘었을 때였다.

"무슨 군대요?"

"열 뿔과 일곱 머리를 가진 짐승이 종말을 가져온다 했으니 대비를 시켜야 했지. 성도들에게 한자리씩 나눠 주기 위한 명분이었네만."

노인은 좋았던 시절을 회상하는 포주처럼 탐욕스러운 기억력으로 〈하늘 군대〉의 조직도를 읊조리기 시작했다. 성민원장 이창근, 성례원장 김윤홍, 일주생활공생조합장 전복례, 도덕성도수양관장 차경훈. 그들 모두 내가 살고 있는 건물에 머물렀다고 했다.

듣기에는 참 평범한 이름들이다. 그런데 이름의 주인들은 사교의 제의를 지냈고 돈과 정성과 눈물을 바쳤다. 멀쩡한 인생에 요철이 생기기까지 삶에 어떤 일이 일어난 것일까. 그들에게 필요한 것은 온기였나, 광기였나. 아니면 둘 다인가.

가끔씩 욕실 천장에서 물이 새는 낡은 건물이 성소였다니, 나는 아연한 마음으로 다음 이야기를 기다렸다.

수난은 사건이 터지기 전부터 교주의 이마에 포자처럼 사르르 내려앉아 자라고 있었다.

태극 문양의 해인이 한낱 피부병에 불과하다는 사실은 안 것은 오래전이었다. 수포가 생긴 해인은 참을 수 없이 가려웠고 병원에서 처방해준 약을 먹자 넉 달 후 완전히 사라져버렸다. 병변(病變). 의사는 신의 증거라고 믿었던 해인을 이렇게 불렀다. 그러나 병은 다른 형태로 번성하고 있었으므로 병변은 여전히 필요했다.

보다 근본적인 문제는 그가 신으로 살아가는 일상에 심각한 회의를 느낀 것이다.

가끔씩 회당에서 제의를 올리던 도중 어리둥절한 마음이 될 때가 있었다. 자기 앞에 정성껏 차려진 상. 기도문을 달싹이는 마른 입술들. 신심에 달아오른 벌건 얼굴. 이 모든 것이 공상 속에서 시작된 일이란 말인가? 내 꿈이 이것들을 지어냈단 말인가?

고개를 돌리던 그는 회당 유리창에 비친 자기 얼굴이 낯설어서 깜짝 놀랐다. 창에는 우스꽝스러운 옷을 입은 중년 남자가 그 나이의 누구도 짓지 않을 표정을 하고 있었다. 그러자 스스로 연출한 극이 상연되는 극장에 앉아 있으면서도 대체 이 공연이 언제 끝날 것인지 궁금해졌다. 그는 제단에서 내려와 인간의 한가운데로 걸어가고 싶은 충동을 간신히 억

눌렀다.

날이 갈수록 신의 피곤함은 강도를 더했다. 끝없이 감탄을 자아내는 존재가 되어야 하고, 세속적인 일에 일절 호기심을 드러내는 일이 없어야 하고, 아이의 아비가 되어 누리는 책임감이나 자긍심 같은 것도 없는 삶. 신이라는 일종의 괴물이 되어 사람들과 늘 거리를 두는 일이 어떤 것인지 모르고 한 선택이 그를 짓눌렀다. 그가 해방될 마지막 기회는 그때 찾아왔다.

"우주일주평화국 선언이었나. 아마 그 선포식이었을 거야."

관광버스를 빌려 단체로 계룡산에 다녀오는 중이었다. 일주교 신자들을 실은 버스가 빗길에 미끄러지며 반대 방향에서 오던 화물차와 충돌했다. 여섯 명이 죽고 스무 명이 다친 사고에서 교주 역시 중상을 입었다.

회복을 기다리는 동안 적당한 연설을 찾아봤지만 이 상황에 맞는 말은 없었다. 불운하지만 평범한 사고. 아무도 비범함을 증언해줄 길이 없는 사고. 그 사고에서 교주가 중상을 입었다는 것 또한 은혜를 의심할 만한 일이다. 그가 신이라면 왜 사고를 예견하지 못하고 자기도 다쳤겠는가?

아마도 제1사도이자 사무처장을 맡고 있던 노길명이나 일주평화건설단장인 박현화가 살아 있었다면 동요하는 신도들을 추스를 시간을 벌었을지 모른다. 환자복을 입고 방울방울 떨어지는 링거액을 바라보던 그는 궁지에 몰린 교주들의 최후를 떠올려봤다. 망상을 완성하기 위해, 파국을 외롭게 견디지 않기 위해 집단 자살을 명하는 사례들이 생각났다. 하지만 생각만으로도 지겨웠다. 연출자로서의 한계는 여기까지였다.

신도들은 나날이 줄어들었다. 그는 스스로 쌓은 계단에서 하나하나 내려가는 중이라고 생각했다. 그러나 마지막 한 계단만 남겨둔 채 끝내 인간의 땅을 밟을 수 없었다. 첫째는 여전히 자신을 신으로 우러러보는 할머니의 눈동자 때문이고, 둘째는 일반인으로서의 생활력이 전무하기 때문이었다.

사고 후유증으로 다리까지 절게 된 마당이니 부양이 필요했고 그러기 위해서는 최소한의 신성함을 남겨두어야 했다. 98퍼센트는 평범한 남자지만 2퍼센트는 신으로 남은 모습이 그가 새로 맡은 배역이었다. 그 2퍼센트를 유지하며 살아온 세월이 그를 노인으로 만들었다.

"내가 그 여자를 망쳤다고? 천만에. 일주교가 사라지지 않은 건 다 그 여자 때문이야. 사고가 났을 때 이 바보 놀음은 끝내야 했어. 그럼 나도 새로운 인생을 살 수 있었을 거야. 신이 아닌 인간으로 말이야…… 그런데 내가 인간이 되도록 놔두지 않았어. 피해자는 바로 나라고."

노인은 쓴웃음을 지으며 이렇게 말했다. 입가에 막걸리가 허옇게 말라붙어 있었다.

"둘이서 평범한 부부로 살면 어떨까 싶었지. 하지만 끝내 나를 인간으로 봐주지 않더군."

그녀는 자신이 만들어낸 괴물이었지만 자신을 넘어서는 괴물이었다. 너무나 완고하게 너그러운 그녀. 어떤 의심으로도 어지러워지지 않고 어떤 악감정으로도 흐트러지지 않은 채 빛나는 선함. 무시무시한 선함. 신의 자리에서 내려와 인간의 길로 가지 못하도록 고통을 안겨주는 선함.

참으로 기이한 역설이었다.

〈하늘 군대〉가 만들어지기까지는 5년이 걸렸다고 했다. 그런데 신도들이 모두 떠난 후에도 그들은 20년째 '제3의 예루살렘'에 유폐되어 있다. 일주교의 역사 대부분을 단둘이 이어나간 셈이다.

그 이유가 할머니 때문이라면 진정한 교주가 누구이고 교도는 누구인지 의문이 생기지 않을 수 없었다. 모래시계를 뒤집듯 교주와 교도 사이에 전복이 일어난 것이라면 그건 이미 일주교가 아니게 된다. 그저 일주교를 믿고 있는 할머니의 마음 자체가 종교인 셈인데, 그렇다면 그 종교는 과연 무엇일까? 종교이기는 한 걸까? 성녀처럼 살아가는 할머니의 마음에 자리한 신앙의 근원은 대체 어디에서 온 것일까? 인생을 보호하기 위해 깨지 않은 환상에 불과한 건가?

나는 점점 혼란스러워졌다. 이단의 가지에서 저 혼자 피어난 꽃이 뿌리가 시들어도 도무지 질 생각을 안 하다니, 끔찍했다.

우리는 나란히 버스를 타고 P시로 돌아왔다. 창에 기대 가

녑게 졸고 있는 노인은 뭐랄까, '수축된' 모습이었다. 누가 가해자이고 누가 피해자인지 알 수 없는 사건의 수사관이 되기에 나는 너무 어렸다. 고개를 숙인 채 이 모든 불가해함을 노려보는 도리밖에 없었다.

노인은 기도와 수련을 완전히 끊어버렸다. 신성을 연기하던 눈빛과 제스처는 그만두고 안방에 웅크린 채 나오지 않았다. 할머니에게 손찌검을 하는 일도 사라졌다.

교주의 무기력에는 약과 의사도 소용이 없었다. 어쩌다 아래층에 내려가면 테이프에서 흘러나오는 물소리만 음산하게 울릴 뿐 집 안에 생기라곤 느껴지지 않았다.

물소리가 나는 곳은 또 있었다. 건물의 누수가 부쩍 심해진 것이다. 내 방 욕실에서만 똑똑 물방울 소리가 들렸던 것이, 아래층 거실과 현관에도 습기가 차기 시작했다. 할머니는 수리를 해야지, 하면서도 일을 벌일 엄두를 내지 못했다. 인생의 중심인 교주가 무력증에 빠져든 후 중력을 잃고 허둥허둥했던 것이다.

변화가 없는 사람은 진천 이모뿐이었다. 재건축을 둘러싸고 시장 전체가 둘로 갈라져 싸우는 형국이 되자 이모는 그야말로 물 만난 물고기가 되어 집에 붙어 있는 날이 없었다.

재래시장을 없애고 쇼핑 센터를 짓는다는 말은 오래전부터 떠돌았지만 구체적인 진전이 없었다. 그러다 유명한 건설사가 나서면서 찬반으로 나뉘었던 여론이 점차 한 방향으로 모아졌다. 상인들은 장사를 작파한 채 삼삼오오 모여 세입자의 우선 분양권에 대한 열띤 토론을 벌이곤 했다.

나는 현실적인 고민에 빠졌다. 1층 식당은 곧 가게를 뺀다고 했다. 내 경우엔 계약 기간이 좀더 남아 있었지만 언제 철거될지 모르는 집에 눌러 있기가 불안했다. 새 자취방을 구하려면 나간다는 말을 미리 해둬야 할 것 같았다.

말을 꺼내기 어려웠던 건 할머니의 상황 때문이었다. 그녀는 안팎으로 고립되어 있었다. 노인은 무기력하고 진천 이모는 재건축에 대해 귀가 아프게 떠들어댔으며 식당 월세는 끊길 것이다. 그건 할머니의 수입 대부분이 사라진다는 말이 된다.

할머니가 재건축에 동의하지 않자 시장 사람들은 호통을 치다 바싹 낮추어 읍소를 하는 등 갖가지로 압박을 가해왔다. 이 건물이 종말이 올 때 천사를 마중 나갈 신성한 장소라는 것을 납득시킬 도리가 없는 할머니는 묵묵히 비난을 감당해야 했다.

극성스러운 조합원들이 떼를 지어 몰려오기도 했다. 그 와중에 새로운 사실이 밝혀졌는데, 재건축에 동의하지 않은 건물주는 개척 교회 목사와 할머니, 단둘뿐이라는 것이다. 공사가 늦어지면 시장 전체가 손해를 본다며 다들 핏대를 세웠다.

"그 사람들처럼 알박기라도 하려고요? 언제까지 우리 피를 말릴 건지 말해보세요. 요새 장사도 안 되는데."

약국 아줌마에 따르면 목사와 그의 부인은 애당초 교회보다 분양권에 더 큰 목적을 두고 이 동네에 왔다는 것이다. 성전을 허물 수 없다고 버티면서 시공사와 협상하는 것이 돈 냄새를 맡은 그들의 전략이라고 했다. 개척 교회에는 제대로 된 신도가 거의 없었다. 이 동네는 원래부터 무당이 많고 개신교 신자들이 죄다 사거리 대형 교회로 몰린다는 것을 감안해도 너무나 형편없는 선교 실적이었다. 그러니 교회를 연 진정성을 의심받는 것도 당연했다.
 신도가 하나도 없다니. 그렇다면 달랑 목사와 그의 부인으로 이루어진 교회란 말인가? 일주교의 구성과 다를 바 없는 교회를 생각하니 세상에 이런 조합이 얼마나 더 있을지 새삼 궁금해졌다.

 바이러스에 대한 공포가 번지던 계절이었다. 수도권에 사는 마흔일곱 된 주부의 사인이 신종플루로 밝혀졌다는 뉴스를 보자 등골이 오싹했다. 며칠 전부터 편도가 붓고 미열이 있는 것을 무시하던 터였다.
 약국에 다녀와 달력을 넘겨보니 방세를 내는 날짜가 닷새나 지나 있었다. 아래층에 내려간 나는 현관이 잠겨 있지 않은 것을 의아해하며 안으로 들어갔다. 안방 앞에 우두커니 서 있는 할머니는 사람이 들어오는 기척도 느끼지 못한 것 같았다. 내 시선은 저절로 할머니의 눈길을 따랐다.

노인이 쓰던 방은 떠나기 전의 어수선함이 그대로 남아 있었다. 누운 자국이 선명한 보료, 채 닫히지 않은 문갑, 흩어진 양말짝과 신문들. 할머니는 머리 나쁜 아이가 상황을 이해하려고 애쓰는 것처럼 곤혹스러운 모습이었다. 그녀의 신, 그녀의 가족, 그녀의 인질이 사라져버린 자리에 그대로 화석이 되어버린 것처럼.

나 역시 눈앞의 상황이 의미하는 바를 몰라 어리둥절했다. 그래서 약국 아줌마가 부산스럽게 들어왔을 때 할머니만큼이나 깜짝 놀랐다.

"생각 잘하셨어요. 더 버텨봐야 정해진 돈 외엔 한 푼도 줄 수 없다고 시공사에서 그러더라고요. 이사 날짜 정해지면 이주비 대출은 은행에서 즉각……"

여기까지 말한 아줌마는 뭔가를 처음으로 누설한 입장이 된 것을 눈치챘는지 잠시 말을 멈췄다.

"세 분이 수원 어디로 갈 거라면서요. 진천댁이 그러던데."

그제야 재건축에 동의하고 분양권을 빼돌린 노인과 이모가 이곳을 완전히 떠난 것이 확실해졌다.

말뜻을 톺아보던 나는 어쩐지 분개하는 눈빛이 되어 약국 아줌마를 노려보았다. 당황한 아줌마는 변명하듯 중얼거렸다.

"필요한 서류는 다 있었어요. 원래 인감은 남한테 안 주는 거잖아요."

그러나 노인은 '남'이 아니었다. 그는 만왕의 왕이자 할머니의 주님이었으니까. 일찍이 전 재산을 헌납했을 때도 이 집만은 할머니 명의로 남겨둔 사람이었다던가, 그랬으니까……약국 아줌마는 혀를 차며 '사람이 어찌 그리 미련할 수가……'라는 말을 남기고 나갔다.

어쩔 줄 모르고 서성거린 사람은 오히려 나였다. 마침내 노인이 마지막 계단을 내려갔구나. 뜻밖에도 가장 먼저 든 감정은 터질 게 터져버린 후련함이었다. 그러나 평생의 헌신이 파탄 난 할머니를 생각하니 앞이 막막했다.

할머니는 여전히 몽롱하고 골똘한 눈빛으로 빈방에서 시선을 거두지 못했다. 이런 일이 닥칠 줄 알았다는 태도 같기도 하기도 하고, 너무 큰 충격에 넋을 놓은 것 같기도 한 도무지 종잡을 수 없는 모습이었다. 할머니가 화를 낸다면 같이 화를 내고, 슬퍼하거나 오열한다면 위로의 말을 건네려던 나는 결국 물러 나오고 말았다.

방으로 돌아와 해열제를 털어 넣었지만 흥분 때문인지 열이 더 오르는 듯했다. 견원지간이던 두 사람이 뜻을 맞췄다는 것이 믿기지 않았다. 게다가 그는 분명 거세를 했다고 말하지 않았던가. 그런 양반이 여자와 밤도망을 쳤다니 노인의 말이 어디까지 허풍인지 가늠이 되지 않았다.

배덕의 결과물을 가지고 그는 범부의 삶으로 망명해버린 것이다. 노인은 바란 대로 평범한 나날을, 어쩌면 죽음 앞에서 신을 찾기도 하면서, 그렇게 살아갈 것이다. 문제는 성스러운 임무가 사라진 할머니였다. 내리기를 완강히 거부해왔던 기차가 마침내 종착역에 도달했는데 천국은커녕 사방이 황량한 불모의 땅이나 다름없는 형국이었다.

그러나 저녁 무렵 전화를 걸어온 할머니는 외려 내 걱정부터 덜어주려고 했다.

"이주비에서 제하면 되니 진영 학생은 염려 마. 보증금은 꼭 돌려줄 테니까."

통화를 마치자 내심 품고 있던 불안은 가셨지만 할머니의 처지에 새삼 한숨이 나왔다. 이주비는 일시적인 돈일 뿐 재건축이 끝나면 갚아야 할 부채에 지나지 않는다. 일주교에 빠진 후 집안과 절연한 할머니가 무슨 수로 돈을 갚고 어디로 가서 산단 말인가?

지금까지 모든 사람들이 할머니를 향해 실패한 인생이라고, 어리석게 속고 산다고 손가락질했다. 그런데 그들의 말이 사실로 드러난 것이다. 할머니에게 향할 시선과 수군거림을 떠올리니 내가 당한 일처럼 치욕스러웠다.

나는 할머니가 일주교에서 빠져나오길 바랐던 내 마음을 향해 변명을 늘어놓았다. 이렇게 끔찍한 형식은 아니었다고 말이다.

그날 밤 역십자가형에 처한 베드로를 보았다. 꿈속의 사도는 십자가에 거꾸로 매달려 마지막 숨을 몰아쉬고 있었다. 그의 눈에 담긴 최후의 풍경은 마중 나온 천사가 아니라 자신의 몸에서 흘러나온 붉은 피가 대지를 적시는 모습이었다. 어디선가 천상의 나팔 소리가 희미하게 들려왔다……

또 다른 소리가 꿈의 가장자리를 넘어왔다. 소리는 점점 커져서 억지로 눈을 뜨지 않을 수 없었다. 침대 아래로 발을 내디딘 순간, 맨발에 닿는 차가운 감각에 깜짝 놀랐다. 방바닥이 온통 물바다였다.

벌떡 일어나 형광등 스위치를 눌렀지만 딸깍이는 소리만 날 뿐 불이 들어오지 않았다. 욕실 천장에 생각이 미치자 그제야 무슨 일인지 짐작이 갔다. 물이 새던 수도관이 터지면서 누전으로 전기가 나가버린 것이다.

나는 정신없이 옷을 꿰입고 밖으로 나왔다. 열 때문에 입안이 바싹 말라 있고 다리가 후들거렸다. 벽을 짚어가며 캄캄한 계단을 겨우 내려와보니 아래층도 물바다이긴 마찬가지였다. 아니, 더 심했다.

거실 천장에 구멍이 뚫린 것처럼 세찬 물줄기가 쏟아지고 있었다. 이 건물만 수해를 만난 것처럼 실내가 온통 엉망이었다. 물기운을 이기지 못하고 부풀어 오른 벽지가 터지면서 또 다른 곳에서도 물벼락이 쏟아졌고, 열려 있는 창문 사이로 바람이 마구 휘몰아쳤다.

할머니는 진작부터 이 사태를 알고 있던 게 틀림없다. 한쪽 무릎을 세우며 느릿느릿 일어서서 허리를 펴는 그녀의 작은 몸에는 놀라는 기색이 없었다.

"빨리 사람을 불러와야 해요! 물이 점점 불어나고 있어요."

물소리에 묻히지 않으려고 고함을 쳤지만 텅 빈 눈빛만 돌아올 뿐이었다. 나는 할머니를 포기하고 양동이를 가져다 물이 떨어지는 곳에 받쳐놓았다. 창문을 닫고 바닥의 물건들을 잡히는 대로 식탁 위에 올려놓는 동안 내 입에서는 거친 욕설이 튀어나왔는데, 그때 머릿속 회로가 엉킨 것이 틀림없다.

희미한 가로등 불빛에 비쳐 보이는 실내는 내가 아는 공간이 아니었다. 걸레를 집었는데 머리카락이었고, 휴대폰을 꺼냈는데 죽은 비둘기가 손에 잡혔다. 놀라서 눈을 비비자 젖은 벽지의 얼룩이 사람의 형상으로 번지고 있었다. 한두 명이 아니라 수많은 사람들이, 이곳에서 비밀스러운 제의를 올렸던 사람들이 한꺼번에 되살아난 것이다. 나는 털썩 주저앉은 채 고막을 파고드는 기도 소리를 듣지 않기 위해 귀를 막아야 했다. 그들 사이로 보이는 할머니의 검은 실루엣은 마교의 여제사장처럼 우뚝했다.

저건 환각이야. 열 때문에 헛것이 보이는 거야. 이마에 쏟아지는 물줄기를 그대로 맞고 있던 나는 공포에 질려 소리쳤다. 같은 말을 수십 번 반복하고서야 가까스로 굳은 몸이 풀려났다. 가위에 눌렸다가 깨어날 때처럼 전신에 힘이 빠졌다. 한참이나 지난 것 같은데 시계를 보니 겨우 수분이 흘렀을 뿐이었다.

나는 축 늘어진 채 본래의 모습으로 돌아온 실내를 멍하니 바라보았다. 군자란과 산세비에리아 화분 대여섯 개가 바람에 쓰러지면서 바닥을 흙탕물로 만들고 있었다. 탐스러운 게발선인장 꽃은 모조리 떨어져버린 후였다. 노인과 진천 이모가 달아나면서 남긴 흔적이었다.

꽃들은 먼지 뭉치와 함께 물바다가 된 거실을 이리저리 떠다녔다. 모든 것이 엉망인 이곳에서 느린 유속에 몸을 맡기며 천천히 움직이는 꽃들은 유독 비현실적으로 보였다. 자주색 꽃 한 송이가 부드럽게 할머니의 발에 닿았다. 순간 할머니의 히스테릭한 웃음을 들었다고 생각했지만 내 착각이었다.

할머니는 여전히 온순한 얼굴로 게발선인장 꽃 한 송이를 주워 들더니 한참을 들여다보았다. 떨어진 꽃은 시들어야 마땅했지만 물 위에 있던 탓인지 완전히 쪼그라들지는 않았다.

그것이 내가 본 할머니의 마지막 모습이다. 내 방으로 도망쳐온 나는 그길로 집을 나가 며칠 후에야 짐을 챙기러 돌아왔다. 철거를 의미하는 X 자가 그려진 건물 어디에도 할머니의 자취는 찾을 수 없었다.

꽃들이 떨어진 자리에서 그녀는 품위 있게, 노년 궁핍의 삶 속으로 걸어 들어간 것이다.

내 의자를 돌려주세요

내가 아는 한 세상에서 가장 말하기를 좋아하고, 말을 많이 하는 족속은 의자다. 그들은 L 자의 입을 가진 굉장한 수다쟁이다.

당신은 내가 공상을 좋아한 나머지 모든 사물이 말을 걸어온다고 착각하는 멍청이냐고 빈정거릴 수 있는데, 그건 그렇지 않다. 예를 들어 침대는 굉장히 과묵하다. 침대는 피곤한 육신을 안아주고 근사한 꿈도 선사해주지만 온통 애무만 할 뿐 말은 한마디도 하지 않는다. 그건 책상도 마찬가지다. 널따란 등짝을 척하니 내밀지만 당신이 책상에서 종이를 채우든 오리든 별 관심이 없다. 글쎄, 어떤 사람은 가로등의 말을 듣고 또 어떤 사람은 한강 다리와 떠들 수 있을지도 모르지.

여하튼 내가 아는 한 세상에서 가장 말이 많은 사물은 오로지 의자, 의자뿐이다.

그들은 한결같이 진솔한 대화가 소원이라며 '발을 제외한 온몸이 입뿐이니 그럴 만하지 않느냐'고 내게 물어왔다. 등과 엉덩이를 밀어 넣는 그 오목한 구석을 입이라고 생각해본 적이 없기 때문에 이런 질문을 받으면 언제나 당황스럽다.

그러나 내가 만난 모든 의자들은 스스로를 실용적인 측면에서 평가하지 않았다. 그들은 자신을 개성적인 고독을 지닌 견자(見者), 즉 세상을 끝없이 바라봄으로써 비밀을 꿰뚫는 존재라고 생각했다. 그리고 자신이 본 세상에 대해서 지구가 끝나는 날까지 떠들고 싶어 했다.

내가 만난 최초의 말하는 의자는 팔걸이가 높고 등받이가 깊숙한, 베이지 색 격자무늬의 1인용 소파다. 몸에 꼭 맞아서 앉으면 의자에게 푹 파묻히는 느낌이 들었다.

구립도서관 한 귀퉁이에 놓인 그 의자는 비어 있을 때가 더 많았다. '시청각자료실'에서 내 눈길을 끈 건 오디오 사용자를 위한 네 개의 좌석이었다. 책상도 큼직하고 유리 칸막이가 쳐진 데다 팔걸이가 높은 1인용 소파에 쿠션까지 놓인, 공공시설에선 보기 드물게 안락한 자리였다. 게다가 이 도서관은 한강변에 있기 때문에 창밖으로 강의 전경까지 한눈에 들어왔다.

오디오 한 대가 모자라는 바람에 '무선 인터넷 노트북 사용자를 위한 좌석'이라고 적힌, 아무것도 놓이지 않은 책상이 있었는데 나는 즉각 이곳을 차지하고 앉았다. 그러고는 노트북이 부팅되는 소리를 들으며 멍하니 창밖을 바라보았다.
 그런데 문득 이런 말이 들려오는 것이 아닌가.

 "자유롭게, 어떤 말이든 지껄여볼까요? 그건 제게 어려운 일이 아닙니다. 주제나 소재를 정해주실 필요는 없습니다. 그냥 앉아주시기만 하면 됩니다. 전 끝없이 떠들어댈 운명을 지녔으니까요. 아마도 전생에 벙어리가 아니었나 싶습니다. 전생에 못 한 말들이 있다면 이생에 다 쏟아야 하지 않겠습니까? 그래야 다음번엔 온전한 언어를 갖게 되겠지요. 온전한 형체도요…… 저는 지금 의자거든요. 정말이지 하품 나는 형체예요.
 창밖에는 가로등의 열주 사이로 차들이 지나가는 다리가 보이는군요. 그 아래에는 강물이 흐르고요. 어떻습니까, 썩 나쁜 풍경은 아니지요? 그러면 이 멋진 전경 아래 우리의 첫 대화를 시작해보기로 합시다.
 현재 당신은 글을 쓰고 싶어 하는데, 그다지 열의가 없는 것으로 보아 이것이 가장 정직한 욕망인지 확신하지 못하는군요. 당신은 중산층의 삶에 공포를 느끼지만, 한편으로 중산층의 삶에서 완전히 멀어질까 봐 두려워하고 있어요. 이쪽이

든 저쪽이든 소질이 없다며 넌덜머리를 내고 있는 게 가장 정확한 상태일 겁니다. 이것에 대한 처방은 딱 한 가지입니다. 행동하고 또 행동할 것! 아무리 짧더라도, 혹은 완전히 무위의 시간을 보내더라도 저에게 와주십시오.

계절은 겨울이고 날씨는 아직 춥습니다. 하지만 이곳에서 봄이 오는 것을 지켜볼 수 있겠지요. 조금 부지런하다면 매일 저와 만날 수 있겠지요. 게다가 이 공기! 도서관 특유의 조심스럽고 진지한 침묵을 떠올려보세요. 서가에는 책들이 그득하고 사람들의 입술에는 묵직한 침묵에 걸려 있습니다. 사색의 추를 드리우기에 적당한 밀도로 말이죠.

솔직히 털어놓자면 저는 언제나 예술가의 후원자가 되는 삶을 동경해왔습니다. 화가와 문인들로 가득 찬 살롱에 홍차를 나르고 조용히 미소 짓는 16세기 귀부인처럼 말이죠. 이제 막 현관에 들어선 예술가의 남다른 재능을 알아보고 매달 수표책에 서명을 하는 인생이라면 얼마나 근사할까요…… 하지만 전 구립도서관의 의자로 태어났고, 수표책도 금화도 없답니다. 가진 것이라고는 글을 쓰는 동안 품어줄 몸뚱이뿐이지요.

그러니까 만약 당신이 이곳에서 무언가 쓸 작정이라면 기꺼이 그 글의 대부가 되어드릴까 합니다."

이건 뭐랄까, 한 번도 인사를 나눈 적 없는 이웃집 남자가 둘만 탄 엘리베이터에서 돌연 악수를 청하는 느낌이다. 의자는 터진 둑처럼 줄줄이 말을 내뱉었고 심지어 내 카운슬러를 자청하며 점잔 빼는 어조로 열을 올렸다. 이 굉장한 달변가는 말을 마치고 수줍게 툭 물러나서 한동안 침묵을 지켰다. 그러나 다음 날 그를 만나러 도서관에 갔을 때 활발하게 말을 걸더니 그 후로 한번도 조용한 날이 없었다.

'앉아 있기만 하면 되겠어. 의자가 떠드는 말만 받아 적어도……'

궁둥이 밑의 수다를 듣는 동안 문득 이런 생각이 들었다. 그때 내가 원한 건 그저 타격감, 일정한 속도로 자판을 두드릴 때의 고른 리듬뿐이니까.

그날부터 글이 씌어지지 않는 건 오로지 도서관 의자에 앉아있지 않았기 때문이었다. 문장은 모두 의자에서 나왔고 나는 그저 받아 적는 타자수였으니까. 다른 곳에서도 글을 써보려 했지만 깎아놓은 손톱처럼 쓸모없는 서설만 수북이 쌓일 뿐이었다. 썼던 글을 지우고 다시 도서관에 오는 수밖에. 그러면 의자는 회심의 미소를 지으며 열정적인 이야기꾼으로 변하는 것이다.

"신처럼 창조하고, 왕처럼 명령하고, 노예처럼 일하라. 조각가 브랑쿠시의 말이던가요? 명심하세요. 한 가지 삶을 얻으려면 백 가지 삶을 포기해야 하는 겁니다."

내 도서관 의자는 이렇게 유식한 말도 잘했다. 그러나 거기 있는 동안 예술가는 그였고 나는 어디까지나 조수에 불과했다.

추위를 싫어하는 나지만 이번만은 봄이 오기를 기다리지 않았다. 의자와 수다를 떠는 동안 기묘한 겨울이 찾아왔다. 개나리와 목련이 피어나는 겨울, 바람이 옷소매를 부드럽게 부풀리는 겨울, 봄빛이 짙어져도 내 마음속 겨울은 깎여나가지 않았다. 이 계절에 나는 한 명의 본처와 여러 명의 애인을 거느린 호색한처럼 많은 의자와 사귀게 되었다.

이를테면 지하철 승강장에 나란히 박힌 일곱 개의 의자들은 그중 하나에 앉아도 동시에 짹짹거렸다.

"아직 겨울 외투네?"

"그런다고 봄이 오지 않을 것 같아요?"

"잠깐, 가지 마요. 여기 오는 사람은 모두 금방 가버린다고요!"

전동차 안에 앉으면 이번엔 긴 의자가 한숨을 쉬며 말을 걸었다.

"빌어먹을 저 무료 신문 좀 치워줘…… 그런데 자넨 척추가 꽤 휘었군그래."

이런 식으로 만나는 의자마다 말을 붙여오니 성가신 적도 없지 않았다. 그렇다고 의자들이 무례하다는 뜻은 아니다. 대화는 항상 '사귀고' 나서 이루어진다. 그러니까 나를 눈여겨본 의자들이 눈치를 보다가 말이 좀 통하겠다 싶으면 그때부터 입을 연다는 뜻이다.

새 친구들이 늘어났지만 역시 가장 가까운 친구는 도서관 의자였다. 가끔씩 다른 의자들의 이야기를 들려주면 도서관 의자는 내 이야기를 하나도 놓치지 않으려고 신경을 곤두세웠다.

"붙박이 의자로 지내면 얼마나 답답할까요? 그래도 지하철 의자는 많은 사람들을 볼 수 있으니까 그건 부러운데요."

"다른 의자로 태어났으면 좋겠다고 생각한 적 있어?"

"로마 집정관의 의자나 우아한 곡선을 가진 귀부인용 휴식 의자로 태어나면 어떨까 하는 생각을 해본 적은 있죠."

도서관 의자는 다른 곳에 놓인 자신의 모습을 그려보는 듯 공상에 푹 빠진 목소리였다. 어느새 우리의 대화는 가보지 않은 삶에 대한 것으로 이어졌다.

"나와 동명이인인 여자를 만난 적이 있어. 여자로 태어났으면 좋았을까?"

"테라스에 놓인 등나무 의자로 사는 것도 괜찮을 것 같아요."

"다 집어치우고 고향에나 내려갈걸 그랬나 봐."

"극장 의자면 영화는 실컷 봤겠지요?"

서로의 말은 전혀 듣지 않으면서도 이야기는 끊임없이 이어졌다. 도서관 의자는 자신이 식탁 의자나 사무실 의자로 태어나지 않은 것이 천만다행이라고 했다. 그는 어깨너머 읽은 책들에 중독된 나머지 일상적인 세계를 경멸하는 경향이 있었다.

나는 노트북의 새 창을 열고 우리가 가지 못한 길의 목록을 적어보았다. 의미 없는 글이었지만 하얀 모니터 위에 까만 개미 같은 글씨들이 톡톡 지나가는 게 즐거웠다. 그리고 또 이런 상상을 했다. 이 순간은 의자와 내가 백지 위에서 사이좋게 산책하는 시간이라고. 나는 이국의 포로가 들려주는 이야기를 옮겨 적는 세상에 단 하나뿐인 번역가라고.

  새로운 사교에 빠져 있는 사이, 내 일상은 다리가 썩어 삐걱대는 의자처럼 조금씩 무너지고 있었다. 우선 예정된 가난이 덮쳤다. 작년에 대필한 책이 있는데 출간된 지 넉 달이 지나도록 출판사에서 고료를 지급하지 않았던 것이다. 결국 내 쪽에서 전화를 걸어 '결제는 언제……'라고 웅얼거리다 수화기를 내려놓으면 분노가 치솟았다. 일한 대가를 요구하는데 왜 이렇게 비굴하게 느껴질까? 문제는 통화의 주제가 '돈'이라는 데 있고 돈을 재촉하는 소리는 아무리 정당한 것이라도 품위 없게 느껴진다는 것이다.
  도서관 대신 포장마차로 직행한 어느 날, 나는 내 푸념을 들어주고 있는 것이 궁둥이 밑 플라스틱 의자라는 것을 깨달았다.
  "인간들이 똥을 싸기 전과 싸고 난 후가 다르다 이 말이군."
  정신을 차렸을 때는 이미 의자와 통성명을 하고 난 후였다. 어라? 취기를 털기 위해 머리를 흔들고 새로운 술동무를 자세히 관찰해보았다. 맥주 회사 로고가 박힌, 어디서나 볼 수 있는 파란 플라스틱 의자였다. 여기저기 긁힌 자국과 낡아서 닳아빠진 다리가 싸움터에서 잔뼈가 굵은 장수처럼 관록이 붙어 보였다.

"그만 좀 쳐다보라고. 등받이가 없는 것도 서러운데 다리까지 부러져 아주 고단한 인생이니까."

의자는 언짢은 말투로 내 시선을 뿌리치며 톡 쏘아붙였다. 마치 술주정까지는 들어주겠지만 개인 사생활은 묻지 말라는 바텐더처럼.

나는 포장마차 의자의 신랄한 말투가 마음에 들었다. 도서관 의자는 지나치게 지성을 강조했고 울분을 나누기에 적당한 대상이 아니었다. 게다가 도서관 의자라니. 더럽고 낡아빠진 술집 의자야말로 내 궁둥이에 어울리지! 기왕 의자 말을 받아 적는 거라면 포장마차 의자 얘기가 훨씬 재미있지 않을까? 나는 몽롱한 취기 속에서 멋대로 뻗어나간 내 생각을 말해보았다.

"헛소리 말고 저리 꺼져."

포장마차 의자는 단칼에 내 말을 일축했다. 의자들에게 늘 환대만 받던 나로서는 당황스러운 반응이었다. 의자를 붙잡고 뭐라 웅얼거리려는 찰나,

"소주 주소!"

주홍색 비닐 천막을 들추고 벙거지 모자를 쓴 부랑자 하나

가 얼굴을 쑥 내밀었다. 마치 자기 차례가 되어 연극 무대에 나선 배우처럼.

모든 것이 검거나 누런 인간이다. 누런 옷으로 감춰지지 않은 피부에는 시커멓게 때가 끼었고, 누런 이빨은 반쯤 꺼멓게 썩었다. 그 뒤로 크고 툽상스러운 도사견 세 마리가 어슬렁어슬렁 따라 들어와 나를 비롯한 모든 손님들을 놀라게 했다.

벙거지는 출입문 근처에 앉은 내게 오더니 손짓으로 비키라는 시늉을 해 보였다. 내가 어쩔 줄 몰라 하는 사이에 개들이 나를 둘러싸고 바닥에 침을 뚝뚝 떨어뜨렸다. 짐승이 품어내는 살기에 겁을 먹은 나는 할 수 없이 먹던 소주와 잔을 들고 다른 탁자로 옮겼다.

벙거지는 내가 내준 의자에 턱 하니 앉아 단골 레스토랑에 들어온 사업가처럼 당당하게 주문을 했다.

"내 새끼들 먹이게 우동도 세 그릇 갖고 오고!"

포장마차 안의 손님들은 다들 벙거지와 개를 힐끔거렸다. 주인은 벙거지와 구면인 듯 다가가서 소주 한 병을 내밀었다.

"나가서 먹어. 술값은 안 받을 테니."

"뭐야, 거지처럼 밖에서 먹으라는 거야? 나, 돈 있어!"

"알아. 아는데 장사하는 데서 이러면 어떡해."

"오사리 잡년 같은 게 확 찢어 죽일까 보다. 어디서 사람을 차별하고 지랄이야! 니미럴."

그는 인상을 우그러뜨리더니 욕설을 퍼붓기 시작했다. 점점 더 추잡하게 고조되는 욕지거리를 듣고 있자니 술집 안 모두가 인상을 찌푸리지 않을 수 없었다. 보다 못한 양복쟁이 하나가 벙거지에게 벌떡 일어나 소리쳤다.

"거 곱게 처먹을 것이지 웬 행패요? 듣자니 말씀을 너무 심하게 하시네."

용감하게 자신을 대적하는 사람이 나타나자 벙거지는 활짝 웃으며 돌아섰다. 마치 상대해줘서 반갑다는 듯 화색이 도는 얼굴이었다. 오냐 좋다, 본격적인 드잡이판을 벌려보세——이런 콧노래가 나오기라도 할 것 같았다.

"너, 이년하고 무슨 사이야, 니가 애인이라도 돼? 내가 우습게 보이나 본데, 안 그래도 우리 아그들이 고기 맛본 지 좀 됐거든?"

벙거지의 말이 끝나기도 전에 개들이 주인의 시선을 쫓아 양복쟁이를 향해 컹컹 짖어대기 시작했다. 순식간에 실내는 난장판이 됐다. 벙거지가 채 치우지 않은 탁자를 손으로 쓸어 패대기치자 식기들이 요란한 소리를 내며 바닥에 떨어졌다. 그 서슬에 놀란 여자 둘이 비명을 지르자 호기롭게 나선 양복쟁이도 '드러워서 피한다'는 둥 변명을 눙치더니 돈을 내려놓고 자리를 피했다.

놀라운 건 포장마차 여주인의 침착한 태도였다. 주인 여자는 온갖 더러운 욕이 퍼부어질 때도 침착하더니 벙거지가 집기를 내던지는 순간에도 고요히 파를 썰고 있었다. 그러더니 행주로 손을 쓱 닦고 휴대폰을 꺼내 누군가와 통화했다.

"성님이 오셔야겠는디…… 김 씨가 또 행패네요."

최대한 몸을 작게 말고 이 모습을 지켜보던 나는 과연 누가 올지 몹시 궁금해졌다. 믿는 구석이 있지 않고서야 제 가게를 부수고 있는데 주인이 저렇게 침착하고 태연할 수는 없을 것이다.

막상 출동한 해결사는 일흔이 넘어 보이는 작달막한 할머니였다. 척 봐도 녹록지 않은, 안차고 다라진 인상이다. 그렇다 한들 힘없는 노인이 어떻게 불한당을 대적하겠는가 말이다. 저런 할매를 믿고 팔짱만 낀 주인의 배짱이 어처구니가 없었다. 하지만 이런 생각은 모두 군걱정에 불과했다.

할멈이 들어서자 송아지만 한 개 세 마리가 달려들었다. 변이라도 당할까 싶었는데 웬걸, 꼬리를 들까불고 재롱을 떠는 품새가 스스럼이 없다. 벙거지도 할머니를 보자 슬그머니 집어 던지려던 의자를 내려놓았다. 입으론 여전히 욕설을 씨우적거렸지만 삶아놓은 고기처럼 분노의 핏기는 빠지고 흐물흐물해진 모양새다. 할멈은 반갑다는 듯 두 팔로 벙거지를 얼싸안더니 소리 나게 등을 두들겨댔다.

"아이고, 오랜만이여. 근데 뭣에 이리 성이 나셨을꼬. 피차 먹고살기 힘든 팔자들인데 어려운 사람끼리 도와야지 왜 이러는겨."

"저년이 나가서 처먹으라잖아요! 얻어먹는 것도 아닌데."

"그거야 자네 개들이 워낙 무섭게 생겨서 그렇지. 그래도 어쩌겠어. 자네가 개를 팔 것도 아니고, 색시는 장사를 해야 하고……"

할머니는 조곤조곤 이치에 맞는 이야기를 늘어놓으며 벙거지를 달래기 시작했다. 벙거지가 다시 소리를 지르려고 하면 할머니는 나무껍질 같은 손으로 등을 쓸어내린다든지 반쯤 포옹을 한다든지 해서 완곡하게 막아섰다.

"자, 나가서 한잔하세."

대체 무슨 조홧속인지 몰라도 노인은 마침내 벙거지를 데리고 밖으로 나가는 데 성공했다. 갑작스레 조용해진 실내에는 다시 주인 여자의 파 써는 소리만 고요히 재생되고 있었다. 손님들은 서로의 얼굴을 마주 보며 눈으로 이게 무슨 일인지 묻고 있었다.

"한판 시끄러울 줄 알았지."

파란 플라스틱 의자가 뒤스럭거리며 운을 뗐다. 내 경험상 속사정을 알 수 없는 상황이 벌어질 때는 그 주위의 의자들에게 물어보는 게 최고다.

"저 노인네는 누구래, 저놈이 왜 고분고분한 거지?"

"굉장히 멋진 분이지?"

의자는 저명인사를 알고 지낸다는 듯 거만한 말투로 약간 뜸을 들였다.

"공장에서 막 태어난 나를 이곳으로 데려오신 분이야. 여기서 장사를 오래하셨고 돈도 꽤 만지셨어. 나중엔 사람을 쓰면서 포장마차를 다섯 개나 하셨는데 평판이 참 좋아. 여주인이 워낙 통 크고 인심이 좋아서 이 근처 부랑아치고 국밥 한번 안 얻어먹은 놈이 없거든."

의자는 여왕을 모신 기사처럼 으스댔다. 팔이 있으면 술잔도 털어 넣을 기세였다. 어쩐지 술을 마신 건 난데 알근해지는 건 그의 파란 몸인 듯했다.

"가끔 말썽꾼이 출몰하면 저렇게 중재를 해주셔. 다들 왕년에 얻어먹은 우동이 목에 걸려 강짜를 길게 안 부리거든."

"오호라, 근데 어찌 그리 사정을 잘 아시나?"

"처음 가게에 온 의자 중에 살아남은 건 나뿐이거든. 플라스틱이라는게 장수할 팔자는 아니잖아…… 저이도 알고 보면 나쁜 사람은 아냐. 내 다리에 금이 가니까 청테이프를 감아준 적도 있거든. 자기 전용 좌석이라면서."

포장마차 의자는 열심히 벙거지 편을 들었다. 계속 듣다 보니 의자는 할머니를 존경하고, 벙거지를 사랑하는 듯했다.

홀짝홀짝 두 병을 비우고 밖으로 나왔을 때는 새벽빛이 희붐하게 밝아지고 있었다. 지하철역 쪽으로 발짝을 떼던 나는 뭔가에 걸려 고꾸라질 뻔했다. 발밑을 살펴보니 이런, 아까 그 벙거지가 아닌가.

봄이라고는 하나 아직 꽃샘추위가 가시지 않은 3월의 밤. 개들과 벙거지는 포장마차에서 멀지 않은 길바닥에 잠들어 있었다. 개들은 큰 몸을 옹송그리며 주인 옆구리를 파고들었고 병거지 역시 자기 옷을 끌어당겨 한사코 개들을 덮어주려고 애쓴 자세다. 아까 행패를 부리던 놈이 맞나 싶게 순하고 불쌍한 모습이었다.

"그놈이 목에 힘이 들어가는 순간은 나한테 앉아 있을 때뿐이거든."

문득 포장마차 의자의 말이 떠올랐다. 한때 할멈이 퍼주는 음식으로 목숨을 연명한 그는 돈만 생기면 이곳에 와서 국수를 사 먹었다. 데리고 다니는 개들 때문에 안쪽으로는 들어오지도 못하고 출입구 쪽 의자에 앉아서 한 그릇씩 비워내곤 했다는 것이다. 하지만 새로 온 주인은 아예 그를 들이려 하지 않았다. 전통을 무시하는 처사에 병거지는 모욕을 느꼈고 올 때마다 실랑이를 벌였다.

어쨌거나 자신을 기필코 사수하려는 사람을 만난 포장마차 의자로서는 그가 천하의 불상놈이라도 정을 느끼지 않을 수 없다는 것이었다. 한마디로 자신과 병거지는 나와 도서관 의자와는 비교할 수 없는 끈끈한 사이라는 거다.

"세상에 의자와 사귀는 사람이 너 하나뿐인 줄 알았어?"

솔직히 말해 그런 사람은 나 혼자뿐인 줄 알았다. 사람들이 의자에 자기의 이야기를 묻히고 다닌다는 것을 모르듯이, 나 말고도 의자와 우정을 나누는 사람이 더 있다는 것을 몰랐다. 모르는 것이 많아 울고 싶은 밤이다.

나는 가벼운 궁둥이를 팔락거리며 그 거리에서 퇴장했다.

도서관에 체류하는 시간이 길어지면서 깨달은 사실이 하나 있다. 세상엔 완전히 미친놈도 있고 덜 미친놈도 있는데 그중 몇 할은 반드시 구립도서관을 이용한다는 것이다. 그들이 도서관에서 뭘 '이용'하는지는 분명치 않다. 반쯤은 온전한(완전히 돌았다면 제 발로 여기까지 왔겠는가?), 겉으로 보기에 멀쩡한 이들은 자기 몫의 자리를 차지한 후 서서히 광기의 똬리를 풀기 시작한다.

이곳에 매일 오면서 내 존재는 자판기나 책상, 혹은 서가에 꽂힌 책처럼 도서관의 정물 중 하나가 됐다. 그럼에도 간혹 나보다 일찍 온 사람에게 내 의자를 뺏기는 일이 생기곤 했다. 공공시설이니 어쩔 수 없지, 라고 생각하면서도 그런 사람들이 밉고 싫었다.

그날 내 의자를 차지한 사람은 대머리였다. 대머리는 엄청나게 큰 구형 노트북을 가지고 있었다. 그것도 모자라 보온병과 주전부리들, 한 뼘 크기의 약병까지 줄줄이 책상 위에 늘어놓았다. 나는 마누라를 뺏긴 남편처럼 안절부절못하고 근처에 앉아 그가 자리를 비워주기만을 기다렸다.

약병은 언뜻 임산부들이 먹는 철분제처럼 보였다. 그게 약병인 줄도 몰랐다. 대머리가 5분마다 알약을 꺼내 씹기 시작하기 전까지는.

와그작와그작.

조용한 실내에 그 소리는 꽤 요란한 파동을 남겼다. 주변 사람들의 시선이 차츰 소리의 진원지로 모여들었지만 대머리는 느긋했다. 바로 뒤에 앉아 있던 나는 대머리의 뒤통수를 바라보며 어쩔 줄 모르고 있었다. 누군가 저러면 안 된다고 말해줘야 할 텐데, 수개월째 의자들하고만 대화를 했을 뿐 사람과 말 섞은 일이 극히 드문 나로서는 버거운 일이었다.

와그작와그작.

다시 알약 깨무는 소리가 들리자 『경영정보시스템』이라고 적힌 두꺼운 책을 들여다보던 안경 쓴 삼십대 남자가 들으라는 듯이 욕설을 뱉었다. 그 사람이 뭔가 행동하기를 간절히 바랐건만, 그는 이어폰을 꺼내 귀에 꽂은 채 몸을 돌려버렸다. 나는 소심하고, 다른 사람은 비겁하고, 그 결과 저 끔찍한 소음을 견뎌야 하는 상황에 아찔해질 정도로 화가 치밀었다.

와그작와그작.

30분쯤 지나자 대머리의 소음은 원래부터 그랬던 것처럼 열람실의 일부가 되고 말았다. 아무도 대머리에게 경고를 주지 않았다. 아무도! 난 머릿속에 벌레 한 마리가 들어온 것처럼 거슬려 죽겠는데 다들 괜찮은 걸까? 나처럼 인질로 잡힌 의자가 없기 때문인가?

결국 한참을 고민 끝에 아까부터 써둔 쪽지를 들고 대머리에게 다가갔다.

'여긴 도서관입니다. 뭘 먹으려면 밖으로 나가야 하지 않을까요?'

쪽지가 대머리의 손에서 펼쳐지는 것을 보자 숨통이 트이는 듯했다. 제발 입 좀 닥쳐준다면 나로서는 사소하지만 무척 큰 성취감을 맛볼 것이다. 그러나 내 순진한 기대는 1분도 못 되어 단단히 어긋나고 말았다.

대머리가 나를 보면서 벌어진 꽃처럼 활짝 웃는 게 아닌가. 마치 예쁜 여자에게 '우리 밖에서 만날까요?'라는 쪽지를 받은 사람처럼. 영문을 알 수 없는 웃음이 그의 정신 상태를 말해주고 있었다.

'제정신이 아니구나.'

그제야 공연히 나선 것이 후회가 됐다. 다들 그가 미친놈이라는 걸 알아차렸고, 그래서 가만히 있었던 것이다.

대머리는 내 눈을 똑바로 바라보면서 다시 알약 한 줌을 입 속에 털어 넣었다. 와그작와그작.

머릿속 벌레가 수백 마리로 불어난 느낌이었다.

말없이 도망쳐버린 전날의 일을 사과했을 때, 도서관 의자는 듣는 둥 마는 둥 말허리를 잘랐다.

"어제 그분 말이죠? 실제로 볼 줄은 상상도 못 했는데."

스프링을 신나게 쿨렁거리던 의자는 일종의 흥분 상태였다. 그런데 '어제 그분'이라니, 설마 나에게 망신을 준 대머리 말인가?

"우리 세계에선 유명 인사거든요. 십수 년 전 어떤 의자와의 인연을 맺었고 그 후 수많은 의자를 옮겨 다니며 순례를 하는 중이죠. 와, 난 이 모든 게 그저 뜬소문인 줄 알았어요."

"그러니까 온갖 의자를 앉아보고 돌아다니는 미친놈이란 말이야? 왜 그런 짓을 하지?"

도서관 의자는 그것도 모르냐는 듯이 잠시 말을 멈추더니 이렇게 대답했다.

"세상에서 이야기를 가장 잘하는 의자를 찾으려고요. 그 사람도 작가랍니다."

대머리가 사라진 다음에는 혼잣말을 하는 여자가 등장했다. 폭우가 쏟아지던 장맛비 때문에 실내에는 그녀와 나, 둘밖에 없었다. 어쩐지 예감이 좋지 않았다.

혼잣말은 키보드가 부서져라 두들겨댔다. 그것만으로도 충분히 신경에 거슬렸는데 잠깐씩 타이핑을 멈출 때마다 떠드는 소리가 들려왔다. 어둠 속에서 불쑥 튀어나오는 나이프처럼 날카롭고 돌연한 목소리.

"하하하하, 내일도 나올 거지?"

처음엔 그녀가 휴대폰을 꺼내 마구잡이로 통화를 하는 줄 알았다. 그러나 혼잣말의 손아귀엔 전화기가 들려 있지 않았다. 다시 노래를 부르듯 그녀의 목소리가 이어졌다.

"캐모마일이 좋아. 로즈메리는 싫어."

나는 고개를 흔들면서 의자 등받이에 깊숙이 기댔다. 내 마음은 또다시 누군가를 전력으로 미워하고 있었다.

"나는 몰라. 오, 미셸, 윤주를 괴롭히지 말아줘."

정작 괴로운 건 나다. 폭우를 뚫고 도서관에 도착했더니 또다시 광인이 내 주변을 어지럽히고 있다. 이어폰을 꽂고 볼륨을 높였지만 이래서는 도서관 의자하고 아무런 대화도, 따라서 작업도 진행할 수가 없다. 망할 사서들은 늘 그렇듯 자리를 비우고 없었다.

한참 혼잣말에 대한 적개심을 불태우다가 문득 주변에 다른 이들이 없다는 사실에 생각이 미쳤다. 그렇다면 저 여자에게 말을 걸더라도 쳐다볼 사람이 없는 것이다. 그 사실에 고무되어 용기를 얻은 나는 뚜벅뚜벅 걸어가 퉁명스럽게 말했다.

"조용히 좀 합시다. 당신 목소리가 얼마나 큰 줄 알아요?"

그녀는 깜짝 놀라 나를 쳐다보더니 눈도 깜빡하지 않고 이렇게 말했다.

"조용히 좀 합시다. 당신 목소리가 얼마나 큰 줄 알아요?"

"지금 장난하는 겁니까?"

"지금 장난하는 겁니까?"

그녀는 내가 하는 말을 고스란히 반복했다. 메아리가 된 님프처럼. 당혹스럽기도 하고 화가 나기도 해서 말을 멈출 수가 없었다.

"아, 짜증나."

"아, 짜증나."

왜 미친 사람은 한 번에 한 명씩만 나타나는 것일까? 순번이라도 정해놓거나 영역 표시라도 되어 있는 것인가? 이렇게 내 도서관을 더럽힐 바에야 한꺼번에 나타나 굿판을 벌이고 사라지면 좋으련만.

결국 하릴없이 내 자리로 돌아온 나는 투덜대며 분을 삭일 수밖에 없었다.

"저 여자 왜 저래?"

"자신의 목소리가 사라질까 봐 두려워하는 거 아닐까요? 심리학 책에 그런 사례가 나왔잖아요. 자신이 낯설어서 끊임없이 대화하는 사람 얘기."

"속으로 떠들면 환자가 아닌데, 겉으로 지껄이니까 문제지."

"저 여자는 아마 자기 자신과 사귀려고 필사적으로 노력하는 중일 겁니다. 누구나 자기 자신과 잘 지내긴 쉽지 않으니까."

"대체 왜 이렇게 미친 사람이 많은 거지?"

나는 원망스러운 눈초리로 여전히 혼잣말을 멈추지 않는 여자의 뒤통수를 노려보았다.

"당신 처지를 생각해보세요."

도서관 의자가 너그럽게 웃었다.

"의자와 얘기를 나누는 건 정상이라고 생각해요?"

순간 정신이 번쩍 들었다. 대머리와 혼잣말을 내쫓고 싶었던 건 이곳이 '나의 구역'이기 때문일까? 그렇다면 나도 조금씩 미쳐가는 것은 아닐까?

  결국 우리는 이야기를 완성하지 못했다. 의자와 내가 만들어낸 인물의 첫 등장은 근사했다. 하지만 전개가 될수록 갈팡질팡하더니 시무룩하게 주저앉아 우리 둘의 말다툼을 쳐다보기만 했다. 의자와 나는 자주 싸웠는데 처음엔 왓슨 역할을 자처하던 그가 점차 홈즈 노릇을 하려고 했기 때문이다. 아니, 왓슨 역할인 내가 홈즈 노릇을 하려던 건가?
  시간이 갈수록 의자는 까다롭게 굴었고 나중엔 제대로 받아 적지 못한다고 날 나무라기까지 했다.
  "이 부분은 문제가 있어요. 그냥 어물쩡 넘어가려는 티가 너무 난다구요."
  의자는 이야기의 모든 부분이 '전면적'이어야 한다고 고집했다. 그러니까 첫 문장이 다음 문장을 부르는 식으로 자연스럽게 흘러가야지 머리를 굴려 인과나 짜맞추기에 급급하면 하얀 천에 색실로 바느질을 해놓은 것처럼 누덕누덕해 보인다는 것이다. 특별한 전파가 수신될 때까지 이마 사이에 보이지 않는 뿔을 세우는 것이야말로 예술의 신성한 방법이며, 쓸데없는 노력으로 전파를 뭉개버리는 것은 옳지 않다는 것이다.
  의자 주제에 중뿔나게 뮤즈 타령이라니. 먹지도 자지도 않고 옷도 돈도 필요 없는 그가 다달이 불어나는 내 카드 빚을 알 리 없지만, 그보다 견딜 수 없는 건 그의 말이 갈수록 꼬여간다는 것이었다. 의자의 서사는 갈수록 거대해졌고 그만큼 종잡을 수 없었다. 이 난삽한 독서가가 불러주는 문장은 제멋대로 튀어나오는 서랍처럼 어떤 것부터 받아야 할지 난감할 때가 많았다.

나는 심술이 나서 일종의 태업으로 응수했다. 가끔은 그가 말을 고르는 사이, 나는 그의 침묵을 전처럼 존중하지 않고 멋대로 아무 이야기나 적어버리기도 했다. 내가 추가한 새로운 내용은 에디슨이 고안한 전기의자였다. 쇠로 된 족쇄와 처형자의 몸부림을 막기 위한 벨트가 달린 끔찍한 괴물, 앉으면 수분 만에 생명이 뽑혀나가는 '처형 의자'에 대한 글자가 찍혀나가자 내 친구는 화를 내더니 종일 입을 닫았다.

며칠간 도서관에 발을 뚝 끊기도 했다. 일부러 다른 자리에 앉기도 했는데 그럴 때마다 의자의 초조한 시선을 무시하는 일이 왜 그리 통쾌했는지 모르겠다. 풀 죽은 그는 아이를 잃어버린 우둔한 유모 같았다.

나는 이 모든 상황에서 날카로운 쾌감이 느껴졌다. 뭔가를 배반하는 일은 야만적인, 따라서 즐겁기까지 한 에너지를 몰고 왔다. 결국 나는 친구의 고통을 제물 삼아 원래의 자리로 돌아갈 채비를 하고 있었던 것이다.

이렇듯 의자와의 거리 두기를 하던 어느 날, 적게나마 돈을 벌 수 있는 일거리가 들어왔다. 나는 의욕에 차서 도서관으로 돌아왔다. 보란 듯이 다른 일을 하는 모습을 과시하고 싶기 때문이었다.

새로운 일거리는 영화 개봉에 맞춰 급하게 번역한 문장을 다듬는 일이었다. 윤색에 몰두하는 사이, 날이 저물면서 태양이 긴 꼬리를 남기고 창밖으로 사라졌다. 그때까지 입을 꾹 닫고 지켜보기만 하던 의자는 가로등에 하나둘 불이 들어오자 말문을 뗐다.

"그…… 전기의자는 어떻게 됐나요?"

자존심이 강한 의자가 자신을 눅이고 조심스레 물어오자 나는 실소가 나왔다. 그는 여전히 우리가 만들던 이야기에 집착하고 있었다. 그 이야기들은 커서가 깜박거리는 모니터의 끝에서, 마치 절벽에서 뛰어내릴 수 없는 여자처럼 붙박여 있는데 말이다.

"글쎄, 의자 얘기는 좀 신물이 나서."

인간과 말을 튼 의자들은 대부분 배신당한 경험이 있다. 내가 알기로 도서관 의자는 아직 그런 일을 겪지 않았다. '그런 일'은 지금 막 벌어지는 참이다.

"그러면 이제 나를 찾지 않을 건가요?"

의자가 다소 처량한 목소리로 이렇게 물어왔을 때 솔직히 좀 놀랐다. 예술가의 후견인 운운한 건 그저 나를 붙들려는 핑계일지도 모른다는 생각이 든 것이다. 우리의 관계는 서로의 외로움에 잠깐 지핀 모닥불 같은 것이었을까? 하지만 이미 시작한 내 잔인함에는 가속이 붙어 있었다. 나는 즉흥적으로 이렇게 내뱉었다.

"오늘 온 건 너에게 작별 인사를 하기 위해서야. 더 빨리 떠났어야 하는 건데."

작별이란 말을 떠올리자 신파적인 감상이 나를 사로잡았다. 그간 친구가 되어주어 고맙다, 하지만 너 말고도 가져야 할 것들이 많다는 말이 내 목구멍에서 흘러나왔다. 도서관 의자는 금방이라도 울어버릴 듯하더니 감정을 억누르면서 작별인사를 건넸다.

"결국 이런 날이 오고야 말았군요. 나중에라도 꼭 한번 저를 찾아주셨으면 해요. 당신의 손에 자격증 교재나 창업 가이드 같은 책이 들려 있다고 해도 전 개의치 않을 테니까요."

마지막 말은 꼭 그런 꼴을 보고 싶다는 말처럼 들렸다. 그건 의자에게 끌렸던 중력을 완전히 소멸시켜버리는 말이었다. 의자 주제에 나를 모욕하는 건가? 수개월간 나를 포로로 잡아놓고 조종했으면서, 어쩌면 조롱했으면서 말이다.

그때 내 마음엔 오직 한 가지 욕망밖에 없었다. 의자에게 수치심을 주고 자존심을 박살내버리고 싶은 욕망. 나는 벌떡 일어나 고함을 지르며 도서관 의자를 넘어뜨렸다. 요란한 소리를 내며 뒤로 넘어간 의자는 네 개의 다리를 허공에 세운 채 나자빠졌다. 볼트와 너트와 베니어합판, 아무렇게나 찍힌

스테이플러 자국, 먼지로 범벅이 된 의자의 더러운 밑바닥이 속수무책으로 드러났다. 내 환상의 친구는 이토록 남루한 내면을 가지고 있던 것이다.

  내가 세워주지 않는다면 그는 스스로 일어날 수도 없다. 의자는 말도 못 하고, 서 있지도 못하고, 자신의 고유한 상태를 모조리 잃어버린 채 아랫도리가 벗겨진 사람처럼 무기력하게 곤두박칠쳐 있었다.

  도서관의 모두가 우리의 불화를 목격했다. 책이, 책상이, 다른 이용자들과 사서들이 깜짝 놀라 우리를 쳐다보았다. 어디선가 알약을 씹는 대머리도 이 광경을 훔쳐보고 있는지도 모른다. 연상이 대머리에 미치자 그토록 증오했던 광인과 다를 바 없는 행동을 하고 있는 내 모습을 똑똑하게 깨달을 수 있었다. 얼굴에 피가 확 쏠렸다. 견딜 수 없어진 나는 그대로 도서관을 뛰쳐나오고 말았다.

  구립도서관의 유리문을 밀고 밖으로 나오는 순간, 그때까지 나를 감싸고 있던 얇은 막이 찢어지는 소리가 들렸다. 파란 창공이 사라진 자리에 검고 더러운 우주가 드러났다.

  와그작와그작. 벌레들이 돌아다니는 소리가 머릿속 가득 번식했다.

*

  도서관을 나온 다음에도 나는 많은 의자를 만났다. 사무실의 하이테크 의자나 아내가 사온 식탁 의자 같은. 시간이 갈수록 부양해야 할 의자가 늘어났고 여러 개의 의자를 가진 삶이 만족스럽기도 했다.
  그러나 이젠 어떤 의자도 말을 걸어오지 않는다.

*

  의자들은 고독한 인생을 산다. 서지도 눕지도 못한 채 평생을 보내는 이 족속은 바닥보다 약간 높은 곳에 흐르는 공기——우리의 무릎이나 종아리 부분 정도——를 호흡하며 누군가가 말을 들어주기를 기다린다. 어떤 의미에서 의자의 삶은 나무와 비슷하다. 누군가 옮겨주지 않으면 언제까지나 한자리에 붙박여 있어야 하니 말이다.
  요사이 내가 종종 들르는 공원의 벤치는 오랫동안 자신이 나무인 줄 알았다고 털어놓았다.
  우선 그는 커다란 나무 그늘 밑에 있었다. 발이 흙 속에 묻혀 있고 몸뚱이에 나이테를 두르고 있기 때문에 자신은 하늘을 향해 직립한 생명체라고 믿어 의심치 않았다는 것이다. 의자가 되면서 기억을 잃었을 뿐이라고, 나무와 자신은 형제라고 공원 의자는 생각했다.

 삼각김밥의 포장을 벗기던 나는 '넌 시멘트로 만들어졌고 공원에 어울리게 꾸며진 것뿐이야. 얼마나 조악한지 멀리서도 가짜 나무라는 게 티가 난다고. 지금 내 엉덩이가 얼마나 차가운지 알아?'라고 대꾸하고 싶었지만 이 말은 김밥과 함께 꿀꺽 삼켜버렸다. 오랫동안 어떤 의자도 나를 건드리지 않았다. 그런데 이 공원 의자가——작게 축소된 인공 자연 속에 살아서 그런지 소박하고 눈치가 좀 없는——실로 오랜만에 말을 붙인 것이다.

 "나무와 전 부부나 다름없어요. 사람들은 그늘을 보고 제게 오지요. 여기 앉아 다시 나무를 바라보고요. 우린 젓가락과 숟가락처럼 한 세트인 셈이죠."

 내가 보기에 이건 순 착각이다. 나무는 과묵하다. 나무는 이미 하나의 대륙, 하나의 세계이기 때문에 의자의 이런 마음을 알 겨를이 없다. 사철마다 다른 과제가 주어지고 수많은 잎, 꽃, 열매를 가진 그에게 다른 짝이 필요할까? 나무가 주변에 관심을 보이지 않는 것은 당연하다. 그들의 세계는 충분히 복잡하고 유기적이기 때문이다.

 의자는 나무를 사랑했다. 그의 그늘, 바람이 불 때마다 나뭇잎을 통과해 들어오는 햇살을 즐겼으며 씨주머니에서 떨어진 열매가 자기 몸 위에서 도르르 굴러가는 것을 경이롭게 바라보았다. 붉고 노란 잎들이 쏟아지는 가을의 나무 샤워는 환희를 안겨주었고 첫 순이 움트는 순간을 지켜보기 위해 봄밤의 며칠을 지새우기도 했다. 그리고 겨울이 다가오면 나무보다 더 빨리 쓸쓸해졌다. 겨울에는 사람들도 나무도 제 집으로 들어가버리고 의자 혼자 고독 속에 놓이기 때문이다.

하지만 이런 청승에 장단을 맞춰줄 시간이 내겐 없었다. 도서관을 떠난 다음부터 내 우주엔 구직과 실직밖에 없었으니까. 끼니를 때웠으니 일자리를 찾으러 가야 할 시간이다.

다시 공원 의자를 만난 것은 꽤 오랜 후였다. 그러니까 한 번의 실패를 여러 번의 실패로 늘리고 환상도 현실도 다 잃어버린 끝에 우연히 공원을 찾은 것이다.

공원 의자는 홀로되어 있었다. 번개가 몹시 치던 밤, 나무는 허리가 반으로 꺾여 죽음을 맞이했다. 공원 의자는 나무의 죽음이 믿기지 않았다고 했다. 대지의 젖줄과 맞닿아 있고 태양과 교신하는 위대한 그가 이렇듯 한순간 사라질 수 있단 말인가? 무서울 정도로 성성한 푸른빛에서 어떻게 생명이 싹 빠져나갈 수 있단 말인가.

"차라리 제 자신이 두 동강 나는 편이 나았을 거예요."

사람들은 흉측하게 변한 나무의 주검을 파헤쳤다. 나무뿌리는 공원 의자의 발이 묻혀 있는 곳까지 뻗어 있었다. 속정 깊은 남편을 잃은 과부처럼 의자는 눈물을 삼켰다. 뿌리를 모조리 뽑고 나자 아득한 구멍이 드러났다. 생명을 빨아들이고 푸른색을 검은색으로 바꾸어버린 암흑이었다.

그 구멍을 메우며 시간이 흘러갔다. 어차피 시간은 똑바로 흐르지 않는다. 나침반이 남과 북을 가리키지 않는 시간 속에서 의자는 긴 잠을 잤다. 공원은 꿈으로 가득 찼다.

나무의 꿈을 너무 많이 꾼 것일까? 시간이 지날수록 의자의 몸은 점점 녹색으로 변해갔다.

"늙을수록 푸르러지는 몸뚱이. 그런 게 존재할 수 있나요?"

이 말을 듣고 나는 공원 의자를 내려다보았다. 온몸에 이끼가 껴서 앉을 데도 마땅치 않은 낡은 의자를. 비로소 나무가 되어버린 의자를. 당신이 나라면 무슨 말을 해주겠는가? 난 너무 가벼운 엉덩이를 가지고 있어서 이런 순간을 감당하기가 어렵다. 푸름에 몸을 내준 채 녹이 슬고 있는 저 의자는 좀더 무거운 엉덩이, 백지의 끝까지 걸어간 자에게 말을 걸었어야 했다. 나이 오십에 초경을 치르는 여자처럼 수줍음이 가득 차 자신의 몸을 내보이는 그에게 '당신은 늙고 나서 젊어졌다'는 모순을 멋있게 말해줄 요량이 내게는 없는 것이다. 만약 내가 꿈꾸기를 다시 시작한다면 그처럼 푸른 몸뚱이를 가질 수 있을까?

오래전 나에게는 도서관 의자가 있었다. 그가 없다면 나는 아무것도 쓸 수 없다. 세상엔 쓸 만한 이야깃거리들이, 그러니까 진리라는 것들이 아무 데서나 옷 벗고 눕는 여인처럼 떠다닌다는 사실은 알고 있다. 그러나 그것을 받아 적으려면 내 도서관 의자가 필요하다. 나는 타자수, 그는 내 두뇌이자 영감이기 때문이다. 도서관 의자와 대화할 수 없는 내가 무엇을 쓸 수 있겠는가.

늙은 나무가 내 친구의 안부를 묻는다.

"당신의 의자는 잘 있나요?"

그 의자는 여기에도 없고 도서관에도 없다. 딱 한 번 내가 그를 찾았을 때 그곳은 수험생들이 공부하는 곳으로 바뀌어 있었다. 커다란 탁자 아래 놓인 열 개의 의자들은 완강한 침묵에 둘러싸여 아무것도 말해주지 않았다.

공원에 앉아 나는 내 의자의 최후에 대해 상상했다. 내가 찾지 않은 동안 도서관 의자는 창밖을 나와 한강을 건너 우주 속으로 영원히 사라졌다. 그와 내가 만든 이야기들은 우주의 불쏘시개가 되어 어디선가 활활 타고 있을 것이다. 어느 귀부인 못지않게 예술가의 후원자를 자처했던, 그러나 실은 자신이 예술가였던 도서관 의자가 다른 주인을 만났다면 좋았을 텐데. 세상에 의자와 사귀는 사람은 나 혼자가 아니니까 말이다.

이런 비극이 나에게만 일어나는 것일까? 어떤 사람은 악기를 잃고 어떤 사람은 주머니를 잃었을 것이다. 당신은 라디오를 잃고 또 다른 당신은 거울을 잃었다. 유년 이후 처음 말을 붙여준 사물이 다가올 때 우리가 소통한 세계는 어디로 사라졌을까? 그들은 우주에서 기다란 성운을 이루며 떠다니는 것이 아닐까? 그렇다면 나는 같은 비애를 가진 이들과 그곳을 여행하고 싶다. 우리에게 말을 건네던 모든 사물들이 떠다니는 성운. 당신의 악기·주머니·라디오·거울이 떠 있는 그곳에서 내 도서관 의자를 되찾고 싶다. 그곳은 우주의 고물상 같겠지만 우리들의 낡은 꿈이 모인 가장 아름다운 별일 테니까.

우주를 여행하는 그 의자에게 돌아오라는 말을 건네기 위해 이 글을 쓴다. 도서관 의자가 있다면 이 글은 이렇게 서툴게 씌어지지 않았을 것이다. 그러나 그는 여기 없고 나는 그 겨울을 떠올리고 있다. 종이 위에 글자가 끝나가는 순간이 몹시 두렵고 그가 그립다. 등을 기대고 깊숙이 앉을 때 건네오던 도서관 의자의 명랑한 첫 인사가.

오늘 같은 오후에 나는 내 인생에게 말하고 싶어진다.

내 의자를 돌려주세요, 라고.

머리에 꽃을

모스크의 확성기가 코란 소리를 실어 나르는 오후, 반쯤은 세속화된 이 마을에서 여전히 깊은 신심을 유지하느라 이마에 멍 자국이 가시지 않는 염료공 무라트는 양탄자에서 수그린 고개를 들었다. 눈앞에 검은 털이 수북하게 쌓여 있었다.

무라트가 곱슬곱슬한 털 뭉치를 자신의 머리카락이라고 결론 내린 데는 다소 시간이 걸렸다. 조금 전까지 별다른 감각을 느끼지 못했기에 새 둥지처럼 소담스럽게 놓인 검은 터럭을 제 머리카락이라고 연상할 하등의 이유가 없었다. 그는 신의 낯선 메시지를 해독할 길이 없어 입을 벌려 비명을 질렀다. 머리 위에는 터럭 하나 남아 있지 않았.

잠시 후 모스크에 앉아 있던 사람들 대부분 무라트와 같은 선물——새 둥지처럼 소담스러운 자신의 머리카락 뭉치——를 발견했으며 큰 충격을 받았다. 훗날 벌어질 일에 비하면 집단 탈모는 사소한 전조에 불과했지만, 당시에는 모두들 엄청나게 놀랐다. 어떻게 놀라지 않겠는가? 탈모 현상에는 여자도 예외가 아니었다.

같은 시각, 마을 중심부에 위치한 식당 2층에서 아리따운 아일라의 비명이 터져 나왔다.

"어머니. 제 머리, 제 머리가……"

아일라는 말을 잇지 못했다. 반면 딸보다 한발 앞서 이 사실을 발견했고 심지어 이웃 여자와 의견 교환까지 나눈 궐잔은 평정을 유지했다.

"일단 히잡을 쓰렴."

다른 처녀들과 마찬가지로 머리에 뭘 뒤집어쓰는 것을 단호히 거부한 아일라에게 궐잔은 다소 엄격한 목소리로 이렇게 지시했던 것이다.

히잡을 쓴다 한들 젊은 여자가 대머리가 된 비극을 어떻게 상쇄할 수 있단 말인가? 가슴을 두어 번 치고 뛰쳐나간 아일라는 묘한 위안과 새로운 불안에 휩싸이게 된다. 다른 여자 친구들——데리야, 치셈, 자리베르트——도 같은 상황에 놓였기 때문이다. 각기 푸른색, 검은색, 보라색 천을 뒤집어쓰고 만난 이들은 열일곱에 닥친 참상을 어떻게 받아들여야 할지 몰라 서로를 부둥켜안고 펑펑 울었다. 집단적인 전염병이 도는 것일까? 태어나기 전에 벌어졌던 전쟁에서 생화학 무기라도 쓰였단 말인가? 무엇보다 이 꼬라지를 하고 어떻게 운명적인 사랑을 한단 말인가!

잠시 후 샤프란퍼플의 모든 이들이 각자에게 벌어진 비극——어린아이부터 노인에 이르기까지 예외 없이 대머리가 되어버린——을 확인했으며 신앙이 깊은 사람이건 그렇지 않은 사람이건 모스크에 몰려들었다. 무슨 말부터 꺼내야 할지 몰라 망설이던 이맘*은 타스비히**를 굴리며 이렇게 운을 뗐다.

"인샬라!"

봄이 되어 샤프란퍼플 사람들이 보건국의 조치에 지칠 대로 지쳐 있을 무렵——정부는 마을을 봉쇄하고 주민들의 정밀검사가 끝날 때까지 각자의 집에서 한 발자국도 나오지 말라고 엄포를 내렸다——또 다른 사건, 아니 진정한 사건이 비로소 모습을 드러냈다. 숨 가쁜 이야기가 시작되기 전에 우선 이 마을에 대해 간략하게나마 소개해두는 편이 좋겠다. 막상 사건이 제 목소리를 내면 이런 말은 도통 적을 데가 없기 때문이다.

샤프란퍼플은 지명에서 알 수 있듯이 향신료로 쓰이는 샤프란이 많이 '났던' 곳이다. 작황이 나빠진 데다 수익도 맞지

---
* 이슬람 교단의 지도자.
** 이슬람교도들이 사용하는 일종의 염주.

않아 지금은 샤프란을 재배하는 농가가 거의 없다. 한때 인구 3만까지 번성했으나 도시의 중심 시설은 대부분 새로 조성된 시가지로 옮겨 갔다. 여전히 올드 시티에서 살아가는 사람들은 양파나 피망 같은 밭작물을 재배하거나 양을 쳐서 나오는 쥐꼬리만 한 수익으로 살아가고 있다.

올드 시티 어디에서나 보이는 언덕 위에는 커다란 삼나무가 세 그루 있는데, 이 나무는 모스크와 더불어 사람들의 아련한 신심이 향하는 장소였다. 멀리서 보면 세 그루가 꼭 한 그루의 거대한 나무처럼 보였고 아래로는 드넓게 펼쳐진 초원이 있었다. 초원은 때때로 눈이 내린 것처럼 하얀 꽃으로 뒤덮이는데 가까이 가서 보면 꽃이 아니라 풀잎 뒤에 다닥다닥 붙은 달팽이라는 것을 발견하고 기겁하게 된다. 언덕 위의 빅트리(삼나무 세 그루)에서 마을을 내려다보면 길쭉한 창문마다 면화 커튼을 친 오스만 시대의 전통 가옥들과 돌로 된 구불구불한 골목길, 네 개의 첨탑을 갖춘 작은 모스크가 어우러져 아늑하고 정겨운 느낌을 받게 된다. 어쩌면 재난은 이 촌구석과 잘 어울리는지도, 그래서 이곳을 콕 집어 상륙했는지도 모른다.

이제 이듬해 봄에 벌어진 진정한 사건으로 시선을 옮길 차례다. 집단적으로 벌어진 상황을 일일이 열거할 순 없으니 그중 한 명을 골라 창문 안을 들여다보기로 하자. 다른 사람의 민둥머리 위에서 벌어진 일도 순박한 농부 알리에게 생긴 일과 다르지 않았다.

그날 아침, 잠에서 깬 알리는 몹시도 근지러운 기분이 들어 머리통을 벅벅 긁었다. 그리고 무언가 보드랍고 연약한 것이 찢겨 손톱 사이에 낀 것을 발견했다. 알리의 손은 다시 머리 위로 향했다.

"어라?"

그가 머리에서 뽑아낸 것은 개양귀비였다. 주홍색의, 아직 멍울을 채 터뜨리기 전의 꼬깃꼬깃한, 향기는 거의 나지 않는.

알리는 아무 생각 없이 거울로 다가갔다. 생각이 없다기보다 생각할 겨를 없이 거울로 달려갔다는 편이 맞겠다. 아무튼 거울에 비친 알리의 머리 위에서 자라나고 있는 건 분명히 개양귀비였다. 주홍색의, 아직 멍울을 터뜨리기 전의 꼬깃꼬깃한, 향기는 거의 나지 않는.

"으허허허으허으허어엉~"

알리는 어떤 짐승에게서도 들을 수 없는 괴상한 비명을 지르며 뛰쳐나갔다. 그렇다. 이 동네 사람들은 무슨 일이 생기면 뛰쳐나가기부터 한다. 아직까지 하나의 대가족처럼 살고 있는 시골인지라 무의식적으로 이웃부터 찾는 것이다.

거리로 나간 알리의 눈에 들어온 것은 움직이는 꽃들이었다. 팔다리가 달려 있고 옷까지 갖춰 입은 꽃이다. 자세히 보니 꽃 아래로 사람 얼굴이 하나씩 붙어 있었다. 그러니까 다른 사람들의 머리통에도 저마다 꽃이 피어나고 있던 것이다.

머리에 꽃을 195

"대체 어떻게 된……?"

"참 나, 사내 머리에 무슨 귀신 짓거리인지."

"맙소사, 넌 장미잖아!"

"조심해. 안 그러면 가시에 찔려."

이렇게 말하며 검지를 쪽쪽 빨고 있는 녀석은 카다르였다. 녀석은 사실을 깨닫기도 전에 피부터 봐야 했던 것이다. 다들 자신의 두피에서 식물이 시작되는 지점을 조심스럽게 만져보며 몸서리를 쳤다.

사람들은 다시 모스크에 모였다. 데이지, 아네모네, 에델바이스, 미모사, 능소화, 접시꽃, 끈끈이주걱, 쑥부쟁이, 작약, 제라늄, 민들레, 야생 튤립, 기타 듣도 보도 못한 희귀한 꽃들이 집결한 모스크는 신전이 아니라 화훼 단지처럼 보일 지경이었다. 모스크 안은 향기로 가득 차고 사람들의 마음은 혼란으로 가득 찼다.

잠시 후 이맘이 놀란 사람들을 진정시켰다.

"자, 우리에게 벌어진 사태를 침착하게 살펴봅시다. 혹시 열이 나거나 구역질이 치밀거나 몸이 좋지 않은 사람 있습니까?"

아무도 대답하지 않았다. 수많은 꽃들이 좌우로 흔들릴 뿐이었다.

"다행이군요. 머리에서 꽃이 난다고 해서 아프진 않으니 말입니다. 대머리가 될 때와 마찬가지로."

"왜 이런 일이 일어난 걸까요?"

"그것은 알라의 뜻이니 내가 답할 순 없습니다. 다만 이 순간만큼 기도가 필요한 때도 없을 겁니다. 모두들 저를 따라……"

"잠깐!"

이맘의 말을 가로막으며 황급히 튀어나온 건 시장이었다. 그의 머리에는 시장의 권위에 어울리지 않게 앙증맞은 강아지풀이 펄럭이고 있었다. 뒤로 우주복 같은 옷에 방독면을 쓴 보건국 직원들이 우르르 따라왔다.

"우선 행정적인 절차부터 밟아야 합니다. 모두 밖으로 나가 두 줄로 서세요."

사람들은 웅성거리며 모스크 담 밖까지 길게 줄을 섰다. 시장은 불만에 찬 이맘을 구석으로 불러 조용히 달랬다.

"변화가 생기면 즉각 검사부터 실시하라는 상부 지시가 있었습니다."

"의료 행위를 왜 성전 앞뜰에서 합니까?"

"여기만큼 넓은 데가 없잖소. 협조하지 않으면 곤란합니다. 이맘도 줄을 서세요."

일차적으로 맥박과 체온을 잰 후 피검사와 소변검사가 이어졌다. 사람들은 툴툴거리며 소변통을 받아 들고 볼일을 본후 다시 성전에 모여 수군덕거렸다.

못 말리는 호기심으로 자기 오줌의 냄새를 맡아본 이도 있는데, 오줌에서는 꽃향기가 전혀 나지 않았다.

시장은 깊은 수심에 잠겼다. 대머리가 된 겨울부터 머리에서 꽃이 핀 이듬해 봄까지 올드 시티 주민들은 줄창 격리돼 검사를 받느라 생업에 극심한 타격을 입었다. 이대로라면 세금을 걷기는커녕 있는 예산을 풀어 써야 할 판이라는 결론이 나오자 시장은 땅이 꺼져라 한숨을 쉬었다. 남은 예산이 어디 있단 말인가? 목숨보다 소중한 세 딸의 유학 자금으로 일찌감치 빼돌려두지 않았느냔 말이다.

머리를 쥐어뜯자 강아지풀이 우수수 뽑혔다. 시장은 마호가니 책상 위에 떨어진 강아지풀 하나를 집어 무심코 콧수염 위에 올려놓았다. 수염 위에 난 또 다른 수염처럼 움찔거리는 강아지풀을 바라보던 시장은 문득 장난스러운 행위에서 엄청난 아이디어가 떠올랐다. 그것이 〈휴먼 플라워 페스티벌〉인 것이다.

주민들의 반응은 싸늘했다. 변화를 싫어하는 시골 사람들답게, 더구나 인생 최대의 변화를 겪은 직후의 시골 사람들답게 다들 신경질적인 말들을 내뱉었던 것이다. 사람들은 머리카락 대신 꽃이 피어난 것을 부끄럽게 여겼고, 축제 의상을 입고 퍼레이드를 벌인다는 발상에 대경실색했다.

"사람이 버섯도 아니고 이게 뭔 일이고!"
"이 꼬락서니를 하고 행진을 한다고?"

"시장을 너무 오래 해먹었어."

"빵 잘 먹고 무슨 흰소리람."

입 가진 자들마다 이렇게 씨우적거렸던 것이다. 주민들 입장에서는 뜬금없는 축제보다 자신의 건강과 일상이 훨씬 더 중요했다.

학자들이 몰려와 기후와 상관없이 피어난 꽃들을 관찰하고, 꽃들의 토양이랄 수 있는 사람들을 진찰하는 동안 모두들 온갖 걱정을 이고 살았다. 노인들은 꽃을 피우는 바람에 명이 줄어든 것은 아닐까 전전긍긍했고 젊은이들은 식물 뿌리가 뇌 속으로 파고드는 끔찍한 가설을 주고받았다.

이 괴상한 꽃들은 주인이 누워서 자는 동안 납작해지다가도 어느새 제 모습을 되찾았다. 용감하게 꽃을 뽑아버린 사람도 있었지만 다음 날이면 새로운 싹이 돋아나 이내 원상 복구가 됐다. 이 와중에 여론은 하나로 모아졌는데 마을 전체가 쑥대밭, 아니 꽃밭으로 변한 마당에 축제는 무슨 얼어 죽을 축제냐는 것이다.

그럼에도 시장은 고집을 굽히지 않았다. 지역 경제가 다 죽은 마당에 무슨 짓이든 못 하겠느냐고, 머리 위에 꽃이 피고 새가 운들 먹고는 살아야 하지 않느냐는 게 시장의 입장이었다.

보건국의 공식 발표가 나오자 시장의 기세는 한층 등등해졌다. 스스로도 느꼈듯 주민들의 건강에는 아무 이상이 없었다. 꽃들은 두피의 모공이라는 좁은 공간에 뿌리를 내리는 것으로 만족하고 그 이상 파고들지 않는 것으로 판명된 것이다. 바늘구멍보다 작은 곳에서 어떻게 꽃까지 피웠는지 짜장 알 수 없지만, 두통 환자가 없는 것은 환영할 만한 일이었다. 반면 이런 결과에 실망한 주민들도 적지 않았다. 그들은 꽃이 일종의 환부이기를, 그래서 병과 치료라는 정상적인 배열이 이루어지기를 은근히 기대했던 것이다.

첫번째 페스티벌의 결과는 처참한 실패였다. 관청의 성화에 못 이겨 다들 나들이옷을 차려입고 마을 입구에서 언덕까지 한 바퀴 도는 퍼레이드를 벌였지만 그 모습을 지켜본 건 머리 위 꽃들에게 유혹된 나비와 벌들뿐이었다. 최고의 꽃으로 뽑힌 이는 하와이 무궁화를 피우는 철물점 주인이었는데, 시장은 그에게 양 한 마리와 밀가루 두 포대를 안겨주었다.

존속 자체가 불투명해진 축제를 일으켜 세운 건 얀센 스메르나였다. 파란 눈에 모래 색 머리칼과 수염을 가진 그는 북유럽 출신으로, 한 해의 절반을 남미나 뉴질랜드에서 보내는 식물학자였다. 그가 UCC 사이트에 띄운 퍼레이드 동영상은 조작이다 아니다를 둘러싼 엄청난 공방을 일으켰고 그러는 사이 축제는 세계적인 이슈가 되었다. 하루가 멀다 하고 방송국 카메라가 들이닥치자 축제를 반대하던 사람들의 태도도 달라졌다.

갑론을박을 벌인 끝에 프로그램도 새로 다듬었다. 우선 축제 기간을 일주일로 늘렸다. 입장권을 사서 들어온 관광객에게는 조화로 된 꽃다발을 걸어준다. 처음 며칠은 전통 방식으로 만든 요리와 외부에서 불러온 악단으로 여흥을 돋우고 금요일부터는 퍼레이드를 벌인다. 이때부터 관광객들은 멋진 꽃을 지닌 후보의 의상에 자신의 꽃다발에서 떼어낸 조화를 달아준다. 축제의 마지막 날에는 가장 많은 꽃을 단 사람이 우승자로 뽑히는 것이다.

유명해진다는 것은 돈이 꼬이는 일이다. 샤프란퍼플 사람들은 두번째 축제를 마친 후 이 사실을 여실히 깨달았다. 돈을 받고 기념 촬영에 응한다거나 민박을 치면서 은근슬쩍 바가지를 씌우는 동안 뜻하지 않게 주머니가 두둑해진 것이다.

3회부터는 주류를 비롯해 건설과 화학회사를 거느린 대기업인 〈에르나〉사가 공식 스폰서로 나서면서 페스티벌의 위상도 달라졌다. 〈에르나〉에서는 야심차게 출시한 꽃향기가 나는 와인을 축제 내내 무제한이다시피 풀어 관광객들을 불러들였다. 무엇보다 가장 큰 변화는 주민들이 퍼레이드를 진심으로 즐기게 됐다는 점이다.

5년이 지난 지금, 샤프란퍼플은 일주일의 축제를 위해 1년을 준비하는 마을로 급격히 변해가고 있었다.

"이건 보통 꽃이 아냐."

모두가 다 아는 사실을 엄숙히 선언한 사람은 얀센 스메르

나였다. 급진적인 좌파였으나 식물에 대한 숭배 때문에 진정한 유물론자였던 적이 한 번도 없는 이 사내는, 다른 학자들이 빠져나간 후에도 식당 2층에 방을 얻어놓고 사람들의 머리통을 들여다보았다. 얀센이 이 마을에 처음 왔을 때 샤프란 퍼플 사람들은 희귀한 샘플 이상의 의미가 없었다. 그러나 이 샘플들은 인격을 가졌고 심지어 함께 술잔을 기울일 수도 있었다.

"참 나, 다 아는 사실을 말씀하시면 어떡합니까?"

식물학자의 입에서 라크* 냄새가 풀풀 풍기자 법대생 수나이가 투덜거렸다. 머리에 페요테 선인장이 솟아난 판사를 누가 신뢰하겠냐며 자퇴한 이후, 수나이는 갈수록 공격적인 말투를 구사하고 있었다.

"사람 머리통에서 자라는 꽃이 그럼 보통 꽃이겠어요?"

"꽃잎 수가 일곱 장인 마그놀리아 코부스라니! 이런 건 자연계에서 있을 수가 없는 일이야. 1993년 일본에서 오래된 목련 씨앗이 발견되어 우쓰노미야 교수가 재배에 성공한 적이 있지. 그 목련에선 홀수로 된 꽃들이 차례로 피었어. 하지만 그건 2천 년 전 꽃씨였다고."

"저희가 궁금한 건 이 꽃들을 영원히 달고 살아야 하느냐는 겁니다. 모두들 축제다 뭐다 해서 꽃 말고는 다른 일에 일절

---

* '사자의 젖'이라 불리는 터키의 전통술.

관심이 없잖아요. 인생이 이렇게 굴러가도 되는 겁니까? 안 그래?"

"글쎄……"

수나이의 옆에 앉아 있던 메멧은 거울에서 눈을 떼지 않은 채 건성으로 대꾸했다.

"경찰이 그따위 요상한 꽃을 달고 치안을 유지할 수 있겠어?"

"저건 '비너스의 나막신'이라고 불리는 복주머니난일세. 향기를 맡아보게. 그야말로 천상의 향기 아닌가."

"메멧이 원하는 건 향기가 아니라 질서일걸요?"

법대생과 식물학자 사이의 공방전을 보며 메멧은 거울을 내려놓았다. 다른 사람들처럼 그도 손거울을 꺼내 수시로 머리 위의 꽃 상태를 살펴보곤 했다. 메멧은 자신이 무척 남자다운 사람이라고 생각했지만 그럼에도 파란 제복이 꽃과 어울리지 않아 유감이라는 생각은 떨칠 수 없었다.

"자아, 음식 나왔습니다."

김이 무럭무럭 나는 고기 요리를 든 아일라가 나타나 접시를 탁자 위에 내려놓았다. 해바라기가 태양을 바라보듯 남자들의 시선이 일제히 어여쁜 아일라에게 향했다. 그녀는 소담스러운 수국을 예쁜 모자처럼 달고 있었다. 아일라는 참한 외모와 달리 부산스러운 편이어서 지나간 자리마다 꽃잎을 떨어뜨렸다. 그러면 식당 안주인인 궐잔이 잔소리를 퍼부어댔다.

"이것아, 꽃 떨어진다. 살살 좀 다녀."

메멧은 이때를 놓치지 않고 신발 끈을 고쳐 묶는 척하며 바닥의 꽃잎을 주워 수첩에 곱게 끼워 넣었다. 이런 행위는 늘 자신의 관객으로 살아가는 메멧에게 낭만적인 도취감을 선사했다. 그는 아일라에게 푹 빠져 있었지만, 사랑에 빠진 자신의 모습을 사랑하기에 바빠서 고백 같은 건 엄두도 내지 못했다. 자신의 일거수일투족을 엄청나게 의식하는 사람은 흔히 집중력이 떨어지기 마련이다.

"어이구, 저 철딱서니를 어쩌면 좋누."

궐잔은 앞치마로 손을 닦으며 한숨을 쉬었다. 꽃으로 치자면 궐잔의 머리 위도 딸내미 못지 않게 근사하다. 보기에도 탐스러운 달리아가 피어난 후 궐잔은 툭하면 주방에서 나와 식당에서 가장 눈에 띄는 자리에 앉았다. 달리아를 보면 이상하게 식욕이 돋아 다들 맛있게 접시를 비우곤 했던 것이다.

"키티가 날 보고 웃어줬어!"

식당 안으로 누군가가 뛰어 들어왔다. 신심 깊은 염료공, 무라트였다.

"오렌지나리 오셨구만."

여기서 '나리'는 '나으리'의 줄임말이 아니다. 나리꽃의 나리다. 무라트의 머리 위에는 밖으로 벌어진 다섯 개의 꽃잎과 오동통한 꽃술을 가진 오렌지나리가 피어 있다. 탐스러운 꽃이 핀 사람들은 대체로 자기 꽃과 사랑에 빠졌지만 무라트는 그중에서도 중증이었다. 신에 대한 신심을 몽땅 꽃에게 돌린 그는 저녁 기도도 거를 지경이었다. 눈썹 위로 꽃가루가 잔뜩 떨어진 줄도 모르고 무라트는 턱이 빠져라 벙싯거렸다.

"분명히 날 보고 웃었다니까. 아, 행복해. 정말 환상적인 날이야!"

"관둬라. 꽃이 니 애인이라도 되냐?"

"애인뿐이겠어? 키티는 내 아내, 내 딸, 내 전부야. 박사님, 전 정말이지 개미가 되고 싶어요. 그러면 저 새침한 키티 속으로 들어가볼 수 있겠죠? 벌은 싫어요. 벌은 예쁜 키티의 꽃술을 헤집어놓으니까요……"

"위대한 시인 에머슨이 이렇게 말했다네. '땅의 미소는 꽃으로 피어난다.' 이제라도 식물학 공부를 해보는 게 어때?"

"다른 꽃들은 관심 없어요. 전 오직 키티에게만 애정을 느끼니까요. 이런, 비가 오네요. 가봐야겠어요."

유리창에 빗방울이 긋기 시작하자 무라트는 부리나케 밖으로 나가버렸다.

"쯧쯧…… 중독도 아주 심한 중독이군."

자기 꽃에게 최상의 물만 주고 싶었던 무라트는 창밖에서 비를 맞으며 실실거리고 있었다. 꽃과 남다른 조응력을 보여온 무라트는 '키티'라고 이름 붙인 나리꽃의 노예가 되는 일에서 헤어날 수 없었다. 키티가 햇빛을 받으며 꽃잎을 활짝 벌릴 때, 빗방울을 맞으며 환희를 느낄 때, 바람 속에서 춤을

머리에 꽃을 205

출 때, 그는 꽃이 느끼는 순진한 쾌락을 자기 것처럼 생생하게 느꼈다. 알라가 아시면 진노할 일이지만 개미가 되어 분비물로 촉촉한 꽃잎 속에 누워 있는 상상만 해도 발기가 되고 말았다. 아, 꽃을 사랑하는 남자의 비참한 성욕이여. 보통 남자는 여자의 환심을 사기 위해 꽃을 산다. 그러면 꽃의 환심을 사려는 남자는 어찌해야 한단 말이냐! 그러나 머리 위의 오렌지나리는 바라는 것도 필요한 것도 없이 향기롭고 빛나는 하루하루를 보낼 뿐이었다.

"무슨 재미난 말씀들 하시나 봐요? 나, 아이란* 한 잔만."

우산을 접으며 실내로 들어온 사람은 붉은 사루비아가 핀 세브기였다. 그녀는 점잖은 부인네라면 눈을 모로 뜰 수밖에 없는 직업을 가진 숙녀였는데, 사루비아를 일종의 영업 수단으로 삼고 있었다.

"요즘 왜 이리 뜸해? 자, 아—"

세브기는 사루비아의 꽃을 하나 톡 따서 농부 알리의 입에 넣어주었다. 알리는 벌겋게 달아오른 얼굴로 사루비아 꿀을 쪽 빨아 먹으며 속없이 히죽 웃었다.

"왜 또 왔어? 아직 해도 안 떨어졌구만."

허리에 손을 척 얹으며 안주인 귈잔이 싫은 소리를 했다. 세브기는 자기 이름이 의미하는 바처럼 '사랑'에 가득 찬 미소

---

* 요쿠르트에 물을 희석시켜서 만든 음료.

를 지으며 말했다.

"알라가 사람을 차별하라고 했나요? 난 손님으로 온 거예요. 게다가 최신 뉴스도 가져왔다고요."

"무슨 뉴스?"

"제 단골 고객한테 들은 건데요……"

창녀가 가져온 소문은 놀라운 것이었다. 〈에르나〉사가 마을에 친환경적인 요소를 가미한 고급 리조트와 휴양 시설을 짓는다는 것이다. 우승자에게 주어질 상금도 껑충 뛰어 정원이 딸린 고급 주택 한 채가 주어질 것이라고 했다.

엄청난 개발의 냄새를 맡은 사람들은 침을 꿀꺽 삼켰다. 대규모 공사가 완공되면 일주일짜리 축제와는 비교도 되지 않을 목돈이 돌 것이다. 몇몇은 썩히고 있는 밭을 비싸게 팔아넘기는 자신의 모습을 그려보았다. 게다가 우승이라도 한다면? 머리 위에 예쁜 꽃이 돋아난 우연으로 팔자를 고칠 수 있다니. 그야말로 신의 은총이 아닐 수 없다.

사람들이 열을 올리며 떠들어대는 동안 졸고 있던 얀센이 느닷없이 벌떡 일어나 외쳤다.

"여기 계신 신사들에게 라크 한 잔씩 돌리게! 내 시원하게 쏘지."

식당 손님들은 발을 구르며 식물학자를 칭송한 후 공짜 술로 신나게 건배했다. 취기가 오르자 희귀한 꽃을 달고 있는 사람들의 목소리는 점점 커졌다. 돈벼락을 맞을지도 모른다는 낙관에 젖은 사람들은 밤새도록 술잔을 기울였다.

〈에르나〉사의 로고가 찍힌 축제 깃발이 나부끼자 마을에는 정전기 같은 흥분이 감돌았다. 기꺼이 감전되고 싶은 흥분, 어딜 가나 달라붙는 흥분이었다. 처녀들은 더 예쁜 꽃을 피우기 위해 다이어트를 포기한 채 열심히 먹어댔고, 청년들은 치렁치렁한 망토를 맞추느라 의상실에 들락거렸다. 젊은이들의 꽃만 예쁜 것은 아니어서, 점잖은 중년이나 뒷방 늙은이로 전락한 노인들도 열을 올리기는 마찬가지였다.

과부의 몸으로 여섯 아이를 건사하느라 몰골이 말이 아닌 자히르를 보자. 그녀의 머리 위에 저토록 화려한 글라디올러스가, 그것도 색이 다른 꽃대가 일곱 개나 돋아났는데 손 놓고 있는 게 말이 되는가? 우승자가 되면 호화 주택 한 채가 굴러들어오는데? 상황이 이러니 다들 멋진 화분이 되는 일을 포기할 수 없었다.

의상실 주인 못지않게 바빠진 사람은 올드 시티에서 가장 큰 화원을 운영하고 있는 수하일라였다. 덩치가 크고 과묵한 이 중년 여자는 꽃에 관한 한 미다스의 손이나 다름없어서, 다 죽어가는 식물도 그녀를 거치면 화사하게 되살아나기로 유명했다. 얀센은 오래전부터 수하일라의 화원 뒤에 붙은 온실을 보고 싶어 했지만 그녀는 절대로 자신의 보물을 공개하지 않았다.

"수하일라, 내 꽃 좀 봐줘. 왜 자꾸 고개를 숙이지?"

"복수초는 그늘에서 피는데 직사광선을 너무 많이 받아서 그래요. 두꺼운 커튼을 치도록 하세요."

"난 벌레가 꼬여 죽겠어."

"이 가루를 살짝 뿌려보세요. 눈에 들어가지 않게 조심하고요."

이런 식으로 자기 꽃에 문제만 생기면 다들 쫓아오니 수하일라는 몸이 열 개라도 모자랄 지경이었다. 자식이 없는 수하일라는 남편이 실종된 후 더더욱 화원 일에 매달렸다. 그녀의 머리 위에는 자줏빛 시클라멘이 화사하게 피어 있었는데 꽃과 같은 색깔의 비단을 맵시 있게 둘러매어 일에 방해되지 않도록 했다.

수하일라의 남편을 시작으로 사람들이 흔적 없이 사라지는 일은 종종 있었다. 축제로 한몫 잡은 사람들이 멀리 사라지는 일이 빈번한 시기였으므로 자발적으로 자취를 감추는 것과 실종 사건이 불분명하게 혼재된 지난 5년이었다.

들뜬 분위기에 초를 친 것은 날씨였다. 별안간 뇌우가 치더니 흑설탕처럼 진한 안개가 몰려왔다. 햇볕을 쬐지 못한 꽃들이 고집쟁이처럼 봉오리를 다물자 축제위원회는 골머리를 썩었다.

음울한 날씨 속에서 활기를 띤 사람이 딱 한 명 있었는데, 꽃가루 알레르기가 너무 심해서 머리 위를 박박 밀고 다니는 하산이었다. 하산의 심술궂은 미소를 볼 때마다 사람들은 안개를 몰고 온 것이 그라도 되는 양 눈을 흘겼다.

"저 자식은 알레르기 때문에 저러는 게 아니래. 실은 애기똥풀이 핀다는군. 그게 창피해서 홀랑 밀어버린다는 거야."

"애기똥풀이 어때서? 귀엽기만 한데. 세상에 미운 꽃이 어디 있다고."

"그러게나 말야."

하지만 정말 미운 꽃이 따로 없는 것일까? 사람들이 그렇게 말할 만큼 꽃들에게 공평했던가? 예쁘기로 치자면 어느 꽃에도 뒤지지 않는 개양귀비가 마을 주민 중 4분의 1가량 핀다는 이유로 잡초 취급을 당하지 않느냔 말이다.

샤프란퍼플 주민들을 둘로 갈라놓은 것은 바로 머리 위의 꽃이었다. 예쁘고 희소성 있는 꽃을 가진 자들은 전에 없이 어깨에 힘이 들어갔다. 그들은 퍼레이드에서도 눈에 띄는 자리를 차지하고, 관람객에게 많은 표를 받은 후 그에 따른 상금도 두둑하게 챙긴다. 다른 이들은 그런 행운을 고깝게 여기면서도 부러워했다.

꽃에 따라 인간 자체가 달라 보이는데 어쩌겠는가? 마을 최고의 미녀 자리베르트의 머리에 호박꽃이 피면서 왠지 수더분하게 여겨진다거나, 지저분한 집시 살로메의 머리 위에 푸른 난초가 피어나자 다들 경의에 찬 시선을 보내는 것이 그 증거다.

안개가 걷히고 햇빛이 비추자 꽃들은 화사한 입술을 벌려 미소를 지었다. 모두들 신바람이 나서 축제 준비에 박차를 가했다. 철퇴를 맞은 건 빅트리의 풀밭과 거기에 매달려 평화로운 나날을 보내던 달팽이들뿐이다. 축제의 주무대를 설치하기 위해 남자들이 낫을 들고 풀을 죄다 베어버렸기 때문에 달팽이들의 대량 학살은 피할 수 없었다.

그때 생각지도 않은 문제가 터졌다.

"중요한 신고가 들어왔네. 어쩌면 강력 사건인지도 몰라."

서장의 말에 경찰관들은 깜짝 놀랐다. 서장의 입에서 '강력 사건'이라는 말을 처음 듣는 메멧은 심장이 마구 뛰었다. 마침내 자신의 야심에 걸맞은 순간이 찾아온 것이다.

"오르한 말야. 실종이 아니라 살인인지도 모른다는 거야."

"작년 우승자 오르한이요? 도박 빚 때문에 달아난 게 아니고요?"

"가족들이 뒤늦게 이런 걸 찾아냈네."

서장은 한쪽 손에 든 노트를 흔들며 이렇게 말했다. 메멧은 재빨리 노트를 낚아채 표지를 넘겼다. 거기에는 반쯤 벌거벗은 서양 여자들의 사진이 잔뜩 스크랩되어 있었다.

"아니, 뭐 이런 걸……"

메멧은 눈을 떼지 않은 채 얼굴이 벌게졌다. 서장은 메멧의 머리에 꿀밤을 먹인 후 노트를 빼앗아 표시해둔 부분을 소리

내 읽었다. 거기에는 누군가 자신을 미행한다는 것과, 강력한 우승 후보인 자신을 죽이려는 사람이 있기 때문에 경찰에 신변 보호를 요청해야겠다는 내용이 적혀 있었다.

"하지만 오르한은 우승을 하고도 한참 더 잘 살았잖아요. 도박도 하고 여자랑 놀아나고……"

"그러다 빚 때문에 달아난 거고요."

"다들 그렇게 생각했지. 그런데 가족들 생각은 달라. 누군가 오르한을 살해했을지도 모른다는 거야."

순간 메멧의 머리가 복잡해졌다. 축제가 다가오면 사라진 사람들을 찾는 수사는 대개 흐지부지되곤 했다. 실종자들이 대도시에서 목격됐다거나 축제 중에 외지인과 눈이 맞아 달아났다거나 하는 식의 소문으로 정리되었던 것이다.

"일단 오르한의 주변 인물부터 탐문해봐. 되도록 조용하게. 축제 분위기가 위축되지 않도록. 알았나?"

"맡겨주십시오, 서장님!"

메멧은 큰 소리로 씩씩하게 대답했다. 그러고는 철제 캐비닛에서 두툼한 파일을 챙겨 든 후 경찰서를 박차고 나갔다.

식당에 들어가 라크를 주문한 메멧은 단번에 잔을 들이켠 후 누구라도 돌아보지 않을 수 없을 만큼 요란하게 파일을 넘기며 미간을 찌푸렸다. 식물학자 얀센이 알은체를 했다.

"무슨 일인가? 갑자기 진지한 척을 하고."

"중요한 임무 수행 중이에요. 마을에 살인자가 있을지도 모른다고요."

"살인자!"

얀셴이 큰 소리로 외치는 바람에 손님들의 시선이 일제히 그들에게 꽂혔다. 메멧은 아차 싶었지만 소문부터 수집한다는 생각으로 모두를 향해 질문을 던졌다.

"오르한과 다퉜거나 사이가 좋지 않은 사람이 누가 있죠?"

"어디 한둘인가. 나만 해도 꿔주고 못 받은 돈이 얼만데."

"술만 먹었다 하면 얼마나 지저분해지는지. 이 식당 접시도 엄청 깨먹었지, 아마?"

"무흐타르한테 먼지 나게 두들겨 맞은 적도 있어. 무흐타르 애인에게 찝쩍대다니, 간이 배 밖에 나왔지."

"그런데 왜?"

메멧은 서장에게 들은 얘기를 미주알고주알 털어놓았다. 이것은 한 명의 수사관이 여덟 명의 수사관으로 불어난 것이나 다름없다. 격렬한 토론 끝에 손님들은 무슨 짓이든 할 수 있는 무흐타르가 가장 의심이 간다는 데 의견을 모았다.

무흐타르. 그는 원래 평범한 농부의 아들이었다. 그러나 머리 위에 파리지옥풀이 돋아나면서 왠지 모르게 비열한 일들에 눈을 돌렸다. 식충식물이 그에게 다른 인생의 방향을 가리킨 것이다. 건달로 나선 무흐타르는 저와 비슷한 자들——끈끈이주걱이 난 우스타와 벌레잡이통풀이 난 고칸 등등——과 더불어 조직을 만든 후 상점 주인들을 상대로 사기·협잡·폭력을 휘두르며 돈을 뜯어냈다. 보복이 두려워 쉬쉬하는 피해자들 때문에 경찰도 그의 조직을 건드릴 수 없었다. 메멧은 전부터 눈엣가시였던 무흐타르를 잡을 절호의 기회라고 생각해 분연히 일어났다.

"알았어요. 놈을 취조해보죠!"

한 시간 만에 눈에 멍이 들고 머리 위의 복주머니난이 엉망이 된 채 식당으로 되돌아온 메멧은 시무룩하게 말했다.

"그 자식은 아닌가 봐요. 오르한이 사라지던 날에 확실한 알리바이도 있구요."

메멧이 들쑤시고 다닌 일은 대체로 위와 같은 수순으로 진행됐다. 전날까지 믿어 의심치 않던 용의자를 하루 만에 용의선상에서 삭제한 후, 다음 날에는 새로운 용의자를 잡아다 왕성하게 수사하는 식이었다. 메멧이 열두번째로 의심한 사람은 꽃가루 알레르기가 심한 하산이었는데 기껏 경찰서까지 불러들였다가 그의 신세 한탄을 한참 들어주고는 '그렇죠, 이해합니다'와 같이 처지에 절절히 공감하는 추임새만 넣은 후 풀어주었다. 메멧은 갖은 폼을 잡으며 수사에 매달렸지만 늘어나는 건 용의자의 목록뿐이었다.

한편 우승 후보 간의 비방과 견제가 극에 달한 마을에서는 걸핏하면 멱살을 잡거나 머리를 쥐어뜯는 사건이 벌어졌다. 퍼레이드 연습 도중 빨간 드레스를 맞춰 입은 세브기에게 누군가 제초제를 뿌린 일도 있었다. 범인은 다 죽어가는 여든 노인네지만 누구보다 청초한 수선화를 피우고 있는 할아범, 무스타파였다. 무스타파는 세브기뿐 아니라 여덟 명의 머리에 몰래 제초제를 뿌렸다는 진술을 해서 주민들을 경악시켰다.

  뒤숭숭한 분위기 속에서도 축제 준비는 착착 진행되고 있었다. 빅트리 아래에 설치된 무대와 그 주변은 온통 꽃으로 장식되었고 알록달록한 축제용 천막도 수없이 세워졌다. 마을 인구의 네 배쯤 몰려올 관광객들을 대비해 온갖 접시와 술잔이 공수됐고 말린 꽃잎을 넣어 만든 카드·양초·비누 케이스·열쇠고리 같은 기념품들이 착착 쌓였다. '휴먼 플라워'라고 선전했지만 대부분 일반 꽃을 넣어 만든 상품이었다. 소중한 자기 꽃을 따서 넣는 고지식한 사람은 극히 드물었기 때문이다.

  여자들이 꽃 모양의 쿠키를 구워대는 축제 전날, 얀센은 수하일라의 전화를 받고 깜짝 놀랐다. 온실을 보여주고 싶으니 곧장 와줄 수 있느냐는 것이다.

  "지금 말인가요?"

  식물학자는 9시 15분을 가리키는 자신의 손목시계를 바라보며 물었다. 저녁 식사가 끝난 시간에 초대를 받는 일은 무척 드물다. 하지만 몇 번을 부탁해도 공개하지 않던 온실을 보여준다는 말에 기뻐서 얀센은 얼른 외투를 입고 카메라와

머리에 꽃을

노트를 챙겼다.

불 꺼진 화원의 문을 두드리자 유리창에 넓적 편편한 수하일라의 얼굴이 비쳤다. 앞치마를 두른 그녀는 화원을 지나 온실 문을 채운 묵직한 자물쇠를 연 후 자신의 파라다이스로 식물학자를 안내했다.

"오!"

얀센은 초록색 장검처럼 쭉 뻗어나간 잎 사이로 세라피아스 링구아, 흔히 '혀난'이라고 불리는 붉은 꽃을 보자마자 경계심을 풀고 달려들었다. 그는 귀한 꽃을 볼 때마다 자동적으로 나오는 경배의 자세——무릎을 꿇은 채 고개를 숙이고 공주의 손등에 키스라도 하는 양 공손히 꽃잎 근처로 두 손을 가져가는——를 취하며 한동안 눈을 감고 향기를 음미했다. 그 외에도 흥미를 끌 만한 식물이 계속 눈에 띄어 얀센은 정신없이 사진을 찍고 메모를 휘갈겼다. 뒤에 서 있던 온실 주인이 수줍은 자부심을 드러냈다.

"평생 모은 제 보물들이에요."

수하일라는 뻣뻣한 근육을 억지로 잡아당긴 듯한 미소를 지었다. 저 여잔 웃는 일에 익숙하지 않구나. 이 아름다운 감옥에 갇혀 외롭게 살았던 거야. 얀센은 이런 생각을 하며 안쪽으로 발걸음을 옮겼다. 문득 커다란 구덩이가 눈에 들어왔다.

한편 식당에서 흥겨운 술자리를 마친 알리는 콧노래를 부르며 밭을 가로지르고 있었다.

리조트를 짓는다면 당연히 경치가 좋은 곳에 부지를 선정할 것이다. 이를테면 빅트리가 한눈에 들어오는 자신의 양파밭 같은 곳 말이다. 혼기를 놓친 알리는 최고급 양복으로 빼입고 아일라에게 청혼하는 자신의 모습을 그려보았다.

"어이쿠!"

갑자기 고꾸라진 알리는 행복한 공상을 중단시킨 방해물이 뭔가 싶어 발밑을 살펴보았다.

"무라트…… 무라트 아닌가. 왜 여기 누워 있나?"

달빛에 비춰보니 무라트가 알몸으로 피를 흘리며 쓰러져 있었다. 깜짝 놀란 알리는 무라트의 뺨을 좌우로 한 번씩 갈긴 후, 그래도 정신을 차리지 못하자 들쳐 업고 가까운 메멧의 집으로 달려갔다.

흙투성이에 피범벅인 무라트는 누가 봐도 린치를 당한 모습이었다. 친구의 처참한 몰골을 본 메멧은 총에 맞은 영양처럼 펄쩍 뛰어올랐다.

"누구야? 널 이 꼴로 만든 게!"

무라트가 그 말에 대답할 수 있게 된 건 의사가 다녀가고 두 시간이 지난 후였다. 겨우 눈을 뜬 염료공은 메멧의 소매를 잡았다.

"여긴 천국인가, 나 살아 있는 거 맞아?"

"의사 선생님이 괜찮다고 했으니 걱정 마. 것보다 대체 무슨 일인지 차근차근 말해보게."

"난 산 채로 묻힐 뻔했어, 메멧……"

공포 때문에 몸을 떠는 무라트의 입에서 놀라운 얘기가 흘러나왔다.

어제 아침 무라트는 가장자리가 갈색으로 변한 꽃잎 하나를 발견하고 심장이 내려앉는 줄 알았다. 사색이 된 무라트는 마을 사람들이 다 그랬듯 한걸음에 화원으로 달려갔다.

수하일라는 무라트를 진정시킨 후 작은 쪽가위로 능숙하게 꽃잎의 시든 부분을 잘라냈다. 자기 꽃에 한 번도 손대본 적 없는 무라트는 순식간에 벌어진 '치료'에 놀라 수하일라의 뺨을 때려버렸다.

"무슨 짓을 하는 겁니까!"

난생처음 여자에게 손을 댄 무라트는 자신이 한 짓을 깨닫고 황급히 사과를 했다. 자기는 세상에서 꽃을 가장 사랑하는 사람이라고, 그러다 보니 반사적으로 저지른 실수라고, 잘못을 용서받기 위해서 무슨 일이라도 하겠다고 말이다. 부어오른 뺨에 수건을 대고 묵묵히 듣던 수하일라는 정 그러면 손님들이 가고 난 후에 온실을 정리하는 일을 도와달라고 했다.

무라트는 사람들이 다 빠져나간 저녁에 화원을 다시 찾아와 일을 거들었다. 젖은 담요를 뒤집어쓴 것처럼 덥고 습한 온실 공기 때문에 온몸에서 비 오듯 땀이 흘렀다. 무거운 비료 포대를 옮기고 휘어진 지지대를 빠짐없이 교체하고 나자 여주인이 안에서 차를 내왔다.

무라트가 찻잔에 입을 대는 순간, 머리 위의 나리꽃에서 약한 떨림이 전해졌다. 꽃은 있는 힘을 다해 자신의 두려움을 주인에게 전달한 것이다. 찻잔을 내려놓으려는 찰나 무라트는 뒤통수에 강한 충격을 받고 그대로 쓰러졌다.

"저 구덩이는 뭐요? 무척 큰 나무를 심으려고 했나 보군."
"그랬죠. 실패했지만요."
수하일라는 싸늘한 표정이 되어 구덩이와 깨진 유리를 번갈아 바라봤다. 뚫린 유리벽 너머로 찬바람이 불어와 얀센은 한기를 느꼈다.
"얼른 유리부터 갈아야겠습니다. 여긴 열대 식물도 많으니까요."
"그래서 선생님을 모셨습니다. 이 꽃들을…… 부탁하려고요. 선생님이 건사할 수 없다면 온실을 불태워주세요. 다른 사람의 손을 타는 건 싫습니다."
"무슨 말씀이죠?"
"제 꼴을 보세요."
수하일라는 천천히 머리에 묶은 비단 매듭을 풀었다. 그러자 벗겨진 가발처럼 머리 위의 꽃들이 스르르 흘러내렸다. 누런 두피가 온실 조명을 받아 번들거렸다. 완벽한 대머리가 된 수하일라는 중병에 걸려 탈모가 된 병자처럼 보였다.

꿈속에서 무라트는 바람이 한쪽 방향으로만 부는 언덕에 서 있었다. 거기에는 강아지나 수탉 모양의 기묘한 꽃들이 허리께까지 자라나 있었다. 꽃길 사이를 걷던 무라트는 자신을 부르는 소리에 뒤를 돌아봤다. 반쯤 썩은 오르한의 얼굴이 꽃 속에 피어 있었다. 오르한,이라고 부르자 눈으로 흙이 날아들었다.

반사적으로 눈을 깜박인 무라트는 순식간에 현실로 돌아왔다. 정신을 차려보니 몸의 절반이 흙속에 파묻혀 있었다. 삽을 든 수하일라가 그에게 흙을 뿌리는 중이었고 머리는 깨질 듯이 아팠다.

"왜, 왜 이래요? 살려주세요!"

그러나 화원 주인은 무표정한 낯빛을 바꾸지 않은 채 계속해서 흙을 뿌렸다. 무라트가 비명을 지르자 삽으로 이마를 찍은 후 하던 일을 멈추지 않았다.

그때 인기척이 들려왔다. 무라트가 소란을 피우자 지나가던 누군가가 안에 무슨 일이 있냐며 문을 두드린 것이다. 수하일라는 무라트에게 재갈을 물린 후 흙을 털고 침착하게 나갔다. 밖에서 자물쇠를 잠그는 소리가 들려왔다. 이마에서 흐르는 피가 자꾸 눈으로 들어갔지만 자신에게 살아날 기회가 있다면 지금뿐이었다.

다행히 명치까지만 묻힌 터라 두 팔은 어렵지 않게 뽑혔다. 무라트는 삽으로 손을 뻗어 조정 경기의 선수가 노를 젓듯 주변의 흙을 정신없이 파냈다. 사투 끝에 겨우 구덩이에서 빠져나온 그는 커다란 화분을 던져 유리를 깨고 달아났다. 그러나 출혈 때문에 다리가 풀리더니 어느 순간부터 전혀 기억이 나지 않았다.

얀센이 그다지 놀라지 않자 수하일라는 쓸쓸하게 웃었다.
"역시 눈치채고 계셨군요."
"저야 전문가니까 아무래도…… 대여섯 개의 봉오리에서 열 개 넘는 꽃이 핀다거나 하는 일은 자연의 이치가 아니죠. 하지만 그럴 만한 사연이 있을 거라고 생각했습니다."
수하일라가 고개를 숙이자 얀센은 서툰 위로의 말을 덧붙였다.
"이 마을에서 꽃이 피지 않은 사람은 당신과 나, 둘뿐입니다."
커다랗고 각진 여자의 어깨가 들썩였다. 얀센은 그녀가 눈물을 멈추고 말문을 열 때까지 조용히 기다렸다.
"모두의 머리카락이 빠진 겨울, 저 역시 똑같은 일을 겪었습니다. 그런데 보시다시피 제 머리만 이렇게 흉측한 상태로 남아 있습니다. 누구보다 꽃을 사랑하고 잘 돌보는 제게 어떻게 이런 일이 벌어질 수 있습니까?"

그 말은 얀센이 아니라 신에게 던지는 질문처럼 들렸다. 식물학자는 말없이 대머리 여자의 우묵한 눈을 바라봤다.

"이웃 보기가 부끄러운 나머지 저는 남편과 똑같은 꽃을 꺾어다 머리를 감췄습니다. 남편은 몹시 비웃더군요. 걸핏하면 비밀을 폭로하겠다고 협박했고 날마다 다른 꽃향기를 몸에 묻히고 돌아와 저를 때렸습니다. 꽃이 피기 전에는 한없이 무기력하던 사람이 제가 불행할수록 의기양양해지더군요.

남편을 살해한 날, 저는 이맘에게 달려가 모든 일을 털어놓을 작정이었습니다. 하지만 시체에서 핀 시클라멘에서는 여전히 싱싱한 향기가 풍겼어요. 문득 남편을 묻으면 꽃이 살아날까 싶더군요. 저는 충동적으로 구덩이를 파서 시체를 감춘 후 곁에서는 꽃만 보이도록 잘 묻었습니다. 그리고 분갈이 후에 사용하는 비료를 듬뿍 뿌려주었죠."

이 대목에서 그녀의 얘기는 엉뚱하게도 특수 비료를 만드는 자신만의 비법으로 새어 나가버렸다. 어리둥절하던 얀센은 고백을 미루는 강박적인 행동 같다는 인상을 받았다. 이리저리 말을 돌리던 수하일라가 마침내 집시 살로메를 비롯한 네 명의 무덤이 온실 끝에 핀 저 꽃들이라고 가리킨 순간, 얀센은 기이하고도 잔혹한 연쇄살인에 등골이 오싹했다. 거구의 여인은 동공이 풀린 눈으로 허공을 응시하며 넋두리처럼 중얼거렸다.

"저는 평생도록 자식을 가져보지 못했어요…… 그런 제게 남들은 다 피워 올리는 꽃 한 송이 허락되지 않는 건 너무 잔인하지 않은가요? 불모의 땅, 어떤 생명도 틔울 수 없는 쓸모없는 황무지, 그게 저예요. 저는 이런 조롱을 참을 수가 없어요……"

"저도 꽃을 무척 좋아합니다만."

마침내 얀센이 입을 열었다.

"꽃은 식물의 생식기에 불과합니다. 벌레들을 꽃가루받이로 쓰려는 멋진 술책일 뿐이에요. 인간들이 자신의 생식기에다 대고 정절이니 영원한 사랑이니 하는 꽃말을 붙이는 걸 보면 식물이 무슨 생각을 할까요? 그러니까 제 말은, 꽃은 그냥 꽃일 뿐이라는 겁니다. 못 피운다고 절망할 이유는 없다는 거죠. 다른 도시에 가서 살면 되잖아요. 머리 위에 꽃이 피지 않는 보통 사람들의 도시로요."

"선생님은 이해를 못하시는군요. 아무리 작고 흔한 꽃이라고 해도 딱 한 송이, 한 송이만 피울 수 있다면 결코 이런 일을 저지르지 않았을 겁니다. 무라트는 자기 꽃을 보고 있으면 너무나 행복하기 때문에 꽃을 사랑한다고 하더군요. 온실에 묻힌 죄와 거기에서 핀 꽃들 때문에 어디로도 떠나지 못하는 저의 비참한 사랑과는 너무나 대조되는 말이었어요. 저는 절망과 죄의 근원이, 제가 가장 사랑하고 돌봐온 대상이라는 것을 견딜 수가 없습니다."

"그래서 사람들을 죽인 겁니까? 탐나는 꽃을 가진 사람을?"

"살로메는 툭하면 자기 머리 위에 샴페인을 부었어요. 저는 푸른 난초가 그런 대접을 받는 것을 참을 수 없어요. 자기 꽃을 함부로 대하는 사람들, 귀한 꽃을 믿고 교만해진 사람들에게 대가를 치르도록 했을 뿐이에요."

"그런다고 당신 머리 위에 꽃이 자라는 것도 아닐 텐데요."

"맞아요. 아무리 사람을 죽여도 저는 꽃을 가질 수 없죠. 어젯밤에 알라는 제게 분명한 경고를 보냈습니다. 도망칠 생각은 애초부터 없었어요. 마지막으로 선생님을 뵙고……"

수하일라가 의자에서 일어나 서서히 다가왔다. 거구의 여자가 불빛을 등지고 걸어오자 식물학자의 얼굴에는 커다란 그림자가 드리워졌다.

사이렌을 요란하게 울리며 경찰차가 화원에 도착했을 때 얀센은 어두운 표정으로 여자의 눈을 감겨주고 있었다.

화원에 들어선 경찰은 두 번 놀랐다. 첫째는 용의자가 이미 죽어 있어서였고, 둘째는 주검 옆에 저명한 식물학자가 우두커니 서 있어서였다. 얀센은 두상에 꼭 맞게 재단된 천에 시클라멘이 수없이 꽂힌 기묘한 모자 같은 물건을 손에 들고 있었다.

"어떻게 된 겁니까?"

"내가 오기 전에 이미 벨라도나 열매를 먹은 것 같더군. 자네가 바라던 강력 사건이 여기 있네."

얀센은 수하일라의 손에 남아 있던 작고 까만 열매를 보여주었다.

메멧은 멋진 모습으로 현장을 리드하고 싶었지만, 홀린 사람처럼 얀센의 뒤를 따라다닐 수밖에 없었다. 매화꽃 앞에 멈춰 선 얀센은 메멧에게 삽을 던져주고 파보라고 말했다. 몇 분도 되지 않아 삽날에 둥글고 단단한 것이 부딪치더니 살점이 남아 있지 않은 깨끗한 두개골이 드러났다.

흙을 털자 해골의 뚫린 눈구멍으로 치렁치렁한 뿌리가 뻗어 나왔다. 뼈 사이로 싱싱하게 뻗어 나온 뿌리는 이상하게 음란해 보였다. 곳곳에 금이 간 뼈 때문에 사람을 살해한 범인은 머리 위의 꽃들 같았다. 오르한에게 피어 있던 매화꽃을 떠올리자 메멧은 부르르 몸을 떨었다. 죽은 자의 머리뼈를 파고들어간 꽃은 여느 꽃과 다를 바 없이 아름다웠다. 노름의 짜릿함과 후회가 파도쳤을 오르한의 두개골은 검은 흙과 흰 뿌리라는 새로운 주인을 받아들인 것이다.

"그 옆에 푸른 난초와 라일락, 매발톱꽃, 시클라멘도 파보게."

얀센의 침울한 지시에 경찰들은 태엽 인형처럼 기계적으로 꽃 주변을 팠다. 새벽빛이 밝아질 무렵에서야 나머지 네 구의 유골도 수습되었다. 흩어진 뼛조각을 샅샅이 뒤지느라 줄기가 꺾이고 꽃잎이 날렸지만 대부분의 꽃들은 여전히 색과 향을 잃지 않고 있었다.

"실종자들이 여기 있었군요."

바람이 불자 라일락의 향기가 진해졌다. 메멧은 시체 꽃의 향기가 어떤 악취보다도 끔찍하다고 생각했다.

수하일라의 장례는 축제의 둘째 날에 쓸쓸하게 치러졌다. 모두가 외면하는 장례식의 조문객은 메멧과 얀센, 그리고 뜻밖에 자리를 함께한 창녀 세브기뿐이었다. 관속에 놓인 시체를 바라보던 얀센은 죽은 자의 왼쪽 눈썹에서 한 뼘쯤 올라간 곳을 가리켰다. 거기에는 작고 연약한 넝쿨손 하나가 고개를 내밀고 있었다.

"델핀세이지 카디날리스야. 한 시간 만에 피고 진다는 놀라운 꽃이지. 내 생에 보게 될 거라고는 상상도 못했어. 마지막으로 발견된 것은 140년 전일세."

얀센의 설명이 이어지는 동안 넝쿨은 순식간에 자라나 이마로 흘러내렸다. 세 사람이 숨 죽이고 지켜보는 가운데 시체의 눈 부분에서 꽃봉오리가 부풀어 올랐다. 메멧이 자신의 눈을 의심하는 사이 봉오리가 벌어지더니, 꽃받침 위로 완벽한 찻잔 모양의 황금빛 꽃이 피어났다. 동시에 화원 전체의 향기와 맞먹을 만큼 강력하고도 복잡한 향기가 퍼져 나갔다.

"수하일라는 꽃을 못 피운 게 아니라 늦게 피운 거였어요. 결국 신이 그녀를 기만한 건 아니었군요."

세브기가 갈라진 목소리로 침묵을 깼다. 얀센은 그 말이 옳기를 바라면서도 기어코 이렇게 덧붙였다.

"죽은 다음이잖아. 신은 그녀를 버렸던 거야. 완전히 가지고 놀았다구."

멀리서 폭죽이 터지는 소리가 들려왔다. 언덕 위로 수레국화 모양의 불꽃이 짧은 생을 다하고 있었다. 박수를 치고 환호성을 지르는 군중들의 소리가 창문을 넘어왔다. 그 순간 식물학자와 경찰과 창녀는 똑같은 생각을 하고 있었다.

이 마을 최고의 꽃은 죽은 여자에게서 피어나 이제 막 시들기 시작한 눈앞의 황금 꽃이라는 것이다.

간

10분쯤 늦을 거라는 문자가 액정에 찍힌다.

평일 낮 강남역 앞은 복잡하지도 한산하지도 않다. 대도시의 포근함이란 이런 것이 아닐까? 소음은 적당한 수압처럼 품어주고 오가는 사람들은 당신에게 별 관심이 없다. 극장 앞 플라스틱 벤치에 앉아 눈을 감으면 숲 속 그루터기에 혼자 앉아 있는 것만큼이나 고즈넉함을 즐길 수 있다. 어쩌면 더 평온한지도 모른다. 숲의 고요는 혼자 감당해야 하지만 강남역의 소음은 수많은 사람이 나눠 가지니까 말이다.

나는 지금 졸리고 홀가분하다. 간을 빼놓은 토끼처럼.

거북이 그런 제안을 하기 전까지 내가 토끼인 줄 몰랐다.

곤란한 일이 생길 때마다 재빨리 도망치는 성격이란 건 알았지만 그게 토끼의 정체성인 줄 몰랐던 것이다. 생각해보니 겁도 많고 똥도 적게 싸는 편이다. 그렇지만 귀가 길게 자라진 않았다. 눈알이 빨갛거나 앞니가 튀어나오거나 하얀 털이 난 것도 아니다. 그러나 거북은 '당신이야말로 내가 찾던 토끼'라고 힘주어 말했다.

눈앞의 거북은 지치고 힘들어 보였다. 하긴, 누구라도 그런 동굴이 등에 달려 있다면 사는 일이 고단할 것이다.

거북을 처음 만났을 때 나는 그 등에서 눈을 뗄 수 없었다. 곱사등이의 그것과는 다르게 완만하면서도 두둑하게 솟은 등은 무척이나 무거워 보였다. 거북은 노골적인 내 시선을 개의치 않고 질문에 답해주었다. 태어나 처음으로 몸을 뒤집는 순간부터 남다른 굴을 가진 것을 알았다고, 유달리 큰 굴에 무엇을 채워 넣을지 고민했다고 말이다.

"처음엔 '내 몸을 넣자'고 생각했습니다. 팔과 다리와 목을 다 집어넣었지만 공간이 심하게 남아돌더군요."

이 사실을 거북만 깨달은 것이 아니었다. 거북의 아비, 어미, 둘째, 셋째, 넷째 동생들도 그 굴의 크기를 알아차렸다. 가족들은 차례차례 거북의 동굴 속으로 들어갔고 동생이 태어날 때마다 굴을 더 넓혀야 했다. 갈수록 등껍질이 얇아졌고 육각형의 무늬는 너무 늘어나서 거의 원의 형태로 변할 지경이었다. 성년이 된 후에 거북은 용궁에 입사했다.

6년간 밤낮없이 일한 끝에 그는 모두가 부러워하는 부서에 발령을 받았다. 본사에는 수많은 거북들이 말끔한 정장을 빼입고 대기 중이었다. 치열한 경쟁률을 뚫고 용왕의 직속 부서에 배치된 거북은 단 열두 명이었다. 중역실의 묵직한 의자에 앉은 용왕은 딱 한마디만 했다.

"간을 구해와라."

물론 싱싱한 토끼의 간이어야 했다. 우승자를 데려오지 못한 거북은 혹독한 대가를 치러야 한다. 등에서 동굴이 뜯겨나가고 계약직으로 밀려나 맨바닥에서부터 다시 시작해야 하는 것이다. 그럼에도 이 팀에 들어오고 싶어 하는 자들은 많았다. '그해의 토끼'를 데려오면 탈락한 다른 거북의 굴을 모조리 등에 붙일 수 있다. 넓어진 동굴에는 용왕이 하사한 상금이 채워지고 단숨에 이 세계의 명사로 떠오른다.

하지만 내가 만난 거북은 출세 때문에 위험한 도전을 택한 것이 아니었다. 주지하다시피 그는 가족 전원을 등에 짊어진 가장이 아닌가. 나는 첫 만남 때부터 이 사실을 눈치챌 수 있었다. 그가 자신을 소개하는 순간 등에서 이상한 소리가 들려왔던 것이다.

"동굴이 너무 좁아."

"숨을 쉴 수가 없어."

"열두번째 아이가 태어났군."

모기 울음 같은 자그마한 소리. 그것은 끊임없이 알을 까고 새끼를 치는 가족들의 탄식이었다.

"연봉을 올려달라고 해."

"안 그러면 굴을 찢어버리겠다!"

귀를 쫑긋하면 이런 협박도 들을 수 있다. 다른 사람의 귀에는 들리지 않는 소리가 내게는 유난히 선명하게 들렸다. 설마, 토끼라서 그런 걸까?

"정말 내 간이 싱싱하다고 생각하니?"

나는 모카치노의 거품을 핥으며 물었다. 『별주부전』에 나오는 거북과 달리 그는 아무런 꼼수도 쓰지 않고 용무를 밝혔다.

용왕이 병에 걸렸고 토끼의 간이 치료약이라는 것은 고전소설과 동일했다. 차이점이라면 용왕이 끊임없이 토끼의 간을 필요로 한다는 것이다. 싱싱한 간은 오랫동안 용왕의 생명을 연장시킨다. 시들한 간은 짧은 순간밖에 기능하지 못한다. 벌써 죽고 없어졌어야 할 용왕은 끊임없이 간을 섭취함으로써 수천 년째 생명을 유지하고 있다. 생명을 유지하는 것, 그것이 용왕의 병이다.

"그렇다고 생각합니다."

빨대를 빠느라 거북의 볼이 홀쭉해진다. 그는 내 옆얼굴을 힐끗 보면서 이렇게 덧붙였다.

"귀가 아주 짧으니까요."

솔직히 말해 이런 상황은 내게 재미있기만 했다. 돌발적인 우연, 점입가경으로 펼쳐지는 상황이라면 언제든 환영이다.

나는 '도를 믿으십니까?'로 시작되는 헛소리에 응한 적도 있고 심지어 그 사람을 따라가본 적도 있다. 참 박복하게도 생긴 여자가 한복을 입은 무리에게 나를 데려가더니 손에 부적을 들려주었다. 종이에 불을 붙이자 신기하게도 손이 와들와들 떨려왔다. 박복하게 생긴 여자는 조상신이 들린 거라며 제사를 지내야 한다고 말했다. 결국 제사상 차릴 돈을 내라는 게 요지였다.

마찬가지로 거북이 돈 애기를 꺼내면 언제든 자리를 박차고 나갈 생각이었다. 그런데 그는 알쏭달쏭한 말들을 늘어놓으면서도 돈 애기는 일절 꺼내지 않았고, 찻값은 늘 자신이 치렀다. 광화문 탐앤탐스에서 세번째로 만났을 때, 나는 농담 삼아 이런 말을 던졌다.

"어차피 없어질 간이면 술이라도 많이 먹어둬야겠는데."

거북은 고개를 끄덕이더니 군말 없이 택시를 잡아 장소를 강남으로 옮겼다.

"돈은 네가 낼 거지?"

"물론입니다."

입구에서 재차 물었지만 거북은 확고하게 대답했다. 우리는 역삼역 골목 어귀의 단란주점을 골라 지하 계단을 내려갔다.

두 사람이 앉기에 룸은 지나치게 컸다. 원근법을 살린 그림의 소실점처럼 길쭉한 소파의 끄트머리에는 100인치짜리 벽걸이 TV가 걸려 있다. 잠시 후 양주와 과일 안주, 두 명의 아가씨가 차례로 투입됐다. 아가씨들의 미모에 기가 죽어 자리가 영 편치 않았다.

조니워커 블루 반병을 비우도록 우리는 별말이 없다. 아가씨들은 해초처럼 우리에게 감겨 저들끼리 시시덕거리거나 노래를 불렀다. 미러볼이 돌아갈 때마다 거북의 얼굴에는 푸른색 격자무늬가 찍혔다.

"간이 없으면 죽지 않아?"

"더 건강하게 사실 겁니다."

그러나 내 머릿속에서는 심장이 뜯긴 채 제단 아래로 버려지는 아즈텍 처녀의 시체가 지나가고 있었다. 내 미간이 찌푸려지는 것을 본 거북이 설명을 덧붙였다.

"수술은 복강경으로 하게 됩니다. 개복을 하지 않는다는 뜻이죠. 우린 당신의 간 전부가 필요한 게 아니에요. 그저 간에 붙어 있는 그…… 그게 필요할 뿐이죠."

"그게 뭔데?"

"우선은 짐작만 할 뿐입니다. 검사를 해봐야 정확한 결과가 나오니까요. 미리 귀띔해주시면 보고서를 작성하는 데 도움이 될 겁니다."

"무슨 말인지 모르겠는걸."

"이걸 보세요."

거북은 웨이터를 부르더니 가방에서 아무 표지도 없는 DVD 한 장을 건네주었다. 잠시 후 TV에는 토크쇼 장면이 펼쳐졌다.

 토끼의 키는 2미터는 족히 되어 보인다. 반면 토끼를 데려온 거북은 작아도 너무 작아서 토끼의 겨드랑이에도 닿지 않았다. 방청객들이 웃음을 터뜨릴 정도로 둘이 서 있는 풍경은 대조적이었다. 폭소가 가시자 턱시도를 입은 사회자가 토끼를 소개했다.

 "제시 제닝스. 나이는 서른네 살입니다. 와이오밍 주에서 태어나 현재 브룩클린에 거주하고 있습니다. 직업 화가지만 생계는 잡지에 일러스트를 그려 유지하고 있습니다. 참, 3년 전부터 동거한 애인이 있다더군요."

 제닝스는 두꺼운 안경 너머로 눈을 껌뻑거리며 자신을 소개하는 말을 주의 깊게 들었다. 붉은 머리의 깡마른 백인 청년은 사회자의 부탁에 따라 머리를 쓸어 올리고 귀를 보여주었다.

 "보시다시피 제닝스 씨의 귀는 4.5센티미터밖에 되지 않습니다. 이 정도밖에 귀가 자라지 않았다는 건 아주 싱싱한 간을 가지고 있다는 뜻이죠. 그럼 왜 귀가 자라지 않았는지 들어볼까요?"

 마이크는 제닝스에게 넘어왔다. 여느 미국인과 달리 그는 남들 앞에서 연설하는 일이 부자연스러운 듯했다. 떨리는 목소리에 묻은 긴장감이 마이크를 타고 전해졌다. 우리말로 더빙된 것인지 성우의 목소리가 그의 입술 모양에 맞추어 흘러나왔다.

"오는 6월 24일이면 저는 서른네 살이 됩니다. 제가 이곳에 온 것은 저쪽에 앉아 계신 분과의 약속 때문입니다."

키 작은 그의 거북이 흐뭇하다는 듯이 어깨를 으쓱해 보였다. 거만한 몸짓에도 불구하고 앙증맞아 보이는 제스처다.

"저는 유명해지는 즉시 캘리에게 청혼할 생각입니다. 그동안 그림으로 벌 수 있는 돈을 죄다 벌어보았습니다. 지체 아동의 미술 심리치료도 해보았고 학습 교재의 삽화도 그려보았죠. 하지만 월세나 겨우 낼 뿐 제 작품을 그릴 시간은 모조리 뺏겨버렸습니다. 제게는 먹고사는 걱정 없이 그림을 그릴 시간과 장소가 필요합니다. 그리고 제 약혼녀도…… 캘리, 내가 당신을 얼마나 사랑하는지 알지?"

다시 방청석에서 박수가 터졌다. 카메라가 방청석에 앉아 있는 자그마한 금발을 비췄다.

"거북은 제 간이 얼마나 특별한지 보여주겠다며 용궁의 병원으로 데려왔습니다. 검사 결과가 나오는 데는 오래 걸리지 않았습니다. 제 간의 아래쪽에는…… (이 대목에서 제닝스는 꿀꺽 침을 삼켰다. 그 소리가 마이크를 타고 크게 울렸다. 방청객들도 숨을 죽이며 침을 삼켰다. 수백 명이 침을 삼키는 소리가 크고 웅장한 사운드로 들려왔다) 전화기가 놓여 있더군요.

어머니는 완벽한 여성이었습니다. 요리와 바느질에 능숙했고 특히 쿠키라면 따라올 사람이 없었습니다. 어머니의 쿠키

한 바구니면 이웃들이 무슨 일이든 도와주려 했을 정도니까요. 주말마다 포커 게임이 열리는 곳도 늘 우리 집이었죠.

어머니는 여섯 자녀의 막내인 제게 특별히 더 다정하셨습니다. 하지만 전 수줍음 많은 꼬마라 사교적인 어머니와는 영 딴판이었죠. 사람들이 다가오면 어머니의 치마 뒤로 숨어버리곤 했으니까요. 어느 날 조용한 집 안에서──제 기억으로는 형과 누나가 학교에 간 오후였을 겁니다──혼자 놀고 있는데 전화벨이 울리기 시작했습니다. 주변을 두리번거리다가 문득, 주위에 아무도 없다는 것을 깨달았죠. 더럭 겁이 났습니다. '혼자'라는 느낌을 태어나 처음으로 받은 순간이었으니까요.

장난감 기차를 떨어뜨리고 전화기를 쳐다보았습니다. 텅 빈 집에서 울리는 전화벨 소리는 너무나 크고 무서웠어요. 저는 어쩔 줄을 모르고 '엄마! 엄마!'를 외치며 계단을 내려갔습니다. 쿠키를 굽던 어머니는 새파랗게 질린 제 얼굴을 보고 깜짝 놀라 그만 오븐에 손을 데고 말았죠.

'멍청한 새끼, 전화도 못 받니!'

어머니는 제가 무사한 것을 보고 가슴을 쓸어내렸지만 다음 순간 벌컥 화를 내셨습니다. 교양 있는 어머니에게서 한 번도 듣지 못한 상스러운 욕설이었죠. 저를 혼낸 것도 처음이었구요. 놀란 나머지 카펫에 오줌을 지리고 말았습니다.

그때부터 죽어도 전화를 받지 못하는 병에 걸려버렸습니다.

전화벨이 울릴 때마다 저도 모르게 달아나는 거지요. 어서 전화를 받아야 할 텐데, 전화가 끊겨버리면 엄마가 화를 낼 텐데, 아무도 보이지 않는 겁니다……

저는 아직도 전화기를 발명한 그레이엄 벨이 원망스러울 때가 많답니다."

제닝스의 이야기가 끝나자 객석은 물을 끼얹은 듯 조용했다.

"올해의 우승자, 제시 제닝스와 그의 거북입니다!"

사회자의 목소리와 함께 함성과 박수가 터져 나왔다. 키 작은 거북이 벌떡 일어나 제닝스를 일으켜 세우고 엉덩이를 마구 두들겼다. 장신의 미국인은 안심한 듯이 자리에 털썩 주저앉으며 이마의 땀을 닦았다.

"이게 끝이야?"

"그렇습니다."

"그러니까 뭐냐, 상처랄까 트라우마랄까…… 이런 게 간에 붙어 있다 이건가."

"간은 치유와 재생의 장기입니다. 육(肉)의 눈으로 보면 몸의 독소를 해독하는 장기지만 영(靈)의 눈으로 보면 상처와 슬픔을 치유하는 곳이죠. 심장이 사랑을 알려주고 위장이 사회성을 담당하는 것과 마찬가지로 간장은 슬픔을 해독합니다. 놀라운 것은 당신 종족입니다. 대부분의 슬픔은 강력한 효소로 녹이지만 무의식 속에서 끝내 녹지 않는 상처는 통째로 간에 넣어두더군요. 많은 동물 중에 오직 토끼만이 이렇게 상처를 저장해둔다는 사실을 용궁의 과학자들이 밝혀냈습니다."

"그런데 나, 그런 상처가 있을 리 없잖아? 조사해보면 알겠지만 정말 무난하게 살아온걸."

"당신의 간은 특별합니다. 용궁에 가면 틀림없이 잃었던 기억을 되찾게 될 겁니다."

대화가 일단락되자 흐느적거리던 아가씨가 내 청바지의 지퍼를 열었다. 나는 금방 사정하고 말았다. 토끼처럼.

거북은 발기하지 않았다. 우묵한 두 눈으로 정지된 화면만 들여다보고 있었다.

솔직히 그때는 외계인이 UFO에 타라고 해도 선뜻 응했을 것이다. 내 젊음이 더 이상 초록빛이 아니라는 것을 알고 있었지만 그뿐이었다. 친구들이 다 떠난 해변에서 물이 차갑게 식도록 혼자 놀고 있는 아이. 그게 나였다. 정신을 차려보니 방세는 몇 달째 밀려 있고 카드까지 막혔지만 이상한 오기 때문에 손 놓고 파국만 기다리는 상황이었다. 거북이 준 계약금으로 급한 불을 끄고 나니 정말 간이라도 팔 수 있을 것 같았다.

누나에게 잠시 바람을 쐬고 오겠다는 문자를 보낸 뒤 승합차에 오르자 거북이 과연 나를 어디로 데려갈 것인가 궁금해졌다. 낡은 배낭에는 양말과 속옷, 칫솔, 티셔츠 한 장이 들어 있다. 그러나 정작 챙겨가야 할 상처받은 기억 같은 건 없었다. 자라면서 나는 사내답지 못하다는 지적을 자주 받았지만 그런 지적을 칭찬으로 간주하며 살았다. 이를테면 가부장적이지 않다거나 사회적인 야심이 없다는 것으로. 누나는 나를 예술가 지망생쯤으로 대해주었고 나 역시 그런 기대를 당연하게 받아들이는 '포즈'를 취했다. 포즈야말로 내 전공 분야다. 남들과 다르다는 포즈. 무언가를 해낼 것이라는 포즈. 결단이라고 이름 붙인 행위의 대부분은 도피였지만 이렇게 살아가는 것에도 상당한 용기가 필요하다……

여기까지 생각하다 잠이 든 것 같다. 엔진 소리가 멎기에 눈을 떠보니 차는 인천 변두리의 어느 건물 앞에 서 있었다.

龍宮(용궁)

금색으로 칠한 나무 현판을 보자 피식 실소가 나왔다. 누가 보면 파리 날리는 중국집인 줄 알 것이다. 입구에 달린 홍등을 제외한 조명이 전부 꺼져 있어 이미 망한 중국집 같아 보이기도 했다. 잠시 사기꾼에게 걸려든 게 아닐까 하는 생각이 들었다. 거북은 진짜 장기밀매꾼인지도 모른다.

"이쪽으로 오십시오."

상상이 미처 공포로 변하기도 전에 거북은 셔터를 올리고 안으로 안내했다. 텅 빈 복도의 끝에는 칠이 벗겨진 낡은 엘리베이터가 있었다.

나중에 안 사실이지만 그 건물은 잠수함의 잠망경에 해당하는 곳이었다. 지상에 이런 구멍이 얼마나 많은지 알 수 없지만 아마 꽤 여러 군데일 것이다. 며칠 후 방송국에서 만난 토끼들은 세계 각지에서 왔으니까.

엘리베이터 안에는 버튼이 두 개밖에 없었다. Up 그리고 Down. 거북이 아래 버튼을 꾹 눌렀다. 내려갈수록 공기가 희박해지고 숨이 막힌다고 생각했지만 그건 착각이었다. 불안한 몇 분이 흐르고 승강기의 문이 열리자 눈앞에 수궁(水宮)이 펼쳐졌다.

얼핏 보기에는 대형 쇼핑몰을 몇 배로 확대시킨 풍경과 비슷해 보였다. 공기는 약간 탁하면서 무거웠고 밖으로 빠져나가지 못한 소음들이 뭉쳐 웅웅대는 소리가 감돌았다. 거리는 묘하게 일렁거리는 느낌을 주었지만 도심의 공통적 요소—오가는 사람들, 상점들, 소음들—는 여전했기 때문에 방금 떠나온 지상과 다를 바 없었다. 사람들은 눈이 약간 튀어나오긴 했지만 아가미가 달렸거나 지느러미를 흔들지 않는 평범한 모습이었다.

호텔에 도착하자 거북은 카운터에서 찾은 카드키를 내밀었다.

"좀 쉬었다 내려오세요. 두 시간 후 예약해둔 병원에 가서 검사를 받을 겁니다."

나는 플라스틱 카드키를 받아들고 409호로 올라갔다. 침대에 벌렁 드러눕자 깊은 바다에 들어온 느낌이다. 머릿속은 고시원 냉장고만큼이나 텅 비어 있었는데, 아마도 깃털 베개 때문일 것이다. 깃털 베개를 난생처음 베고 누운 사람이라면 침구류의 호사스러움에 감탄하는 것 외에 다른 생각을 할 수 없는 법이다.

샤워기의 세찬 물줄기에서는 희미하게 짠맛이 났다. 새 티셔츠로 갈아입고 내려오니 거북이 읽고 있던 신문을 내밀었다. 토끼 선발에 관한 뉴스를 다룬 1면에는 내 사진도 작게 실렸다. 문득 사방에서 곁눈질하는 시선이 느껴졌다. 용궁은 서서히 불편한 곳으로 변하고 있었다.

우리가 가야 할 병원은 호텔에서 네 블록가량 떨어진 곳에 있었다. 환자복으로 갈아입고 작은 컵에 소변을 받아 제출했더니 뿔테 안경을 쓴 중년 남자가 말을 걸어왔다.

"차 한잔할까요?"

병원 자판기 앞에서 남자는 커피와 명함을 함께 건넸다. 종이에는 '리젠트 바이오 연구소 화학박사 노낙경'이라고 인쇄되어 있었다.

"전 명함이 없는데……"

"이해합니다. 청년 실업 문제가 한두 해 일인가요."

노낙경 씨는 나를 취업준비생쯤으로 여기는 듯했다. 여태껏 이력서 한 장 써본 적 없다는 것에 자부심을 갖고 있는 나지만 굳이 그런 말은 꺼낼 필요가 없어 화제를 돌렸다.
 "수술이 안전할까요?"
 "글쎄요, 우리야 메피스토펠레스를 따라온 파우스트가 아니겠습니까? 잘못된들 누굴 탓하겠어요."
 노낙경 씨는 어깨를 으쓱하고 가운을 여몄다. 나는 북슬북슬한 박사의 다리털만 바라볼 뿐 대꾸할 말을 찾지 못했다.
 박사의 촬영이 진행되는 동안 나는 유리창 밖에서 그 모습을 지켜보았다. 양문형 냉장고만 한 기계가 아슬아슬하게 그의 위를 지나가자 녹색 레이저 불빛이 천천히 그의 전신을 훑어냈다. 보는 내내 쇳덩이가 뚝 떨어지고 노낙경 씨가 슬라이스 치즈처럼 얇게 짜부라지는 상상을 지울 수 없었다. 그러나 그런 일은 일어나지 않았고, 의사 옆 모니터에 서서히 박사의 간이 나타났다. 동시에 사람의 몸 안에 있기 힘든 물체가 형상을 드러냈다.
 그것은 손전등이었다.
 박사는 눈물을 흘리고 있었다. 보호자로 보이는 거북은 짚이는 구석이 있는지 흡족한 표정을 지었다.
 정작 내 검사가 이뤄지는 동안에 있었던 일은 아무것도 기억나지 않는다. 꿈 없는 잠을 잤는가 싶은데 눈을 떠보니 회복실 침대 위였다. 얼굴에 눈물 자국이 없는 게 다행이라면 다행이었다.
 "어땠어?"

간 245

밖으로 나온 나는 겸연쩍게 웃으며 기다리던 거북에게 다가갔다. 표정이 어둡다. 눈 밑 그늘이 한층 깊어진 걸 보니 아무래도 그를 만족시킬 만한 물건이 나오지 못한 모양이다.

"당신 간에서는 아무것도 나오지 않았어요."

"아무것도?"

"아무것도요."

거북은 서류 봉투 안에서 간을 스캔한 필름을 꺼냈다. 의학적인 지식이 전무한 내가 보기에도 지극히 깨끗한 사진이다. 안도감인지 실망감인지 모를 기분이 밀려왔다.

"하지만 이 부분을 보세요."

거북은 손가락으로 사진 귀퉁이를 가리켰다.

"하단부에 얼룩이 진 것이 보이죠? 보통의 토끼들이라면 저장된 상처가 찍히는 부위죠. 뭔가에 가려진 것처럼 보이지 않나요?"

"글쎄…… 그렇다면 얘기가 어떻게 되는 건데?"

"당신의 간은 특별해요. 분명 특별한 토끼란 말입니다. 그런데, 그런데……"

거북은 말문을 잇지 못했다. 대신 등에서 고함이 터져 나왔다.

"이제 어떡할 거야?"

"곧 아기가 태어나는데!"

라디오 주파수를 잘못 맞췄을 때처럼 여러 소리가 한꺼번에 쏟아졌다. 토끼를 잘못 낙점한 거북을 힐난하는 가족들의 목소리였다. 등쌀에 시달리는 거북을 보자 괜스레 미안한 마음이 들었다.

"어, 어, 진정들 하라구. 우린 거래를 했고 난 시키는 대로 했어. 그런데 결과가 이렇단 말이지."

거북은 대답 대신 얼굴과 사지를 몸통으로 집어넣어버렸다. 팔다리가 사라지고 몸통만 남아 자기 안으로 침잠하는 모습은 우스꽝스럽기도 하고 안쓰럽기도 했다. 할 수만 있다면 나도 흉내 내고 싶은 편리한 방어 시스템이다. 잘못 뽑힌 제비 신세인 나는 되도록 빨리 집으로 돌아가는 게 상책이라고 생각했다.

"무례를 범해 죄송합니다."

거북이 나오지 않은 채로 사과했다. 목소리가 굴 안에서 퍼져 웅웅거렸다. 나는 얼굴 없는 그의 어깨에 팔을 두르고 격려하듯 툭툭 쳤다.

"이제라도 다른 토끼를 데려오는 게 어때?"

"그럴 순 없어요!"

거북이 불쑥 고개를 내미는 바람에 하마터면 이마를 부딪힐 뻔했다.

"생방송 날이 모레라고요. 난 텅 빈 간이라도 가져가야 해요. 설령 동굴이 다 뜯겨 나간다 해도 말예요."

"그런 게 어딨어? 내 간에는 아무것도 없다면서. 설마 날

죽이고 간을 빼가는 건 아니지?"

"우리가 야만인인 줄 아세요?"

우리는 서로를 마주 보고 고함을 질렀다——는 말은 정정해야 한다. 고함을 지른 건 나뿐이었으니까. 거북은 처음 만났을 때처럼 침착함을 잃지 않았다.

"문제는 방송을 취소할 길이 없다는 겁니다. 카메라는 돌아갈 거고 우린 달아날 수 없어요. 무엇보다도 당신 안에 뭔가 있어요. 내 직감은 한 번도 빗나간 적이 없단 말입니다."

"넌 내가 가지지도 않은 걸 팔라고 윽박지르고 있어. 개망신을 당하든 당신 가족이 어떻게 되든 내 알 바 아니지. 무사히 집에 데려다 준다는 약속이나 해."

"……절 좀 내버려두세요."

거북의 얼굴이 또다시 몸속으로 사라져버렸다.

이 세계의 수장은 용궁 본사의 최상층 펜트하우스에 살고 있다. 나는 검정 양복을 입은 사내들에게 끌려가 이 사실을 알게 됐다.

"쇼에는 출연하지 않겠어."

이렇게 선언한 지 하루도 되지 않아 용왕의 호출이 떨어진 것이다. 막상 도착해보니 용왕은 기다란 직사각형 테이블 끝에서 식사 중이었다. 모던하다 못해 썰렁하기까지 한 넓은 실내에는 그와 나, 단둘뿐이었다.

"미안하지만 기다려주게."

용왕의 말에 나는 도리 없이 반대편 의자에 주질러 앉았다. 느리고 긴 것은 예의 바르다── 용왕의 식사를 지켜보고 있으려니 문득 잡지에서 읽은 문장이 떠올랐다. 요리를 천천히 입으로 가져가 우물거리는 그의 모습은 할리우드 배우를 연상케 할 만큼 세련되고 근사해 보였다. 눈부신 은발과 수염, 얼굴을 하나의 지도처럼 보이게 만드는 복잡 미묘한 주름살, 오른쪽으로 약간 휘어진 높은 코, 회색빛이 도는 푸른 눈……분명 내가 아는 누군가와 몹시 닮은 얼굴이다. 그런데 생각이 날 듯 말 듯하면서 이름이 떠오르지 않았다.

그나저나 사람을 불러다 놓고 식사를 끝내지 않는 것이 이 나라 예의란 말인가? 할 말을 고르며 침묵을 깰 타이밍을 재고 있는데 마침내 '달칵' 하는 소리가 들려왔다. 식사를 마친 용왕이 나이프와 포크를 내려놓는 소리였다. 그 소리가 맴돌기만 하던 이름 하나를 호출했다.

"혹시 데니스 호퍼라는 배우 아세요? 정말 비슷한데."

그는 말과 말 사이의 간극이 긴 사람이었다. 두툼한 시가에 불을 붙인 용왕은 연기를 내뿜으며 뜸을 들였다.

"데니스가 날 닮은 거겠지. 내가 그와 비슷한 게 아니라."

대답이 꽤나 야릇하다. '데니스'라니, 잘 아는 사이처럼 부르고 있지 않은가. 전에 만난 적이 있냐고 묻자 용왕의 입꼬리가 슬쩍 올라갔다. 아무리 봐도 독특한 악역으로 명성을 날린 그 배우의 얼굴이다.

"30년 전에 용궁에 다녀간 적이 있네."

"그도 토끼였나요?"

"토끼가 아닌 자가 여기 올 리 없지."

웃으면서 입맛을 다시는 그를 보자 데니스 호퍼의 간을 우아하게 썰고 있는 모습을 상상하지 않을 수 없었다. 나는 서둘러 본론으로 들어갔다.

"돌아가고 싶습니다. 얘기는 이미 들으셨겠지만."

"그건 곤란하네."

용왕은 시가를 두어 모금 빨아들이며 속을 알 수 없는 무연한 눈동자로 나를 훑어보았다.

"제 간에서는 아무것도 나오지 않았습니다. 그런 간은 당신에게 전혀 쓸모가 없을 텐데요."

"유감스럽게도, 그 판단은 내가 한다네."

이런 대화가 반복되자 그와 나 사이의 탁자가 세워져 벽이라도 된 듯 답답했다. 나는 참을성을 잃고 바보 놀음에 끼어든 것을 몹시 후회하는 중이며, 어차피 쇼에 나가봐야 헛수고가 아니냐고 따졌다.

"멀쩡한 사람을 토끼라고 부르는 것부터가 말이 됩니까? 보아하니 아프다는 말도 거짓말 같은데, 토끼 간 선발대회를 한다는 발상도 어처구니없잖아요. 무슨 몰래카메라 같은 건가요?"

"몰래 찍지는 않네."

나는 벌떡 일어나 제 약점을 광고하는 머저리처럼 다시 한 번 소리쳤다.

"제 간에는 아무것도 없다니까요. 당신들 주장대로라면 용궁에 상처 없는 간을 가진 자가 있을 필요가 없잖습니까?"

대화가 뚝 끊겼다. 용왕은 더 이상 나를 상대하지 않고 뚜벅뚜벅 걸어가 거울 앞에 섰다. 어깨 너머로 벌겋게 상기된 내 얼굴이 보였다. 거울을 통해 나와 눈이 마주치자 용왕은 알 수 없는 소리를 중얼거렸다.

"나도 마찬가질세. 그래도 여기 있지 않은가."

예기치 않은 대답에 순간적으로 말문이 막혔다. 이게 무슨 소리일까? 용왕도 나처럼 간에 아무것도 찍히지 않는다는 말인가? 간에 아무런 이상도 없는 사람이 왜 토끼의 간을 필요로 하는 것일까? 먼저 튀어나오려고 아우성치는 질문 때문에 혀가 꼬이기까지 했다.

"그, 그럼 간을 먹는 이유가 대체 뭡니까?"

"토끼 간은 내게 잠수부의 산소통 같은 거야. 번거롭지만 매번 산소가 떨어지기 전에 바꿔야 해."

"영생을 위해서가 아니고요?"

"다들 그렇게 알고 있지. 아주 틀린 말도 아니네만."

용왕은 한계에 가로막힌 조건부의 삶을 살아가는 건 쉽지 않은 일이며, 이 사실은 기밀에 속한다고 덧붙였다.

치유의 바다를 찾아 용궁을 건설했을 때, 그의 간은 파란만장한 삶을 살아온 자답게 상처로 가득했다. 일흔을 넘기면서 그는 서서히 죽음을 준비해야겠다고 생각했다. 그런데 함께 온 무리들이 모두 죽고, 그들의 자식과 손자들이 죽을 때까지도 그에게 죽음은 찾아오지 않았다.

죽음이 사라진 시간은 그에게 가상의 것이나 다름없었다. 시간은 부메랑처럼 돌아와 상처를 마모시켰다. 그러자 모종의 역류가 일어났다. 길고 평화로운 시간을 보내는 동안 그는 서서히 자신이 구축한 질서에 걸맞지 않은 존재로 변해버린 것이다. 어떤 상처를 받아도 재생되어버리는 간 때문에 그는 위기에 처했다.

"용궁은 지상과 달리 튀어나온 부분이 아니라 오목하게 들어간 부분, 상처받고 손상된 부분을 개인의 존재 이유로 치는 곳이라네. 그런 의미에서 난 부적격자인 셈이지. 이는 은유가 아니라 의학적 진단일세. 치유의 바다에서 살아가려면 합당한 상처가 있어야 해. 이곳에서 상처는 시민권이나 다름없으니까."

"전 아직 괜찮은데요."

"내려온 지 48시간도 되지 않았지. 곧 돌아갈 테고 말이야. 어차피 자네는 오래 있을 수도 없어."

당뇨병 환자가 인슐린을 주사하듯 그는 토끼의 상처를 섭취함으로서 자신의 문제를 해결했다는 것이다. 차라리 지상으로 올라가면 되지 않느냐고 묻자 용왕은 시가를 다시 집었다.

"일흔을 넘기고부터 나는 더 이상 늙지 않았네. 용궁에서는 그랬지만 지상에서는…… 도중에 시체가 되다 못해 재가 되고 말걸세."

기묘한 이야기였다. 삶의 급류에 휘말리지 않으려 물 밖에 서 있는 나와 달리 그는 온갖 파도를 통과한 끝에 자신만의 심해를 찾아냈다. 우리는 N극과 S극처럼 정반대의 존재였지만 그 때문에 똑같은 간을 지니게 된 것이다.

"어쨌거나."

용왕은 몇천 년 동안 몸에 밴 건조한 말투로 명령했다.

"방송에 참석하지 않으면 돌아갈 수 없다는 걸 분명히 해두겠네. 자네 같은 후보는 없었으니 꽤 볼만한 쇼가 될 거야."

넥타이핀에 박힌 다이아몬드가 반짝거렸다. 용왕은 손을 저으며 면접이 끝났다는 신호를 보냈다.

이틀 후 나는 다른 후보자들에 섞여 방송국 대기실에서 메이크업을 받았다. 내 눈에는 다들 '특별한 토끼'를 연기하는 배우처럼 보였다. 생방송 시간이 다가올수록 초조감이 밀려왔다. 나 때문에 거북의 동굴은 뜯겨 나갈 것이다. 우글우글 쏟아져 나온 그의 가족이 나를 둘러싸고 저주를 퍼붓는 장면이 머리를 스쳤다. 아무래도 기분 나쁜 일이다.

'잠시만 참자, 잠시만.'

5백 명이 들어갈 수 있는 공개홀에는 스크린이 갖춰진 무대가 세팅돼 있다. 「오프라 윈프리 쇼」보다 약간 큰 무대는 여느 토크쇼와 비슷하게 꾸며져 있었다. 내 시선을 끈 곳은 오히려 방청석 쪽이다. 형광색 도트 무늬, 검정과 노랑의 줄무늬, 그 밖에 형형색색의 옷을 열대어처럼 차려입은 사람들 때문에 눈이 부셨다. 간에 뭐라도 달렸다면 나 역시 휩쓸리고 싶을 만큼 공개홀 안은 들뜬 분위기였다.
  불이 꺼지고 사회자가 앞줄에 앉아 있는 용왕을 소개하자, 기대에 찬 소음이 가라앉았다.
  "아시다시피 우리는 용궁의 자식입니다. 용궁 병원에서 태어나 용궁 학교에 다녔고, 용궁이 준 아파트에 살면서 용궁의 일터로 출근하죠. 먹고사는 문제를 해결했을뿐더러 가장 중요한 평화를 누리고 있습니다. 모든 것은 바다의 태양인 용왕께서 건재하시기 때문입니다!"
  열렬한 갈채가 용왕이 손을 들어 제지할 때까지 이어졌다.
  "우리는 그가 영원히 우리 곁에 머물기를 염원합니다. 그러니 다음 무대를 주목합시다. 자랑스러운 형제들이 모셔온 열두 명의 토끼들, 이들 중 용왕께 간을 드리는 영광을 차지할 주인공이 누구인지 한번 맞춰보시기 바랍니다."
  어지러운 조명이 출연자들의 얼굴 위로 쏟아졌다. 보타이 차림의 신사와 수다분한 인상의 삼십대 중반 여성, 터번을 쓴 무슬림, 아직 십대 티를 벗지 못한 소년까지 후보자들은 모두

제각각이다. 노낙경 박사는 긴장한 듯 연신 손톱을 물어뜯고 있었다.

쇼가 진행되는 동안 카메라는 우리의 땀구멍까지 찍어댔다. 이것은 말 그대로인데, 자신의 이야기가 소개될 때 땀을 흘리는 사람이 있으면 클로즈업 화면을 내보내 그가 얼마나 진땀을 빼는지 낱낱이 보여주기 때문이다. 카메라는 현미경이 달린 메스처럼 능숙하게 출연자들의 인생을 해부했다.

거미 혐오증, 여성 성기를 무서워한 나머지 동정을 지키는 숫총각, 고장 난 시계만 보면 벌벌 떠는 처녀 등 독특한 사연이 소개될 때마다 사람들은 감탄사를 연발했다. 내전을 겪은 후 번개가 치는 날만 되면 착란을 일으킨다든지, 장례식장에서 기절한 경험 때문에 국화 향에 두드러기를 일으키는 사람의 이야기에는 한숨을 쉬며 박수를 쳤다. 그들에게는 다른 이의 상처와 불행, 그로 인한 일시적 무능을 지켜보는 것이 큰 즐거움이자 활력소가 되는 듯했다.

노낙경 씨의 사연은 다소 시시했다. 시골 할머니 집에서 자란 그는 한밤중에 똥을 누는 버릇이 있었다. 할머니는 그런 손자를 위해 손전등을 들고 본채에서 떨어진 재래식 변소까지 데려다 주었다. 반쯤 열어놓은 문으로 들어오는 손전등 불빛 때문에 노낙경 씨는 안심을 하고 괴벽을 이어나갈 수 있었다. 그러다가 문밖의 할머니가 뇌출혈로 쓰러지는 사고가 발생한 것이다. 박사는 어두운 변소에 남겨져 구멍 속으로 빨려

들어가는 듯한 공포에 사로잡혔다. 그 후 불빛 없는 곳에 있으면 공황 상태에 빠지는 것이 박사의 고민이었다. '너무 보편적'이라는 이유로 박사의 두려움은 큰 반향을 일으키지 못했다.

가장 뜨거운 호응을 받은 출연자는 아랍인 카심이었다. 그는 다리가 무너지는 바람에 물에 빠져 익사할 고비를 넘긴 경험을 갖고 있었다. 구사일생으로 살아났지만 함께 있던 여동생은 살아나지 못했다.

"……그 후 다리를 건너지 못하는 증상이 내내 저를 괴롭혔죠."

자료 화면에는 다리가 시작되는 곳에서 비 오듯 땀을 흘리는 그의 모습이 나타났다. 겨우 발걸음을 뗀 그는 난간을 꼭 붙잡은 채 정면만 응시하며 뻣뻣하게 걸었다. 뇌성마비 장애인의 걸음처럼 온몸에 힘이 들어간 부자연스러운 모습이었다. 사투 끝에 몇 발짝 나갔지만 결국 주저앉아 일어나지 못했다.

열렬한 박수가 터져 나왔다. 격려의 박수처럼 보이기도 했지만, 한편으로는 그의 좌절을 즐기는 듯한 느낌도 들었다.

"저는 이스탄불에 삽니다. 보스포러스 해협을 건너려면 늘 다리가 아닌 배로만 가야 하기 때문에 불편한 적이 한두 번이 아닙니다. 다리를 건너는 건 제게 해서는 안 될 일을 저지르는 끔찍함을 안겨줍니다."

카심의 연설을 끝나자 방청객들이 환호성을 질렀다. 상처가 그들을 빛나게 했다. 방청객들은 색다른 고통을 원했고, 정도가 큰 것이기를 바랐다. 이곳에서 고통은 특별한 상품이었다. 길쭉한 귀를 쫑긋거리는 토끼는 시시한 간을 가지고도 얼마든지 잘 살 것이다. 그런 토끼는 세상에 차고 넘쳤다.

　나는 점점 초조해졌다. 이대로라면 알몸으로 무대를 걸어갈 모델이나 다름없는 신세다. 다들 카메라 앞에서 자기 상처를 멋지게 뽐내고 있지만 나는 아무것도 없다. 나는 비어 있는 서랍, 나부끼지 않는 깃발이었다.

　"마지막 후보입니다!"

　마침내 내가 나갈 시간이다.

　빌딩 유리에 반사되는 햇살에 눈이 부시다. 나는 신호등이 바뀌는 것을 보면서 두번째 담배에 불을 붙였다.

　용왕이 나를 선택한 이유는 지금도 알 길이 없다. 나는 소설 속의 토끼처럼 기민한 재치를 선보이지도 못했다.

　스크린에는 아무것도 없어 맹랑하기까지 한 내 간이 비쳐졌다. 박수 소리가 뚝 끊겼다. '방송 실수인가?' '자료 화면이 잘못 나간 거겠지?' 다들 이런 생각을 하는 듯했다. 그때 거북이 무어라 말했던가. '이 토끼는 특별합니다. 그의 귀는 유례없이 짧습니다. 어쩌면 자신도 모르는 또 다른 간이 숨겨져 있는지도 모르지요.' 이런 요지의 말이었던 것 같다. 변명처럼 들렸는지 사방에서 야유가 터져 나왔다.

"……그게 잘못은 아니잖아요."

마이크를 쥔 나는 기어들어가는 목소리로 항의해보았다. 그 순간처럼 내 인생을 정면으로 바라본 적이 없었다. 하필이면 이 이상한 세계에서, 눈이 약간 튀어나온 사람들 앞에서 나라는 책이 텅 빈 백지임을 자백해야 하다니.

용왕은 눈을 가늘게 뜨고 나를 바라보았다. 그동안 복용한 토끼의 간과 슬픔이 모두 그 눈 속에 고여 있는 듯했다. 어쩌면 토끼를 가려 뽑는 과정을 거대한 쇼로 만들어버린 용궁의 대중들이 그를 지치게 만들었을지도 모른다. 그러나 입꼬리에 걸린 묘한 미소 때문에 여전히 그의 속내는 가늠이 되지 않았다. 문득 귀가 가려웠다.

용왕의 선택이 끝나자 실내는 폭발 직전의 흥분으로 부풀어 올랐다. 방청객들은 "말도 안 돼!" "다른 토끼를 골라요!" "우리를 버리지 마세요!"라는 말들을 한꺼번에 토해내며 비명을 질러댔다. 거북의 등짝에서 울리던 가족들의 목소리처럼 두려움과 질책이 담긴 목소리였다.

용왕에게는 토끼가 필요하다. 수궁에 머물기 위해. 용궁 사람들에게도 토끼가 필요하다. 용왕을 위해. 거북에게도 토끼가 필요하다. 굴속의 가족을 위해. 토끼인 내게는 상처가 필요하다. 모두의 기대를 위해.

내게는 바로 그 특별한 상처가 없었다. 용왕은 어떤 선택을 한 것일까? 상처 없는 간을 택함으로써 지겨운 영생에 종지

부를 찍으려는 걸까. 아니면 자신과 똑같은 상처를, 부재하는 상처가 가져온 또 하나의 거대한 상처를 먹음으로써 오히려 불사의 삶으로 건너가려는 것일까.

'어쩌면 결과를 알 수 없어서 그랬는지도 몰라. 몇천 년 만에 찾아온 모험이니까.'

이렇게 생각하는 순간 누군가 나를 덮쳤다. 흥분한 관중이 무대 위로 난입하면서 쇼는 막을 내렸다.

나는 이야기 속 토끼처럼 간을 되찾겠다고 지상에 올라온 것이 아니라 간의 일부를 내어주고 돌아왔다.

수술대에 올라 마침내 적출된 손톱만 한 덩어리를 보는 순간, 용궁에 오기 전의 말랑말랑한 평화가 끝났음을 직감했다. 내가 용왕에게 선사한 것이 죽음인지 영생인지 알 수 없으나 어느 쪽이든 오래 풀 수 없는 질문이 주어진 셈이고, 답보다 수수께끼 자체가 중요한 것인지도 모른다.

우승의 대가로 밀린 월세와 빚을 갚고 나자 일상은 전처럼 돌아왔다. 새로운 고시원으로 옮기던 날 '아아, 익숙한 지옥이네'라고 중얼거렸던 것이 기억난다. 내게는 수수께끼의 증거로 남은 수술 흉터야말로 진정한 상처럼 느껴진다.

"시간 맞춰 나섰는데 늦었네요."

거북이 굼뜬 걸음으로 건널목을 건너와 내 앞에 선다. 등이 홀가분해져서 그런지 키가 한층 커 보인다.

"허전하지 않아?"

나는 힐끔 등 쪽을 바라보며 물었다.

"처음엔 달 위를 걷는 것처럼 적응이 안 되더군요. 하지만 이젠 괜찮습니다."

"엄청 큰 굴을 가질 수 있었을 텐데. 우승자를 데려온 거북이니 말야."

거북은 목을 반쯤 집어넣고 말을 고르느라 신중해진다.

"그냥 저 혼자의 무게만 지고 살면 어떤지 궁금했습니다. 가족들에겐 충분한 보상을 했으니까요. 그들도 이제 자신의 굴을 가져야죠."

주름진 그의 얼굴이 부드럽게 빛난다.

우리는 가끔 강남역이나 광화문에서 만나 커피를 마신다. 나는 여전히 일자리를 잡지 않았고 거북은 새로운 직장을 구해 열심히 다니고 있다.

그리고, 내 귀는 조금씩 자라는 중이다.

순환선

1

 내가 태어난다. 누군가의 꿈속에서. 나는 악몽이다. 악몽이 스스로 생각할 수 있다니, 기이한 일이다. 이 꿈에서 나는 남자의 모습을 하고 있다. 꿈에서 그런 것은 저절로 알게 되는 법이다.
 변의를 참으며 가까스로 전철에 올라탄 것이 마지막 기억이다. 서류 가방을 껴안은 채 깨어났을 때 전동차에는 한 사람도 남아 있지 않았다. 서둘러 밖으로 나온 나는 개찰구를 통과하자마자 화장실로 달려간다.
 정전이 된 것은 내가 막 볼일을 마쳤을 때다. 사위가 한 치 앞도 볼 수 없게 캄캄하다. 어둠속에서 당혹감이 밀려온다. 여보세요! 여보세요! 부끄러움을 무릅쓰고 사람을 불러본다.

아무도 대답하지 않는다. 한동안 굳어 있던 나는 벽을 더듬어 휴지를 풀어낸다. 다행히 불이 들어온다. 식은땀을 흘리며 밖으로 나오니 대합실 안이 텅 비어 있다. 나는 본능이나 관성, 어느 것이라 불러도 무방할 감정에 끌려 5번 출구로 향한다.

5번 출구는 회색 콘크리트 벽으로 막혀 있다. 누군가 밖에서 메워버리기라도 한 것처럼. 우둘두툴한 벽면을 바라보고 있자니 그 너머의, 내가 가야 할 공간이 떠오른다. 빌딩 1층의 회전문, 홀수 층만 열리는 엘리베이터, 기다란 사무실 복도, 노란 포스트잇이 붙어 있는 내 책상의 모습이 빠르게 지나간다. 나는 계단을 내려가 반대편의 4번 출구로 뛰어간다.

절반쯤 올라갔을 때 또다시 회색 벽이 모습을 드러낸다. 와이셔츠의 겨드랑이가 땀으로 푹 젖어 있다. 나도 모르게 2번과 3번 출구를 향해 달리기 시작한다. 두 곳 모두 막혀 있다. 다시 6번으로, 7번으로, 8번으로 압박감 속에 내달린다. 지하도에는 내 구두가 내는 마찰음만 요란할 뿐, 여전히 개미 새끼 한 마리 보이지 않는다.

최후의 1번 출구 앞에 서자 숨이 턱까지 찬다. 나는 바닥에 주저앉아 개처럼 헐떡거린다. 그 순간 뒤늦게 도착한 전보처럼 한 가지 사실이 떠오른다. **맞아, 이곳의 모든 출구는 막혀 있지.** 아무리 발버둥 쳐도 밖으로 나갈 방법은 없다. 순환선의 다른 역들과 마찬가지로.

나는 무기력한 분노에 휩싸이지만 이 감정도 반복이 아닐까 하는 의심 때문에 간신히 마음을 가라앉힌다. 내게는 다음 전동차가 있다. 순환선이 있는 한 지상으로 나갈 수 없어도 다른 역으로 갈 수는 있다. 나는 그래야만 한다. 끝없이 다른 역으로 이동해야 한다.

식인귀가 쫓아오기 때문이다.

2

밤새도록 가위에 눌린 탓인지 온몸이 묵지근하다. 또다시 그 꿈이다. 지하철이 아닌 버스로 출근할까 하는 생각도 들었지만 한낱 꿈 때문에 출근 시간을 허비할 수 없다. 입사해 처음으로 맞는 5월이 아닌가. 법인세 신고가 끼어 있는 3월에 한바탕 야근 전쟁을 치러본 내가 그보다 더하다는 5월의 첫날을 지각으로 시작할 수 없다. 나는 꿈속에서 묻어온 피로를 털기 위해 누운 채로 기지개를 쭉 폈다.

지하철에 도착해보니 황당한 일이 기다리고 있다. 사람들이 입구에서 웅성거릴 뿐 안으로 들어가지 않고 있다. 셔터가 내려진 출구에는 안내문 한 장이 붙어 있었다.

2호선 전 구간 운행 중단
불편을 드려 대단히 죄송합니다. −서울메트로

전 구간 운행 중단이라니. 뜻밖의 상황에 놀란 나는 스마트폰을 들여다보고 있는 남자에게 물어보았다.

"무슨 일이죠?"

"선로에 문제가 생겼나 봐요. 누가 레일을 끊었대요."

남자는 전화기에서 눈을 떼지 않은 채 흥분한 목소리로 말했다. 순간 머릿속에서는 간밤의 악몽과 출구 봉쇄 사이에 기묘한 회로가 생겨나려 했다. 그러나 버스 정류장으로 우르르 달려가는 사람들을 보자 회로는 결락되고 나 역시 달리기 시작한다. 다들 같은 생각을 하고 있을 것이다. 2호선이 멈추면 이 많은 사람들은 어떻게 출근한단 말인가? 지각을 면하려면 한시라도 빨리 버스를 타야 한다.

넉 대를 놓친 끝에 간신히 강남 방향의 버스에 올라탈 수 있었다. 라디오에서는 레일 절단이니 구간 수색이니 하는 뉴스가 흘러나왔지만 40분이면 갈 거리를 1시간 30분가량 서서 가게 되자 호기심보다 짜증이 앞섰다. 회사에 도착해보니 직원 중 절반이 출근하지 못한 상태다. 자리에 털썩 주저앉아 넥타이를 풀자마자 나는 컴퓨터를 켜고 뉴스를 재빨리 훑었다.

'출근길 2호선 운행 중단'
'시민들 큰 불편 겪어. 원인은 신천-종합운동장 구간 레일 이상'
'누가 레일을 잘라갔나? 지하철공사 대책 마련에 부심'
'출퇴근 교통 대란 예상. 당분간 버스 이용해야 할 듯'

서울에 온 이래 헤드라인 뉴스가 나와 직접적인 연관을 맺은 일은 처음이다. 집은 아현동, 회사는 강남, 학원은 목동에 있는 내게 2호선이 멈춰버린 건 생활 자체가 돌아가지 않는 것을 의미한다. 전철 노선도에서 2호선을 삭제하고 보니 세법 강의를 듣는 학원에 갈 일이 특히 암담하다. 영등포구청에서 한 번 갈아타면 될 일을 버스를 타고 고속터미널역까지 간 후 5호선을 타고 여의도에서 내려 다시 목동 가는 버스를 타거나, 아예 버스만 두세 번 갈아타야 한다.

"……당황한 시민들이 버스 정류장으로 몰려갑니다. 사람을 잔뜩 태운 버스는 문도 닫지 못한 채 출발합니다. 택시를 잡기 위해 도로 중간까지 나온 회사원의 모습이 아슬아슬합니다. 화가 난 시민들이 지하철공사에 항의 전화를 해보지만 안내 방송만 나올 뿐입니다……"

앵커의 오른쪽 영상 박스에는 중간이 뚝 끊긴 녹색 띠가 들어 있다.

3

 만월의 빛이 쏟아지면 선로는 물결로 가득 찬다. 그러면 우유에 뜬 시리얼처럼 죄와 욕망이 둥둥 떠오르기 시작한다. 그것은 아름답기도 하고 끔찍하기도 한 어떤 조합을 만들어낸다. 그는 악인이 아니다. 그러나 꿈만은 살인자처럼 꾼다.
 선로를 운하로 만드는 달빛을 여행하기 위해 나는 작은 배에 오른다. 물결에 손을 담그면 악몽의 부스러기를 건져낼 수 있다. 부서진 머리뼈나 찢긴 성기같이 끔찍한 것일수록 배 위에 올라올 수 있다. 손끝에 감지되는 차가운 물의 온도. 고통이 아닌 순수한 감각을 느껴본 적이 없으므로 이 꿈은 어떤 악몽보다 놀랍다. 건져낸 죄들은 달빛에 말라가고, 점점 쪼그라들어 가느다란 색실로 변한다.
 처음부터 내 생은 고르지 않았다. 시간은 자주 끊겨나가고 장면은 알 수 없는 것으로 건너뛴다. 나는 앞선 감정을 지속하지 못한 채 다음 장면으로 완벽히 예열되어 들어서곤 한다. 창밖의 달을 바라보다가 눈 깜박할 사이에 화장실에서 지퍼를 내리고 있는 지금처럼.
 소변기 위에는 끈에 매달린 가위가 하나씩 놓여 있다. 갑작스러운 요의 때문에 호기심을 느낄 겨를 없이 오줌을 눴다. 아무 소리도 들리지 않는다. 내려다보니 요도 끝에서 소변이 아닌 붉은 실이 풀려 나오고 있다. 당황스러웠지만 오줌, 아니 붉은 실은 한동안 멈추지 않았다. 더 이상 실이 나오지 않자 그제야 가위의 용도를 알 수 있었다. 나는 성기를 건드리지 않으려 조심하면서 가위로 실을 잘라낸다. 버튼을 누르자 달칵 소리와 함께 변기 아래의 뚜껑이 열리며 실 뭉치가 사라진다.

또 꿈속이구나.

이렇게 중얼거리는 것은 나인가, 그인가? 나는 내 '본체'에 대해, 그러니까 매일 밤 악몽을 생산하는 그에 대해 아는 것이 없다. 내가 겪는 일이 현실의 그와 어떤 고리를 가졌는지도 모른다. 짐작하는 것이라곤 그가 공포와 분노를 원한다는 것. 나를 둘러싼 세계의 적대감이 그걸 말해준다.

화장실을 나오는 순간 먹잇감을 찾는 식인귀들의 노래가 들려왔다. 저들끼리 소란을 일으키며 희생자를 갈구하는 소리가 멀리서 메아리친다. 오래된 형광등이 깜박거릴 때마다 괴물들의 모습이 드러났다 사라진다. 넝마로 감싸인 잿빛 몸뚱이, 동공 없이 허연 눈, 윗입술이 사라져 잇몸과 이빨이 드러나는 아가리, 이상한 환호성을 지르는 살인 전의 습성까지 내게는 이물스럽지가 않다.

표적은 내가 아니다. 을지로 지하도 한복판에 유모차와 젊은 엄마가 망연하게 서 있다. 잿빛 파도가 그들을 휩쓸어버린 후 아기의 사지가 인형 팔 뽑히듯 하나씩 뜯겨 나온다. 식인귀들은 다른 도구 없이 손과 입으로만 맨살을 뭉텅뭉텅 뜯어먹는다. 엄마까지 먹어치우는 데는 조금 더 시간이 걸린다. 희생자들의 비명은 들리지 않는다. 대신 내 비명 소리가 지하도 가득 울린다. 몸과 얼굴이 잿빛이라 더욱 희게 빛나는 식인귀들의 눈이 일제히 내 쪽으로 쏠린다. 처음 보는 풍경이 아닐 텐데, 나는 또 공포에 휩싸여 위험을 초래하고야 말았다.

서둘러 계단을 내려가 승강장 쪽으로 달아난다. 모퉁이를 돌 때 갑작스럽게 튀어나온 식인귀 둘이 습격하는 바람에 노란 시각장애인 유도블록에 머리를 찧는다. 피가 흐르고 식인귀들의 이빨이 몸에 박혔지만 공포가 통증을 압도한다. 더구나 계단에는 대합실에서 마주친 식인귀 떼가 다투어 내려오고 있다.

이 음산한 풍경을 뚫고 구원처럼, 전동차가 들어오는 신호음이 공기를 가른다.

"열차가 들어오고 있습니다. 승객 여러분께서는 안전선 밖으로 한 걸음 물러나주십시오."

그 소리가 절망적인 내게 힘을 준다. 몸에 올라탄 식인귀의 눈알을 푹 쑤시고 어깨를 잡은 손가락을 꺾었다. 몸에 붙은 것들을 간신히 뿌리친 후 승강장에서 식인귀가 없는 유일한 곳, 전동차가 들어오는 선로로 뛰어든다. 두 개의 레일 사이를 달리는 내 뒤로 식인귀의 그림자가 충실한 개처럼 달라붙는다.

나는 최대한 식인귀들을 유인하다 플랫폼 밑의 오목한 안전지대로 몸을 굴린다. 시속 80킬로미터로 질주하는 전동차는 엄청난 열차풍을 일으키며 아슬아슬하게 나를 스쳐 바싹 따라붙던 식인귀 둘을 날려버린다. 귀를 막은 채 레일 위에 피와 잿빛 살점이 흩뿌려지는 것을 똑똑히 지켜본다. 나는 이를 드러낸 채 웃고 있다. 웃고 있다.

4

선로 절단 사건 수사는 진전이 없다. 의정부에 사는 육십대 노인이 자수했지만 정신이상자로 밝혀져 한때의 소동으로 끝났다. 뉴스는 끊임없이 연장을 들고 선로로 내려가는 용의자의 CCTV 화면을 내보냈고 비슷한 체구의 노숙자 여러 명이 용의 선상이 올랐다. 여론이 더 나빠지면 그중 하나가 죄를 뒤집어쓰게 될지도 모른다.

혈육 중 유일하게 전철이 다니는 도시에 사는 삼촌을 따라왔을 때, 나는 복잡한 지하도를 거침없이 누비는 군중들의 모습에 경이로움을 느꼈다. 전철에 탄 내가 이해할 수 없던 건 환승역이 올 때마다 일군의 무리가 앞 칸으로 이동하는 것이었다. 애써 태연을 가장하던 나는 더 이상 궁금증을 참지 못하고 삼촌에게 물어보았다.

"다들 어디로 가는 거야?"

"아, 그거? 화장실 가는 거야."

나는 농담인 줄도 모르고 고개를 끄덕였다. 기차에도 화장실이 달려 있으니까.

사당역을 지날 때마다 그 일이 떠올라 쓴웃음이 나오지만 서울에 산 이후 되도록 버스는 타지 않고 꼭 전철을 탔다. 교통카드를 개찰구에 찍고 국철에서 9호선까지 자유롭게 갈아타면서 나도 서울 사람 다 됐네, 라고 중얼거리기도 했다. 메트로시티의 혈관을 능숙하게 이용하는 내 모습이야말로 서울이라는 공간에 성공적으로 흡수되고 있다는 증거였다. 그런데 지금은 걸핏하면 2호선에 갇히는 악몽을 반복하고 있으니 무슨 까닭일까?

"……현재까지 파악된 건 신천-종합운동장 구간의 레일이 30센티미터가량 사라졌다는 사실뿐입니다. 지하철공사는 다른 선로의 파손 여부를 파악하기 위해 2호선 전 구간 운행 중단을 감행하고 점검에 나섰습니다."

"수사에 착수한 경찰은 CCTV 판독이 끝나지 않아 아직까지 범인이 누구인지는 알 수 없다는 입장입니다. 현장에 어떤 메시지도 남아 있지 않아 목적도 불분명합니다. 경찰은 사회에 불만을 품은 세력이 자신의 존재를 과시하기 위해 사건을 저질렀다고 보고 용의자를 색출하고 있습니다."

사건 발생 후 일주일이 지났지만 뉴스는 여전히 2호선 소식을 비중 있게 다뤘다. 나는 별도의 파일을 만들어 관련 뉴스를 스크랩해두고 있다.

네 명의 세무사와 세 명의 여직원이 있는 세무법인에서 나만 온전한 몫을 하지 못한다는 자괴감을 물리치려면 무슨 일이든 사무적으로 보이는 일을 해야 한다. 사학과를 나온 내가 이 회사에 채용된 건 '친지이므로 회사 돈을 믿고 맡길 수 있다'는 이유밖에 없었다. 일주일에 한 번씩 세법학원을 다니며 일을 익히고 있지만, 당장 잘할 수 있는 일이라곤 남보다 일찍 출근하는 것뿐이다.

내게는 예측 가능하고 통제되는 시간이 필요하다. 아침 7시 40분에 출발하면 8시 30분에는 강남역에 떨어진다는 손에 잡히는 시간 말이다.

5

불완전한 기억이 맞는다면 네 번쯤 죽을 고비를 넘긴 것 같다. 하지만 최후의 순간에 나는 늘 되살아나고, 그것이야말로 진짜 악몽이다.

거울에 비친 내 모습에서 식인귀와 구별되는 건 눈동자와 입술밖에 없다. 터널에서 뒤집어쓴 먼지로 인해 피부는 금세 더러워졌고 걸치고 있는 셔츠와 바지도 넝마나 다름없이 낡았다. 내 허리띠에는 내부 공사 중인 선릉역의 비계에서 뽑아낸 쇠파이프와 전동차에서 가져온 비상용 플래시가 꽂혀 있다. 쇠파이프로 잿빛 인간을 후려치고 터널을 따라 도주할 때 플래시는 꼭 필요하다. 완전한 어둠은 완전한 침묵만큼이나 위험하다.

식인귀들은 열차보다 터널을 더 좋아한다. 그렇다고 전동차에 있는 것이 안전을 의미하지는 않는다. 한번은 전차가 움직이지 않는 바람에 유리창을 깨고 공격하는 식인귀들과 맞서야 한 적도 있었다. 그 후 끊임없이 돌아다니는 편이 낫다는 결론을 내렸다. 그들이 한곳에 머물지 않는 이상 나 역시 멈추지 않고 순환해야 한다.

최초의 동행자를 만난 것은 신촌역이다. 무릎 슬개골을 다친 내가 피를 흘리고 있을 때 소년 하나가 다가왔다. 움푹 꺼진 뺨에 비쩍 마른 소년은 내 상처를 들여다보더니 말없이 모래주머니를 길게 찢어 만든 붕대로 다리를 고정시켜주었다. 덕분에 조금씩 걸을 수 있게 된 나는 소년의 부축을 받아 그의 거처로 왔다.

유난히 에스컬레이터의 경사가 높은 이대역이다. 고장 난

에스컬레이터 앞에 멈춘 소년은 계단 끝에 손가락을 집어넣더니 종이 부채처럼 착착 접어 위로 올렸다. 플래시로 내부를 비춰보니 경사진 천장 아래 비어 있는 공간이 꽤 넓었다. 안으로 들어가자 소년은 계단을 다시 펴서 원래의 자리에 슬쩍 끼워 넣었다. 저래서야 에스컬레이터 계단이 고정될까 싶었지만 나름의 요령이 있는 모양이다.

소년은 나보다 빛에 더 관심이 많다. 플래시를 켜고 주변에 손나팔을 만들어 빛이 고이는 것을 홀린 듯이 바라보더니 맑은 물을 뜬 사람처럼 해사한 미소를 짓곤 한다. 그러다가 주변에서 날던 나방을 잽싸게 낚아채 연신 입으로 가져갔다. 타일과 콘크리트로 된 세계에서 처음으로 마주친 인간의 온기가 잠을 불러온다. 나는 소년의 옆에 누워 다리를 펴고 잠을 청했다. 멀리서 식인귀들의 노래가 들려왔지만 그 소리마저 자장가처럼 느껴질 정도로 깊고 노곤한 잠이었다.

깨어났을 때 소년은 주름진 입가에 나방의 분진을 묻힌 채로 숨이 멎어 있었다. 소년의 눈을 감겨주며 살펴보니 눈썹 끝이 흩어진 모양이 어딘가 나와 닮아 있다는 생각이 들었다. 나는 소년이 하던 대로 에스컬레이터를 열고 밖으로 나온 후, 원래의 형태대로 만들어놓았다. 어린아이의 관으로는 너무 큰 에스컬레이터 집에 소년을 남겨두고 걷던 나는 기이한 비통함에 사로잡혀 울었다. 가엾은 이 아이는 본체의 어느 기억에서 왔는가? 납덩이 같은 피로감, 완전한 어둠 속에서만 돋

순환선

는 외로움이 나를 무력하게 만든다. 나의 대속(代贖)은 의미가 있는가? 나의 모험, 나의 감정은 그에게 무엇을 안겨주는가? 동행자를 잃은 나는 벽을 짚으며 천천히 눈물을 흘렸다.

그러나 누군가의 시선이 자꾸 달라붙어 물기가 말라버린다. 지하철 벽에 붙은 녹색 타일 하나하나에 눈동자가 생겨나 나를 쳐다보고 있다. 내가 지나가면 즉시 눈꺼풀을 닫고 타일의 모습으로 돌아간다. 벽 너머에서 무언가 꿈틀거리는 진동을 느낀 것도 그 순간이다.

놀란 내가 손을 떼자 타일들이 차르르 소리를 내며 일렁거리기 시작한다. 동시에 세찬 물소리가 들리더니 선로 끝부터 파도가 들이친다. 손을 뗀 자리에서 타일이 불룩하게 솟아 오르더니 족히 10미터는 넘을 거대한 물고기가, 비늘 대신 타일로 뒤덮인 물고기가 벽에서 튀어나와 허공으로 솟구친다.

나는 물속으로 사라지는 꼬리지느러미를 멍하니 바라보았다. 저 물고기는 이곳을 빠져나가는 방법을 알고 있을까? 언젠가 나도 밖으로 나갈 수 있을까? 답해줄 사람이 없는 것을 알면서도 나는 터널을 향해 자꾸자꾸 질문을 던졌다.

6

국세청에서 수정 신고를 하라는 전화가 걸려온다. 벌써 네

번째다. 걸핏하면 잠을 설치는 바람에 업무 집중력이 현저하게 떨어졌다. 한 번만 더 실수를 하게 되면 수면 클리닉이라도 찾아가야 할 것 같다.

다행히 전철은 부분 운행을 재개했다. 신천-종합운동장 구간을 제외한 다른 레일의 손상은 없는 것으로 밝혀졌기 때문이다. 2호선은 뚝 잘려서 다른 노선과 마찬가지로 원이 아닌 직선이 되고 말았다. 끊어진 구간을 연결하는 무료 셔틀버스가 투입됐지만 불편을 해소하기엔 역부족이다. 전철은 구간당 2분밖에 걸리지 않는데 셔틀버스를 타면 구간당 빨라야 6분, 길면 15분도 더 잡아먹기 때문이다.

"이건 테러야. 반국가단체의 짓이 틀림없어."

"전직 지하철공사 직원 소행이라니까요. 작년에 와장창 해고된 사람 중 하나일 거예요."

"정신병자라니까. 불 지르는 것보다 이게 낫다고 생각할 정도로만 미친놈일 거야. CCTV 보니까 딱 미친놈 같더구만."

직원들은 틈만 나면 범인에 대한 의견을 주고받았다. 모두 인터넷에서 주워들은 소리다. 인터넷에는 심지어 외계인의 짓이라는 둥, 간첩의 음모라는 둥 더 황당한 주장도 많았다.

"자자, 일합시다."

세무사 R의 말에 사람들은 각자의 자리로 흩어졌다. 삼촌 말에 따르면 영수증, 서류철, 매입 계산서를 정확히 분류해 프로그램에 기입하고 세금을 계산하는 일은 '두 달만 배우면

너도 다 할 수 있는 것들'이라고 했다. 조금씩 거들고는 있지만 프로그램을 능숙히 다루려면 지금 듣고 있는 강의를 마쳐야 할 것 같다.

퇴근 후 집으로 돌아와보니 주인집 여자가 현관문에 공과금이 적힌 종이쪽지를 붙이고 있었다.

"음식 쓰레기는 꼭 수요일에만 내놔요. 고양이들이 자꾸 꼬이니까."

주인집 여자는 솟은 앞머리만큼이나 높은 목소리로 잔소리를 한바탕 늘어놓았다. 1980년대 스타일로 부풀린 앞머리를 스프레이로 빳빳이 고정시키고 드레스인지 원피스인지 모를 차림을 한 그녀를 처음 봤을 땐 살짝 맛이 간 사람이라고 생각했다. 펄이 들어간 하늘색 아이섀도며 와인 색 립스틱이며 살림하는 여자치곤 너무 짙다. 여자는 아마도 자기가 가장 예뻤던 시절의 유행을 따른 것이리라. 이십대의 유행을 마흔이 넘어서까지 고수하고 있으면 저런 재난을 초래하는 것이다.

샤워를 하고 전철 관련 기사를 출력해 오늘분의 스크랩을 마무리했다. 순환선은 더 이상 순환하지 않는다. 아니다. 순환선은 내 꿈속에서 미칠 듯이 순환한다. 나는 두 세계를 순환한다. 궤도를 이탈한 전동차처럼.

7

 한 번도 맡아보지 못한 신선한 냄새가 나를 깨운다. 나무 터널을 이룬 숲에는 꽃들의 향기가 가득하다. 넝쿨을 하나 꺾자 더덕 냄새 같은 강한 향이 확 퍼진다. 홀린 듯이 숲 속 깊이 걸어가던 나는 악의적인 예술가의 설치물처럼 보이는 이상한 인간을 발견했다.

 가까이서 보니 온몸에 단추가 달린 여인이다. 여자라고 판단한 것은 앞머리를 높이 세우고 뒷머리는 허리까지 길게 늘어뜨렸기 때문이다. 드러난 피부마다 빨강·노랑·초록·갈색 등 색색의 단추들이, 구멍이 없거나 두 개이거나 네 개인 단추들이, 나무·플라스틱·상아·은으로 된 단추들이 붙어 있다. 얼굴까지 단추로 뒤덮였는데도 왠지 구면이라는 느낌을 지울 수가 없다.

 여자가 뭘 원하는지는 금방 알 수 있었다. 손톱만 빼고 단추로 뒤덮인 손가락을 들어 내 셔츠에 달린 단추를 가리켰기 때문이다.

 소매 단추를 건네주자 여자는 흡족한 미소를 지으려다 단추들이 쓸리는 바람에 이내 무표정으로 돌아갔다. 여자는 나를 등지고 서서 윗도리를 들추고 옆구리를 드러냈다. 파충류 비늘처럼 촘촘한 단추들 사이로 딱 한 군데 단추를 달 만한 맨살이 남아 있었다.

  여자는 익숙하고 빠른 손놀림으로 살갗에 바늘을 찔러 단추를 달기 시작한다. 단추 사이의 고랑을 타고 붉은 피가 방울방울 흘러내린다. 단추를 하나하나 꿰맸을 때 여자가 느꼈을 말초적인 통증이 떠올라 얼굴이 저절로 찌푸려졌다.

  어디선가 식인귀들의 노래가 들려온다. 노래라고 하기엔 한 가지 음색밖에 없는 단조로운 소리가 사방으로 메아리치며 가까이 다가온다. 여자와 나는 본능적으로 뛰기 시작한다. 소리는 바로 아래층까지 다가왔고 이대로라면 금방이라도 잡힐 것 같다. 나는 움직일 때마다 잘그락거리는 기척을 내는 동행자를 뿌리 터널 아래로 밀어버렸다. 잿빛 인간들의 한가운데 떨어진 여자 덕분에 나는 도망칠 시간을 다소 벌었다.

  나무 구멍에 숨어 귀를 막은 나는 여자의 최후를 떠올린다. 우두둑 소리와 함께 단추들이 사방으로 튕겨 나올 것이다. 성가셔하며 단추를 뜯어내는 소리, 쩝쩝거리는 소리, 아직 숨이 붙어 있는 여자가 내는 신음 소리가 울려 퍼질 것이다. 나는 여자를 사지로 몰아넣었다는 가책을 느껴보려 했지만 갈수록 둔해지는 감각처럼 별다른 동요가 일지 않았다.

  식인귀들이 물러가기를 기다려 아래층으로 내려간 나는 4-3 승강장 부근에 생긴 피 웅덩이를 무심하게 바라보았다. 수백 개의 단추가 흩어진 바닥에서 바느땀이 다 사라진 퀼트 헝겊처럼 단추가 하나도 남아 있지 않은 허연 살가죽 하나를 주웠다. 연민보다는 충동이, 살가죽을 입에 넣고 우물거리고 싶다는 충동이 먼저 앞선다. 첫번째 동행자를 잃었을 때와 달리 마음에는 어떤 감정도 느껴지지 않았다.

살육과 도피. 내 세계는 오로지 이 두 가지로 이루어져 있다. 동행자들은 말이 없고, 고통은 반복되며, 늘 다음 악몽으로 건너갈 만큼의 행운만 주어진다. 생을 거듭하는 동안 이것은 절망이 아니라 수수께끼로 다가온다.

8

세금은 기업의 총 매출에서 매입을 뺀 나머지 성과를 기준으로 책정된다. 매출이 높더라도 매입량이 많다면 세금이 낮아질 것이다. 때문에 매출은 숨기고 매입은 부풀리는 것이 회계의 기본이다.

이 과정에서 등장하는 것이 가짜 매입 영수증이다. 세상의 다양한 회사 중에는 가짜 영수증을 만들어 파는 곳도 있다는 것을 나는 이곳에 와서 알았다. 세광화구 역시 이런 유령 회사의 단골이었다. 이젤과 붓, 아크릴 물감 같은 미술 재료를 만드는 세광화구는 10년 전에 창업해 제법 탄탄하게 성장해왔다.

"멍청한 새끼. 약을 칠 때 쳤어야지!"

세무사 L이 거칠게 넥타이를 풀어버린다.

이 회사의 영업에는 학연과 지연이 절대적으로 작용한다. 그런 면에서 세무사 T는 훌륭하다. T는 많은 친척, 동창, 선후배를 가졌고 회사 고객의 상당수는 그가 확보한 것이다. L에게는 그런 재주가 없다. 지난달 세광화구 사장을 알게 된 L은 적잖은 공을 들여 그 회사를 유치하려고 애썼다. 한데 막상 거래를 튼 순간에 일이 터졌다. 5년간 가짜 매입 영수증으로 신고를 해온 것이 적발된 것이다.

이렇게 된 건 전직 직원의 밀고 때문이다. 퇴직한 회사 경리가 10억만 주면 입을 다물겠다고 협박을 해왔는데 사장이 설마 하는 마음으로 버텼다는 것이다. 전직 경리는 여봐란듯이 국세청에 신고를 했고 그 결과 30억이 넘는 세금 폭탄이 떨어졌다.

"10억짜리를 30억으로 만들다니. 하여튼 다들 야근할 각오 하라구."

우리는 작은 영수증 쪼가리까지 찾아내 세금을 24억으로 만들어준다. 6억은 번 셈이지만 세광화구는 파산 신고를 하게 될 것이다. L의 입장에서는 장기적인 고객이 단발성 일거리로 끝나버린 셈이다.

이 사건이 아니더라도 요즘 회사 분위기는 영 좋지 않다. 주요 거래 법인 두 개가 떨어져 나가며 매출이 줄은 데다 업체 간 경쟁에 밀려 기장료와 조정 수수료를 덤핑했기 때문이다. 결재 서류를 받아본 삼촌은 '빌딩이라도 타야겠어'라고 중얼거리며 한숨을 쉬었다.

"제가 돌겠습니다. 바쁜 일도 없으니까요."

자진해서 총대를 메자 삼촌은 그래 주겠냐고 할 뿐 구태여 말리지 않았다. 그와 내가 인척 관계라는 사실은 철저히 비밀로 하고 있었다.

거래처가 줄어들면 새로 오픈한 빌딩을 찾아 사무실로 영업을 돈다는 사실은 나도 들어서 알고 있다. 하지만 업무 중인 사람에게 말을 붙이기란 여간 어려운 일이 아니다. 교보문고 뒤의 빌딩을 찾아 최상층인 25층부터 돌면서 내려오고 있지만 입도 떼지 못한 곳이 훨씬 더 많았다. '잡상인 출입금지'라고 써 붙인 문은 차마 두드릴 용기가 나지 않았고 직원들이 전부 회의 중이라 눈치만 살피다 나온 사무실도 여럿이었다. 어쩌다 명함을 건네는 일에 성공해도 구차한 기분을 떨칠 수 없었다.

수북하게 남은 명함을 만지작거리며 12층에 이르렀을 때다. 엘리베이터 문이 열리자마자 펼쳐진 풍경에 깜짝 놀랐다. 전체가 텅 비어 있는 것이 아닌가. 강남 한복판의 건물 한 층이 통째로 비어 있는 풍경은 황량하면서도 어딘가 호사스러운 데가 있었다. 유리를 통해 흘러든 햇살이 바닥의 먼지들을 황금색으로 물들여 공간의 비현실성을 더했다.

나는 이 도시의 신이라도 된 느낌으로 창가에 서서 지나가는 차들을 내려다보았다. 발아래로는 멀미가 날 정도로 복잡한 도심이 펼쳐져 있다. 자취방과 회사 책상 사이즈에 길들여진 나는 한동안 멍하니 서 있었다.

다시 엘리베이터로 돌아가려는데 모퉁이에 버려진 가죽 소파가 눈에 들어왔다. 순간 한나절의 피로가 몰려와 나도 모르게 소파에 털썩 주저앉았다. 이렇게 넓은 실내를 누려본 적이 있던가. 나는 넓은 공간이 주는 존재의 확장감을 누릴 새도 없이 탈혼망아(脫魂忘我)의 잠 속으로 빠져들었다.

9

끝없이 밀려오는 잿빛 몸뚱이. 민첩하지도 힘이 세지도 않지만 수만은 너무 많은 식인귀들의 바다 한가운데서 쇠파이프를 휘두르는 내가 서 있다.

피로와 공허감 때문에 그들을 먹기 시작한 것이 언제부터였는지 기억나지 않는다. 생간이나 뽑아낸 혀 같은 날것을 씹는 쾌감에 눈을 뜨면서 내가 먹은 식인귀의 숫자는 셀 수 없이 늘었다. 뇌수를 마시면 입안 가득 골즙이 스며들면서 전율이 일었다. 존재감이 센 음식을 먹고 있으면 내 힘도 아주 강해지는 것처럼 여겨졌다.

이제는 아예 식인귀 속에 섞여 희생자를 찾아다닐 때도 있다. 본체가 우리에게 내려준 부스러기들, 그가 적대하거나 연민하는 사람들이 지하도에 나타나면 우리는 환호성을 지르며 뒤쫓는다.

갑자기 장면이 바뀌어 홀로 남으면 나는 중단된 살육이 아쉬워서 생침을 삼켜야 했다. 언제나 단독자로 호출되는 탓에 나는 식인귀처럼 자의식 없는 행복을 유지할 수가 없다. 방금 전까지 신도림역에서 인육을 질겅거리던 내가 느닷없이 전동차 속에 앉아 있지 않은가.

전동차에는 멀쩡한 인간들이 가득하다. 맞은편 유리창에는 정장 차림에 뿔테 안경을 쓴 내가 비쳐진다. 이건 또 무슨 일인가 싶어 의아해하는데 맹인 하나가 옆 칸에서 문을 열고 들어왔다.

가슴과 무릎에 두툼한 스펀지를 댄 반백의 노인은 행동 또한 입성 못지않게 괴이하다. 합장한 후에 무릎을 꿇고 이마와 팔과 다리가 땅에 닿도록 고개를 수그리는 것이 아닌가. 승객들의 시선이 집중된 가운데 노인은 손바닥을 하늘을 향해 높이 들어 올렸다. 이렇게 한 번 절을 마치고 나서 숨을 헐떡이며 일어난 노인은, 딱 한 발짝만 뗀 후에 다시 절을 반복했다. 노인은 라싸로 향하는 티베트의 승려처럼 오체투지를 하며 지하철 바닥을 기고 또 기었다.

나는 노인의 뒤를 따라 충정로역에서 내렸다. 기침을 하던 그에게 수돗물을 떠다 주자 앞을 보지 못하는 노인은 내가 선

곳에서 약간 비껴 선 방향을 향해 목례를 했다.

"이곳이 어딘지는 알고 계십니까, 왜 이러고 다니죠?"

뜻밖에도 노인의 입술에선 인간의 말이 흘러나왔다. 지금까지 내 말에 대꾸를 해준 사람은 아무도 없었다.

"아무리 많은 절을 해도 내 죄를 씻을 수 없다네."

나는 대화를 주고받을 수 있다는 기쁨에 들떠 두서없이 떠들어댔다. 당신과 나는 본체의 꿈속에 등장한 신기루일 뿐이라고. 이런 고행은 아무 의미가 없다고 말이다. 침묵을 지키던 노인은 한참 후에야 말문을 열었다.

"지상병(地上病)에 걸린 인간이 있단 소문은 들었지만 직접 대하기는 처음이군. 본체라고 믿는 삶이야말로 자네의 꿈이야. 아침마다 전철을 타고 회사에 출근하는 구식의 삶? 인간이 땅 위로 나가지 못한 지가 언젠데."

그는 지상병 환자는 꿈을 현실로 믿으며 전 세계와 인생을 지어낸다고, 놀랍게도 하나의 인격이 유지된다고, 다시 말해 이 병에 걸린 사람은 자기 망상 속에서 일종의 창조주라고 말했다.

"터널 속에서 자라는 이끼 중에 환각 성분이 함유된 게 있다네. 자네는 운 나쁘게 그 포자를 흡입했겠지. 이 병을 '이야기병'이라고도 하는데 그만큼 많은 얘기를 지어내기 때문이네. 꿈이 일관되게 이어지는 것으로 보아 꽤 중증이군."

이 가설은 충분히 설득력이 있고 매력적이다. 터널을 헤매다 보면 먼지로 콧속이 막힐 때가 없지 않기 때문이다. 그러나 내가 원한 답은 아니다.

"그렇다면 밖으로 나갈 방법은 없나요?"

노인은 구원만 빼고 모든 것을 말해줄 수 있는 예언자처럼 멍청한 웃음을 지었다.

"지상병 환자에겐 약도 없다더니 과연 그렇군. 어디가 '밖'이란 말인가?"

노인과 헤어진 후에도 나는 몇 명의 동행자를 더 만났다. 그러나 오체투지를 하던 노인을 제외하고 대화를 나눌 수 있는 사람은 없었다. 유명 인사들의 손만 모아 팔던 잡상인도, 객차 하나에 덧창까지 달고 자기 집처럼 꾸민 중년 여인도, 식인귀와 똑같은 모습이지만 눈동자를 가진 괴물도, 그 누구도 나에게 인간의 말을 들려주지 않았다.

나는 노인과의 대화가 꿈속에서 꾼 또 하나의 꿈이라고 생각했다.

10

스크랩이 끝나는 날이다. 신천 – 종합운동장 구간 공사가 끝나고 마침내 2호선이 복구되었다.

"레일은 금세 교체했습니다만 새 감시 장비를 설치하고 여러 차례 시운전을 거치는 등 안전 문제에 만전을 기하다 보니……"

안전모를 쓴 서울메트로 사장의 인터뷰가 다시 뉴스 첫머리를 장식했다. 결국 범인은 잡히지 않은 채 2호선은 예전의 모습으로 돌아갔다.

순환선이 복구될 즈음 내 생활도 풀리고 있었다. 관련 업무에 익숙해지자 내게도 많은 일이 쏟아졌는데, 이것이 내 고민의 돌파구가 됐다. 낮에는 일에 몰두해 정신없이 지내고 밤에는 할시온과 디아제팜이 가져다준 악몽 없는 잠 속에 빠졌기 때문이다.

N이 조금씩 내게 다가왔다. 내가 오너의 조카라는 사실을 눈치채고 접근하는 것이다. 셈속을 마친 여자의 유혹이 불쾌하진 않다. 상고를 졸업하고 10년 넘게 이 일을 해온 그녀는 그럭저럭 나와 어울리는 짝이다. 어쩌면 N은 내 '서울 가족'이 될지도 모른다.

가끔 반대 방향으로 달리는 두 대의 열차처럼 상반된 욕망이 솟구친다. 꿈속의 그가 부럽기도 하고 두렵기도 하다는 것. 집과 회사를 오가며 이 도시에 뿌리내리기 위해 애달캐달 살아가는 나에 비해 늘 새로운 공포와 싸우는 그의 삶은 얼마나 역동적인가? 이빨을 박아 넣을 때 가볍게 배어 나오는 핏물처럼 싱싱한 그 무엇이 내게는 결여돼 있다. 회계 업무란 성취가 적은 일이다. 성공과 실패의 폭이 좁고 육체적 모험

요소라곤 전혀 없다.

반대로 이런 생각을 하다 보면 머릿속에 경고음이 울리기도 한다. 지방에서 올라와 지금의 안정을 얻기까지 보잘것없는 내 모험 역시 힘겨웠다는 것과, 이 질서를 견고하게 유지해야 한다는 당위가 끊임없이 상기되기 때문이다.

N과 본격적으로 데이트를 해봐야겠다.

11

나는 영생이 지겨운 뱀파이어다. 태양 아래 타 죽기를 소망해도 이 세계에서 죽음은 내 손에 닿지 않는다. 주어진 것이라곤 불규칙하게 다니는 전동차와 어디서 튀어나올지 알 수 없는 식인귀, 어김없이 사라지는 동행인들뿐이다.

2호선 곳곳에는 내 은신처가 흩어져 있다. 여기서는 시공간의 복제가 너무 손쉬워서, 내가 대림역의 모래함을 비우고 은신처를 만들면 동시에 사당이나 합정역에도 똑같은 모래함이 생겨나곤 한다. 식인귀를 하나 죽이면 다른 역에서 비슷한 사체를 발견할 때도 있다. 하나의 행동이 가져오는 복수의 결과를 생각할 때 시간은 헤아릴 수 없이 불어나버린다. 동시에 벌어진 무수한 일들을 압축한다면 나의 하루가 본체에게는 5분이나 10분 정도에 불과할지도 모른다는 생각이 든다. 무엇보다 그는 내 생의 백분의 일도 기억하지 못한다. 나는 무의식으로 조종되는 인형에 불과하지만 이대로라면 순환선처럼 내 생도 반복될 것임을 알고 있다.

이곳을 탈출하려고 몇 번이나 시도했다. 당산철교를 건너며 선유도의 야경을 바라보다가 문득 유리를 깨고 강물로 뛰어들어야겠다는 생각이 들었다. 즉시 레버를 돌려 소화기를 꺼낸 나는 지상 구간이 나오자마자 유리창을 깨기 시작했다. 건대역부터 금이 간 유리는 강변을 지나 한강에 들어선 순간 요란한 소리를 내며 박살이 났다. 뻥 뚫린 창으로 강풍이 불어닥쳤다. 박살 난 유리 너머엔 무엇이 있었나?

아무것도 없었다! 한강 풍경은 사라지고 눈앞에는 다른 곳과 마찬가지로 콘크리트 터널만 펼쳐져 있을 뿐이었다. 유리에 비친 야경은 스크린에 투영된 영상 같은 것이었을 뿐, 지상 구간 같은 건 애초에 없던 것이다. 내 탈출 시도는 기만적인 공간의 얇은 막 하나만 찢은 것에 불과했다.

부질없는 짓이지만 굴을 뚫어보려고도 했다. 왕십리역 어디선가 청소용 사다리를 구한 후 대합실 위 천장을 계속 파보았다. 순환선 곳곳에, 그러니까 신당·방배·동대문운동장역에 비슷하게 파인 구멍이 났지만 어느 것도 나를 지상으로 데려다 주지 않았다.

나는 고통도 경험도 순환되는 이 세계가 증오스럽다. 탄성 좋은 고무 인형처럼 매번 순환선 어딘가에서 깨어나 괴상한 일들을 겪는 것에도 신물이 난다. 나는 직선을 원한다. 상황 속에 선택 없이 놓인 내가 싫고, 뫼비우스의 띠처럼 꼬여 있는 이 지겨운 여행을 종결짓고 싶다.

그는 이제 어떤 '동행자'도 내려보내지 않는다. 미워하거나 죄의식을 느끼는 존재가 하나도 없다는 것이 본체의 무력감을 입증한다. 반면 내 욕망은 점점 더 커지고 있다. 식인귀와 나의 차이점이 있다면 내게는 식욕 외에 탈출의 욕망이 있다는 것이다. 그에게 신호를 보내야겠다.

순환선을 끊어버려야겠다.

12

잠드는 것이 두렵다. 수면제 양을 늘려도 잠의 점성이 점점 떨어져 걸핏하면 순환선의 그를 바라보게 된다. 전에는 그가 나라고 생각했지만 지금은 너무 많이 변했다. 수염으로 뒤덮인 잿빛 얼굴에 갈라져 터진 손발로 터널을 기어다니는 그. 백태에 덮여 불투명하게 보이는 동공이 나를 응시할 때면 소름이 돋는다.

이제 결혼 날짜가 잡혔고 내 인생도 남들과 비슷한 틀을 차리는 중이다. 함께 밤을 보내고 난 아침에 N은 이렇게 물었다.

"잘 잤어요?"

그 흔한 인사말에 대꾸가 나오지 않았다. N을 안고 잠든 밤에도 나는 악몽을 면할 수가 없었으니 말이다.

요즘은 아예 잠들지 않으려고 노력 중이다. 밤잠을 줄이고 토막 잠을 자면 꿈이 진행되기도 전에 깊은 수면 속으로 빨려 들어가곤 했다. 그러기 위해 각성제를 꾸준히 복용했고, 커피 다섯 잔에 해열제를 한 알씩 넣어 먹기도 한다.

가끔씩 눈 뜬 채로 잠이 들고, 잠든 채로 일을 하는 것 같다. 꿈과 의식의 중간쯤에서 길을 잃으면 육신이 죽도록 피곤하다. 더 공포스러운 것은 가수면 어딘가에서 식인귀로 변한 그와 마주치는 일이다. 2호선도 복구된 마당이니 제발 끔찍한 악몽이 사라졌으면 좋겠다.

잠들지 않기 위해 복용량을 좀더 늘려야겠다.

13

레일을 절단했다. 놀라운 것은 이 일에 기시감이 느껴진다는 것이다. 내가 이런 짓을 한 적이 또 있던가? 아니면 그의 경험인 걸까?

성수역에서 뻗은 또 다른 2호선의 끝, 신설동 기지에서 금속 절단기를 손에 넣었다. 이것을 얻기 위해 수많은 식인귀를 죽여야 했다. 나는 열에 들떠 절단기를 들고 선로로 내려갔다.

심호흡을 하고 스위치를 올리자 금속 절단기는 요란한 소리를 내며 분수 모양의 불꽃을 일으켰다. 조금씩 잘려 나가는 레일을 보고 있으니, 전동차에 부딪히면서 레일에 얼굴이 으깨어졌던 여덟번째 동행자가 떠오른다. 여기에서 얼마나 많은 피를 보아왔던가? 공기를 불어넣는 환기팬 소리마저 내 행동을 응원하는 것처럼 들린다. 이 세계는 공회전을 멈출 때가 됐다.

레일을 30센티미터가량 잘라냈다. 다음번 전동차가 이곳에 이르면 전복 사고가 일어날 것이다.

절단된 레일은 아직도 뜨거웠다. 나는 승강장으로 올라가 식지 않은 쇠를 가슴에 품고 전동차가 오기를, 탈선한 전차가 화염에 휩싸여 선로 밖으로 튀어 나가기를, 그리하여 이 세계가 어떤 식으로든 전복되기를 기다린다.

14

N과의 결혼이 깨졌다. 나 때문이다. 내가 왜 그런 사고를 쳤는지 알 수 없다. 삼촌은 약봉지로 가득한 내 책상을 당장 비우라고 소리를 질렀다.

처음부터 공금에 손댈 생각은 아니었다. 여자들의 가방과 장신구가 그렇게 비싼 줄 몰랐을 뿐이다. N이 태아의 초음파

사진을 내밀 줄도 몰랐다. 아이의 눈썹도 나처럼 끝 부분이 흩어져 있을 것 같았다. 에스컬레이터 안쪽에서 살던 그 소년처럼. 생각이 여기에 이르면 N이 원하는 모든 것, 특히 아이에 관한 것은 당장 살 수밖에 없었다. 나에게 법인카드가 있고, 임신한 약혼자가 있고, 다음번과 그다음번 월급을 당겨서 쓸 수 있는 시스템이 있으니까.

그래서 몇 번 그렇게 했다. 한번 시작하자 처음의 껄끄러움이 마모되고 횟수 또한 잊혔다. 나중에는 2년치 연봉에 육박하는 돈에 손을 댔고 만회를 위해 퍼부은 단타성 펀드와 주식이 메울 수 없는 손실을 가져왔다. 세광화구가 세금 폭탄을 맞은 것처럼 나 역시 잘못의 몇 배를 배상해야 했다. 겨우 전세로 돌린 집의 보증금을 빼도 턱없이 부족한 액수다.

순식간에 서울에서 일군 모든 것이 사라졌고 나는 이 도시에 처음 발 디뎠을 때보다 더 가진 게 없다. 빚 독촉을 피해 종일 전철을 타고 헤매는 것이 지금의 내가 할 수 있는 유일한 일이다.

강남역을 지날 때 나는 불운의 시작이 순환선의 악몽이었음을 떠올렸다. 어디로도 갈 데가 없는 나를 두고 2호선이 계속 돌고 있다는 사실에 참을 수 없이 화가 치밀었다. 전철에서 내린 나는 충동이 시키는 대로 선로로 다가갔다.

"위험해요!"

역무원이 붙들지 않았다면 모든 것이 깨끗하게 끝났을 텐데. 나는 자살 미수자에게 쏟아지는 시선과 수군거림을 피해 승강장을 떠나 대합실로 올라갔다.

5번 출구는 멀쩡했다. 4번 출구도. 2번, 3번, 나머지 출구들도. 막힌 벽은 없다. 하지만 나갈 수 없다. 저 밖의 모든 거리와 건물을 훤히 꿰고 있다 해도 도시는 내게 환각이나 다름없다. 나는 대낮의 거리 속으로 나가는 대신, 그동안 모은 약을 한꺼번에 털어 넣었다.

깜박이는 형광등 불빛이 눈꺼풀 안으로 스며든다. 의자에 누운 채로 고개를 돌리자 기묘한 풍경이 펼쳐졌다. 눈을 감았다 뜨면 수많은 사람을 실은 전동차가 지나가고, 다시 감았다 뜨면 텅 빈 전동차가 지나가는 것이다. 눈을 깜박거릴 때마다 전철역은 같은 공간이되 전혀 다른 공간으로 변했다. 시각과 청각이 실타래처럼 헝클어지다가 점점 더 낱개로 쪼개져 혼돈스러웠다. 그때 텅 빈 역사(驛舍) 안으로 한 대의 전동차가 들어왔다.

그가 내렸다.

백내장 환자처럼 하얀 눈동자의 그가 내 앞에 서 있다.

이 모든 것은 약물이 주는 환각일 것이다. 나는 그렇게 생각했다. 그리고 그가 쏟아내는 말을 판독하기 위해 의식을 집중했다. 무언가 제안하고 나를 설득하는 말이었지만 알아들을 수 있는 단어는 단 하나였다. 바꾸자.

바꾸자. 바꾸자. 바꾸자…… 무디고 둔한 파장이 몸 밖으로 흘러나가 승강장 가득 메아리쳤다. 나는 천천히 고개를 끄덕였다.

15

눈을 뜨자마자 이 세계의 중력이 느껴졌다. 세계는 무거웠다. 걸음마다 납덩이처럼 묵직한 나 자신의 존재감이 느껴졌다.

손목시계가 채워진 손을 들어 지문을 자세히 들여다보았다. 떠나온 세계로 통하는 길이 그 속에 이어지기라도 한 것처럼.

꿈속의 유령 같던 나는 이 세계의 누구보다 현실적인 인간으로 다시 태어났다. 약물로 망가진 몸을 추스르고 엉망이 된 채무 관계와 인간관계를 청산했으며 무엇보다 전철이 다니지 않는 지방 소읍으로 거처를 옮겼다.

순환선에서 탈출한 지 3년 만에 그럭저럭 사람 꼴을 갖추게 된 것이다. 때때로 앞선 시간의 결과로 현재의 시간을 살고 있는 이 세계의 질서가 답답했지만 그도 적응했다.

그는 여전히 꿈속의 순환선에 머물러 있다. 나처럼 그도 인육을 먹음으로써 식인귀가 됐다. 가끔씩 내게 적대적인 인물을 선로로 던지거나 우걱우걱 씹어먹는 모습을 볼 수 있다. 살육 후에는 CCTV를 향해 웃는 사람처럼 나를 향해 웃음을 지었다. 윗입술이 없어 입을 다물 때조차 잇몸이 보였지만 전에 없는 활력이 흐르는 모습이다.

나는 이곳 여자와 결혼했고 장인의 설비 가게를 물려받아 가게를 꾸려나가고 있다. 건설 붐이 불면서 일은 한층 바빠졌다. 다섯 동짜리 빌라 공사의 독점권을 따내는 과정에서 나는 식인귀처럼 경쟁자들을 처리했다. 이따금 서울에 갈 일도 생기지만 트럭을 몰고 가기 때문에 전철을 탈 일은 별로 없다.

장인의 가게는 번창하고 있으며 나는 꿈에서조차 싱크대를 설치하거나 배관을 교체하곤 한다.

그러나 한순간도 긴장을 견디는 원천이 그에게 있음을 잊은 적이 없다. 언젠가 이 삶을 견딜 수 없는 날이 오면, 그리하여 다시 그와 거래를 한다면, 그는 내가 일군 이 울타리 안으로 돌아올 것이다. 이따금 눈을 감고 여섯 개나 여덟 개의 출구를 가진 지하도의 모습을 떠올리며 생침을 삼키는 것도 그 때문이다.

그때에도 순환선의 출구는 여전히 막혀 있을 것이다.

해설

허공의 만돌라

우찬제

1. 허공의 만화경

소설을 일러 현실을 비추는 거울에 비유했던 스탕달은, '1830년대의 연대기'라는 부제가 붙은 『적과 흑』에서 자기 시대의 현실을 반영하기 위해 애썼다. 그는 그 책에서 1830년 7월 혁명 직전 프랑스 왕정복고 시대의 정치적 연대기를 구성하면서 사회체제 전반의 변화상을 담아내고자 했다. 두말할 필요도 없이 스탕달에게 거울은 길 위의 현실을 비추는 기제였다. 스탕달 이후 많은 시간이 흐르면서, 작가들의 거울은 변화무쌍해졌다. 개성을 지닌 작가라면 누구나 저마다의 독특한 거울로 저마다의 소설적 대상으로서의 현실/비현실/초현실을 비추었다. 21세기 작가 김성중 또한 그녀만의 거울을 지녔다. 물론 그녀에게 거울은 하나가 아니다. 복수의 다채로운 거울이다. 나는 그것을 뭉뚱그려 '허공의 만화경'이라 부르고 싶다. 그녀는 길 위를 비추는 거울이 아니라 허공을 조망하는 다각적인 거울들을 독특하게 조작하고 있기 때문이다. 가령 「허공의 아이들」에서 소년과 소녀는 땅 위의 집이 아닌 허공의 집 거주자들이다. 거기서 생명은 허공으로 증발된다. 「그림자」에서 그림자를 떼고 붙이는 소녀의 비현실적인 공정은 허공에서 이루어진다. 「머리에 꽃을」에서 가장 아름다운 꽃은 허공에서 피어난다. 「순환선」에서는 지하의 허공, 「간」에서는 바닷속의 허공을 비춘다. 「버디」에서 "죽은 바다와 썩은 땅 사이에서 우리 셋은 허공으로 도약한다"(p. 117). 「내 의자를 돌려주세요」에서는 사물과 사람 사이의 허공에 대화창을 열어둔다. 이렇게 대부분의 소설에서 김성중의 기반 공간은 길이나 집이나 방이 아니다. 그렇다고 사이버 스페이스의 윈도도 아니다. 허, 공, 다름 아닌 허공이다. 허공에 때로는 자유롭게 때로는 위태롭게 만화경을 가설하고, 그 만화경에 비치는 것처럼 여겨지는 것들을 이야기로 짜맞춘다. 어쩌면 김성중은 소설이라는 이름으로 허공에서의 직소 퍼즐 놀이 혹은 '희한한 패치워크'를 하고 있는지도 모른다.

「내 의자를 돌려주세요」로 2008년 중앙신인문학상을 받으면서 등단한 김성중은 개성적인 상상력과 스타일로 2010년대

문학의 신선한 가능성을 열어온 작가로 주목받았다. 무엇보다 김성중은 삶과 세계에 대한 '또 다른 렌즈'을 지닌 작가다. 그것은 매우 역동적인 허공의 만화경이다. 허공에서 공허한 세계의 심연을 비추는 거울이다. 때로는 자질구레한 일상을 섬세하게 해부하기 위한 현미경 같기도 하지만, 더 많은 경우 현실 너머로 초현실 혹은 탈현실의 광활한 허공을 탈주하는 마법의 거울 같기도 하다. 때로는 현상을 일그러뜨리는 볼록렌즈나 오목렌즈처럼 변신의 거울이 되어 존재 성찰의 기제가 된다. 그녀의 다초점 만화경은 현실과 환상을 자유롭게 넘나들게 하는 활달한 상상의 창이다. 그것을 통해 작가는 견딜 수 없는 존재의 무거움을 가볍게, 참을 수 없는 존재의 가벼움을 무겁게 조망하는 흔치 않은 수완을 보인다. 「내 의자를 돌려주세요」나 「그림자」 등 여러 소설에서, 그녀는 환상적 전제를 바탕으로 경쾌하게 행동을 엮고 리드미컬하게 사건을 전개시킨다. 환상적으로 새로운 세계를 창설하면서, 동시에 기존의 세계를 해체하고, 있는 존재론을 반성적으로 성찰케 한다. 경쾌하게 탈주하는 김성중의 개성적인 문장들을 재미있게 따라 읽다가 독자들은 돌연 숙연해지는 경험을 하기도 하는데, 그녀의 소설에서 마냥 재미만 있는 가벼운 이야기만 보는 것이 아니라 존재의 심연으로 내려가는 상상의 깊이와 마주치기 때문이다.

 함께 확인하게 되겠지만, 김성중이 던지는 서사적 질문들은 대개 이런 것들이다. 첫째, 이 세상은 과연 살 만한 곳인가, 혹은 이 세상에서 우리는 무탈하게 살 수 있는가, 두려움과 불안을 자극하고 공포의 도가니로 몰아넣는 재난 상황에서도 세계의 길은 여전히 열릴 수 있단 말인가? 둘째, 나는 내 삶의 주인이 될 수 있는가, 혹은 나는 내 삶을 선택할 수 있는가, 나는 나의 그림자의 주인인가, 내 몸에 깃든 여러 자아는 누구의 것인가? 셋째, 분열되고 차단된 존재들끼리의 소통은 가능한가, 의식과 무의식, 현실과 꿈, 빛과 그림자, 나와 타인, 인간과 사물 사이의 진정한 소통은 가능한 것일까? 등등. 물론 이것들은 별개의 질문들일 수 없고 서로 연계되고 어우러진 것들이다. 특히 등단작「내 의자를 돌려주세요」이후 지속적인 관심사라고 볼 수 있는 진정한 소통에의 욕망은 김성중의 이야기하기 욕망의 핵심사이자 핵심적 질문에 육박한다. 진정한 소통을 위한 접점을 마련하고 그 거점이 될 공간의 체적을 넓히려 한 것이 그녀의 상상 도정이라고 말해도 크게 틀리지 않는다.

허공의 만화경을 통해 김성중은 허공의 만돌라mandorla를 서사적으로 기획한다. 김성중의 서사 상황은 대개 혼돈과 질서를 넘나든다. 그야말로 카오스모스다. 이런 카오스모스 상황에서 만돌라는 만다라와 비슷하게 나름의 치유 효과를 보일 수 있다고 얘기된다. 만돌라는 아몬드 모양인데, 그 형상은 대극처럼 여겨졌던 두 원이 겹쳐지면서 형성된다. 반대와 반대가 섞이고 중첩되는 가운데 새로운 화학 반응처럼 분열된 세계를 치유하고 통합하는 효과를 보인다는 것이다. 그러니까 김성중은 허공의 만화경을 통해 허공의 카니발과 허공의 비가를 중첩적으로 구성하면서, 분열적이고 대극적인 것들의 소통과 치유를 위한 만돌라 서사에 관심이 많은 작가처럼 보인다. 다채롭고 흥미로운 이야기를 통해 세계의 심연을 탐사하면서 진정한 소통의 가능성을 탐문하는 김성중의 소설쓰기가, 매 순간 활달한 탐색의 도정으로 구성되는 것도 만돌라 기획과 관련된다. 그러나 그것은 매우 위험한 것이기도 하다. 마치 아주 높은 허공에서 외줄을 타는 것처럼 하염없는 추락의 가능성이 매 순간 존재하기 때문이다.

2. 세계 파국의 불안과 재난의 상상력

김성중의 시점자가 허공의 만화경으로 위태롭게 허공을 응시하는 것은 세계 파국의 불안 때문이다. 불안의 신호는 전천후로 온다. 「허공의 아이들」이나 「그림자」「머리에 꽃을」「순환선」 등 여러 소설에서 기본적인 서사 마디는 재난이거나 그것에 준하는 상황에서 이루어진다. 「허공의 아이들」에서라면 속절없이 땅이 무너지고 있기에 최후의 집은 허공에 가설될 수밖에 없다. 「순환선」에서는 지상으로 올라가는 모든 출구가 막혀 있다.「머리에 꽃을」의 경우 불모의 땅과 불임의 몸이 극단적으로 문제된다.「그림자」에서는 그림자가 바뀌어 아비 규환이다. 이런 재난 상황에서 존재의 둥지는 훼절되고, 일상의 리듬은 균열된다. 존재감은 증발되고, 생명은 살림의 지평을 알지 못한다. 불안은 들끓고 공포는 극화된다.「허공의 아이들」에서처럼 "병도, 사고도, 살인도 없"(p. 14)이 생명이 소멸되기도 하거니와,「머리에 꽃을」에서는 갑자기 대부분의 사람들이 탈모를 겪고 머리에 꽃이 생겨나는 기형적인 상황에 처하기도 한다.

「허공의 아이들」은 땅의 몰락 이야기다. 땅이 서서히 무너지고, 사람들의 생명은 증발하고 만다. 처음에는 허공의 계단부터 시작되었다.

> 집으로 들어간 소녀는 반복적인 일상의 리듬이 미묘하게 흐트러진 것을 알아차렸다. 소녀는 고개를 갸웃거리며 다시 밖으로 나왔는데 평소와 달리 네 개의 계단이 아닌 다섯 개의 계단을, 그러니까 마지막에는 보이지 않는 허공의 계단을 내려온 것을 깨달았다. 집이 떠 있어요! 소녀가 집과 땅 사이에 한 뼘쯤 생겨난 빈 공간을 쳐다보며 큰 소리로 부모님을 불렀다. 평소에도 존재감이 적은 아버지는 그날따라 모습이 희미해 보였다. 즉각 눈치채지 못했지만 소녀의 부모는 점점 투명해지는 중이었다. 세상의 다른 모든 사람들과 마찬가지로. (p. 13)

집과 땅 사이의 틈은 점점 더 벌어진다. 허공의 계단은 그 높이와 개수가 점증한다. 그럴수록 허공의 아이들의 불안 증세는 심해진다. 소녀의 꿈속에서 소녀를 위협하는 '시드'는 "이 세상을 거두고 다른 세상을 건축하려는 신"(p. 20)으로 환기된다. 이 신과 맞서고 "땅의 몰락에 대항하"(p. 21)기에 소녀는 너무 무력하다. "거센 빗줄기에 토사가 빠르게 씻겨나가자 막연했던 불안이 또렷한 형상으로 변했다"(pp. 22~23). 허공의 계단이 높아질수록 아이들은 땅에 남아 있는 것과 허공에서 살아가는 것 가운데 하나를 선택해야 했다. 양쪽 어디나 위험하기는 마찬가지였다. 지상은 언제 무너질지 모른다. 그렇다고 허공을 택한다면 곧 지상과의 소통이 끊어지고 고립될 것이다. 소년과 소녀는 결국 허공을 택하지만, 소녀의 몸은 빠르게 투명해진다. 해와 달이 된 옛이야기와는 달리 신은 허공의 소년, 소녀에게 그 어떤 동아줄도 내려주지 않는다. 아이들이 "허공의 금빛 무덤들"(p. 25)이라 부른 허공의 집에서 다만 투명해질 따름이다. 허공에서도 아이들의 성장은 멈추지 않는다. 이런 상황에서 작가는 의미심장한 질문을 던진다. "사라지는 세계에서 성장하는 것은 무슨 의미가 있을까?"

식사를 반으로 줄였는데도 소년의 키는 계속 자라났다. 재앙이 시작된 이래 소년의 키는 8센티미터가 넘게 컸다. 멸망 직전의 세계에서도 소년의 성장판은 닫히지 않았고, 소녀는 달거리를 거르지 않았다. 성장은 그들에게 통조림의 계산법을 요구했고 유희의 수준과 정도까지 간섭했다. 그래 봐야 소년은 노동할 곳이 없고 소녀에게는 아이를 낳을 세계가 사라졌는데 말이다. 때문에 소녀는 한 가지의 커다란 질문을, 반쯤 저버린 신에게 물어야 했다. 사라지는 세계에서 성장하는 것은 무슨 의미가 있을까? (p. 26)

바로 이 대목이 이 소설의 중핵적인 메시지를 환기한다. 그러니까 i) 소년이 노동하고 소녀가 아이를 낳을 세계가 사라지고 있다; ii) 그럼에도 성장은 멈추지 않는다; iii) 사라지는 세계에서 성장하는 것은 무슨 의미가 있을까? 이렇게 세 문장으로 요약될 수 있는 이야기가 바로 소설 「허공의 아이들」이다. 더 흥미로운 것은 이 소설의 끝에서 작가가 이와 같은 공상적인 이야기의 현실 맥락을 환기하고 있다는 사실이다. 마지막 장면에서 소년은 마지막 땅이 무너지는 소리에 겹쳐지는 또 다른 소리를 듣는다. 그 소리에 대해 서술자가 "뼈가 자라는 소리였다"라고 덧붙이는 것으로 소설은 끝난다. 결국 무엇인가. 성장통에 대한 이야기가 아닌가. 성장을 위한 혹은 성장 과정에서의 육체적·정신적 고통의 이야기 말이다. 특히 미래 희망이 소진되고 청년들의 일자리가 거의 봉인되

다시피 하고 새로운 기약은 거듭 차연되는 극단적인 불안의 상황에서 아이를 낳는다는 것은 무슨 의미이고, 낳아진 아이가 자란다는 것은 무슨 의미겠는가. 아주 뼈아픈 질문의 방식이 아닐 수 없다. 희망이 봉인되다 못해 세계 파국의 불안이 가중되는 반성장 시대의 성장통 이야기가 바로「허공의 아이들」이다.

「허공의 아이들」에서 소녀는 결국 투명해지다 못해 소년만 남겨둔 채 증발해버렸다. 그렇지 않았다고 하더라도 제대로 생명을 유지·재생산할 수 있으리라는 가망을 지니기 난망하다.「머리에 꽃을」에서 화원의 안주인 수하일라가 그런 여성이다. 그녀가 살고 있는 도시에 갑작스럽게 어처구니없는 재난이 닥쳤다. 어느 겨울에 대부분의 사람들이 급탈모 현상으로 대머리가 되더니, 다음 해 봄에 사람들의 머리에 갖가지 꽃이 피기 시작한다. 그러면서 꽃의 등급에 따라 사람의 우열이 전도되는 차마 웃기 어려운 사태가 발생한다. 그런 와중에 수하일라의 머리에 꽃이 피지 않는다. 평생 자식을 낳아보지도 못했던 그녀였기에, 자기 머리에 꽃이 피지 않는 일 또한 받아들이기 어렵다. "저는 평생도록 자식을 가져보지 못했어요…… 그런 제게 남들은 다 피워 올리는 꽃 한 송이 허락되지 않는 건 너무 잔인하지 않은가요? 불모의 땅, 어떤 생명도 틔울 수 없는 쓸모없는 황무지, 그게 저예요. 저는 이런 조롱을 참을 수가 없어요……"(pp. 222~23). 이런 재난 상황에서 황무지 의식은 재난을 더욱 가중시킨다. "기이하고도 잔혹한 연쇄살인"(p. 222)을 통해 신에게 복수를 감행하기 때문이다. 결국 그녀는 식물학자인 얀센에게 모든 사실을 고백하고 목숨을 끊는다. 죽음 후에 그녀의 머리에는 매우 희귀하고 아름다운 꽃이 피어난다. "이 마을 최고의 꽃은 죽은 여자에게서 피어나 이제 막 시들기 시작한 눈앞의 황금 꽃이라는 것이다"(p. 227).

이렇게 김성중은 세상의 표면적 풍요와 환락의 심연에서 절망적인 재난의 예후와 머잖아 파국의 위험에 직면할지도 모를 세계의 위기 상황에 대한 징후 읽기에 매우 민감하다. 그것에 민감하면 민감할수록 불안은 가중되고 혼돈의 거품은 배가된다. 그리고 악몽에 시달리는 빈도 또한 늘어나기 마련이다. 「허공의 아이들」에서 소녀도 그랬지만, 김성중이 그린 대부분의 인물들은 악몽으로부터 자유롭지 못하다.

3. 악몽과 혼돈의 카니발

어쩌면 「허공의 아이들」은 "뼈가 자라는 소리였다"라는 마지막 문장과 등가를 형성하는 소설이다. 바로 이 문장에 기술된 소리에서 발상을 얻어, 이 문장을 쓰기 위해 그 많은 이야기 다발을 풀어놓은 셈이다. 달리 말하면, 그 성장통의 소리를 듣다가 잠든 소년이 꾼 악몽의 이야기인지도 모른다. 자신의 악몽 안에서 다시 소녀의 악몽 속으로 들어가는 중층적 악몽의 이야기 말이다. 첫 소설집에 수록된 대부분의 소설에서 작가는 악몽/꿈 모티프를 구조적이고 주제적인 층위에서 적극적으로 활용하는 모습을 보인다. 「순환선」에서는 아예 "나는 악몽이다"라고 분명히 선언한다. "내가 태어난다. 누군가의 꿈속에서. 나는 악몽이다. 악몽이 스스로 생각할 수 있다니, 기이한 일이다. 이 꿈에서 나는 남자의 모습을 하고 있다. 꿈에서 그런 것은 저절로 알게 되는 법이다"(p. 263).

마치 악몽이 주인공 행세를 하는 것처럼 보이기도 하는 「순환선」은, 서울의 많은 서민들이 이용하는 2호선 선로 절단 사고를 배경으로 하여, 지상의 현실 세계와 지하의 환상 세계 혹은 악몽 같은 꿈 세계 사이의 대비와 혼효를 기축으로 하고 있다. 세무사 사무실에 근무하는 주인공은 어느 날 밤 악몽에 사로잡힌다. 지하철 역사에 정전 사고가 일어나고 출구 여덟 곳이 모두 막혀버려 암담한 상황이 되는 끔찍한 꿈이다. 이런 악몽에서 깨어 안도의 한숨을 내쉬고 출근하는데, 자신이 이용하는 지하철 2호선 전 구간 운행 중단이라는 소식에 망연자실하게 된다. 이 순간부터 그는 지하철 사고에 관심을 기울이는데, 그 관심은 악몽을 통한 지하 세계 여정과도 통한다. 지상의 현실 세계에서 그는 평범한 소시민이다. 집과 회사, 그리고 회사 업무를 위해 수강하는 학원을 순환하는 삶을 반복하는 게 그의 일상이다. 섣불리 다른 삶에의 희망을 지닐 수도 없고, 반복 순환하는 일상의 궤도를 벗어나 상승하는 수직선에의 꿈을 꿀 수도 없다. 희망의 봉인, 그것이 출구가 막히는 악몽으로 인화된 것이 아닐까 싶다. "**이곳의 모든 출구는 막혀 있지.** 아무리 발버둥 쳐도 밖으로 나갈 방법은 없다. 순환선의 다른 역들과 마찬가지로"(p. 264). 그 악몽 이후 순환선 사고를 경험한 그는 이제 다른 순환 행로에 들어선다. 현실 세계에서 순환선을 이용하지 못하는 대신에 가상의 순환 채널에 휘둘리게 되었기 때문이다. "순환선은 더 이상 순환하지 않는다. 아니다. 순환선은 내 꿈속에서 미칠 듯이 순환한다. 나는 두 세계를 순환한다. 궤도를 이탈한 전동차처럼"(p. 278). 현실의 장과 꿈(악몽)의 장을 교차 반복하는 구성을 취하고 있는 이 소설에서, 현실의 장의 주인공은 순환선 선로 사고로 순환하지 않지만, 꿈의 장에서는 악몽으로 순환하게 되며, 현실과 꿈의 순환 반복 또한 문제된다. 악몽으로 점철되는 꿈의 장에서 주인공의 행위와 의식은 보다 문제적이다. "탈혼망아(脫魂忘我)의 잠 속"(p. 284)에서 극단적인 자기 정체성의 혼돈을 겪기 때문이다. 그는 종종 비몽사몽간에 "**또 꿈속이구나**"라고 중얼거리는데, 그러는 주체에 대해 알지 못한다. "나인가, 그인가? 나는 내 '본체'에 대해, 그러니까 매일 밤 악몽을 생산하는 그에 대해 아는 것이 없다. 내가 겪는 일이 현실의 그와 어떤 고리를 가졌는지도 모른다.

짐작하는 것이라곤 그가 공포와 분노를 원한다는 것. 나를 둘러싼 세계의 적대감이 그걸 말해준다"(p. 269). 요컨대 나와 그, 나와 내 본체로 분열되어 있다. 그는 내 악몽을 생산하는 본체이다. "나는 본체의 꿈속에 등장한 신기루일 뿐이"(p. 286)다. 그런데 그는 공포와 분노를 욕망한다. 그 때문에 나를 둘러싼 세계는 식인귀들과의 대결로 이루어져 있다. 그런 악몽 속에서 나는 속절없는 뱀파이어 놀이를 하고 있다. 악몽은 그치지 않고 순환을 계속한다. 때때로 지하 세계의 악순환이라는 악몽을 끊고 지상으로 올라가고 싶어 한다. "나도 밖으로 나갈 수 있을까?"(p. 276)

나는 고통도 경험도 순환되는 이 세계가 증오스럽다. 탄성 좋은 고무 인형처럼 매번 순환선 어딘가에서 깨어나 괴상한 일들을 겪는 것에도 신물이 난다. 나는 직선을 원한다. 상황 속에 선택 없이 놓인 내가 싫고, 뫼비우스의 띠처럼 꼬여 있는 이 지겨운 여행을 종결짓고 싶다.

그는 이제 어떤 '동행자'도 내려보내지 않는다. 미워하거나 죄의식을 느끼는 존재가 하나도 없다는 것이 본체의 무력감을 입증한다. 반면 내 욕망은 점점 더 커지고 있다. 식인귀와 나의 차이점이 있다면 내게는 식욕 외에 탈출의 욕망이 있다는 것이다. 그에게 신호를 보내야겠다.

순환선을 끊어버려야겠다.

하지만 그 악순환의 고리를 끊을 방도가 없다. 이런 주인공에게 지하 세계의 노인은 '지상병(地上病)'이라고 말한다. 주인공은 뱀파이어 놀이에 휘둘릴 수밖에 없는 지하 세계는 꿈일 뿐이므로, 언젠가는 밖으로 나가 지상에서 자기 현실을 살고 싶은 욕망을 보였다. 그러나 노인은 그 반대라고 말한다. "본체라고 믿는 삶이야말로 자네의 꿈이야. 아침마다 전철을 타고 회사에 출근하는 구식의 삶? 인간이 땅 위로 나가지 못한 지가 언젠데"(p. 286). 무릇 그 악몽의 정도가 심할수록, 이게 꿈이었구나, 라고 인지하는 순간 안도의 한숨은 깊어지게 마련이다. 주인공은 이건 꿈일 거야, 라고 하지만 노인은 아니라며 꿈과 현실의 전도를 언급하는 것이다. 이럴 때 주인공의 불안과 공포, 분노와 적의는 깊어질 수밖에 없다. 그런 가운데 지상 세계의 주인공은 회사 동료 N과의 미래를 위해 공금을 유용하다가 들통 나 회사에서 쫓겨나고 N과도 파혼하기에 이른다. 지상 세계든 지하 세계든, 그러니까 현실에서든 꿈에서든, 주인공은 자기 욕망과는 다른 방향의 세계에서 살고 있는 셈이다. 그러니까 이런 핵문의 생성은 차라리 자연스럽다. "이 세계가 어떤 식으로든 전복되기를 기다린다"(p. 293). 그러나 이런 욕망은 실현으로, 지평으로 나아가지 못하고 전복되기 일쑤다. 삶의 속절없는 역설이라고나 할까. 소설의 뒷부분에서 악몽에서 깨어난 주인공은 순환선이 다니지 않는 소도시에서 소시민적인 삶을 살아간다. 그러나 이것이 그가 소망하던 전복적 삶의 풍경일 리 만무하다. 그러니 어느 곳에서도 전복은 없었다. 현실에서도, 꿈에서도…… 다시, 전복은 없다. 그러니 전복되기를 기다린다는 이 소설의 핵문은 여전히 유효하다.

  이렇게 뭔가 전복되기를 소망하지만, 여전히 반복 순환하는 세상에서 평균 수명이 길어졌을 때, 긴 노년의 순환선은 어찌 될 것인가를 고민한 소설이 바로 「버디」이다. 평균 수명이 140세로 늘어난 미래에 여든이 넘은 우울한 나와 한쪽 눈이 불구인 아나키스트 버디, 그리고 평균 수명의 절반 수준에서 곧 생명을 마치게 될 여인 R, 이렇게 두 남성과 한 여성의 기이한 동거 무대를 배경으로 사건이 전개된다. "단지 추락을 윤색하기 위한 환상이 필요했던 것이 아닐까? 그러나 R은 늘 말한다. 네가 좋아. 너의 무기력한 다정함을 사랑해. 우리는 서로에게 몸을 빌려주는데, 영혼이 비어 있는 육체만 얻을 수 있을 뿐이다. 버디가 나와 R처럼 절망하지 않는 것, 자기 공상에만 집중하는 것이 위태로운 관계의 유일한 균형추다. 우정과 애증이 멋대로 튀어나오는 순간 때문에 우리는 점점 젊어진다"(pp. 104~05). 동성애와 이성애, 양성애 그리고 애정과 우정의 방향이 뒤죽박죽인 셋의 "위태로운 관계"는 매우 혼돈스러운 질서를 유지할 따름이다. 특히 "새로운 상황이면 뭐든 흡수하지 않고는 못 배기는 사람"인 버디는 이 소설의 초점 인물로서 전복과 탈주를 지향하는 인물이다. "어제와 다른 일이 벌어진다면 무턱대고 환영이었다"(p. 112). 이런 버디는 물론, 일상이 지루하고 우울한 나 역시 무탈한 것을 싫어한다. "아무 탈이 없다는 뜻이지만 어떤 가면도 쓰지 않고 살아간다는 말 같거든. 즉 끔찍하게 단조로운 시간이란 뜻이지"(p. 100). 평균 수명 연장으로 인해 경제 활동 이후의 시간이 많이 늘어난 상황에서의 단조로움과 지루함, 권태감, 피해 의식 등이 이들로 하여금 실버 갱이나 노인 테러리스트 활동에 나서게 한다. 길어진 노년기의 권태와 맞서는 폭력과 혼돈의 비가를 그린 「버디」는, 죽음을 대비할 시간이 지루할 정도로 길어진 시대의 역설적 악몽을 환기한다. 평균 수명의 연장으로 인해 늘어난 삶의 시간이 정녕 인간의 의미 있는 시간이 될 수 있는지, 그것을 위해서는 무엇을 준비해야 하는지 하는 인류의 당면 과제와 맞씨름하려 한 작가의 의도가 보인다.

「게발선인장」도 그런 맥락에서 관심을 끈다. 지방 대학에 진학한 관찰자는 성경과 마르크스를 동시에 읽던 초년생 무렵, 자기가 세든 집이 일주교라는 사이비 종교의 본산임을 알게 된다. 교주 1인과 신도 1인만 남아 있는 기형적인 이 일주교의 흥망성쇠를 탐문하는 과정에서 믿음과 불신 사이의 역설을 체험하고 나름의 성장을 모색하는 이야기다. 현실에서 온갖 고난과 역경을 거듭하던 한 사내는 일련의 신비 체험을 거쳐 교주로 떠받들어지면서 말씀을 통해 홍행 가도를 달리다가, 교통사고를 분기점으로 하여 급격한 내리막길을 걷는다. 결국 할머니 한 사람만 신도로 남게 된다. 그녀의 믿음은 너무나 깊고 확실했다. "이단의 가지에서 저 혼자 피어난 꽃이 뿌리가 시들어도 도무지 질 생각을 안 하"(p. 145)는 그녀의 믿음과 행동 앞에서 관찰자는 혼란스러운 심정을 금치 못한다. 교주 노인이 보기에도 그녀는 "자신이 만들어낸 괴물이었지만 자신을 넘어서는 괴물이었다. 너무나 완고하게 너그러운 그녀. 어떤 의심으로도 어지러워지지 않고 어떤 악감정으로도 흐트러지지 않은 채 빛나는 선함. 무시무시한 선함. 신의 자리에서 내려와 인간의 길로 가지 못하도록 고통을 안겨주는 선함"(p. 145)이었다. 그러나 사이비 교주는 끝내 그녀를 배반한다. 재개발 사업의 와중에 할머니 명의의 집을 사업자들에게 넘기고 받은 돈을 챙겨 달아난 것이다. 이렇게 "배덕의 결과물을 가지고 그는 범부의 삶으로 망명해버"(p. 150)렸지만 문제는 할머니였다. "내리기를 완강히 거부한 기차가 마침내 종착역에 도달했는데 천국은커녕 사방이 황량한 불모의 땅이나 다름없는 형국이었"(p. 151)기 때문이다. 이와 같이 말씀이 토대를 구축하는 사이비 교주의 홍행과, 토대가 말씀을 구축하는 사이비 교주의 사기 행각을, 복합 렌즈로 포착한 소설이 「게발선인장」이다. 홍미와 가독성, 서사적 설득력을 두루 갖춘 가작이거니와, 탈난 인간 현장의 심층을 투사하는 눈길이 어지간하다.

「게발선인장」에서 종갓집 며느리였던 할머니는 자식을 잃은 후 일주교에 빠져 집에서 내쫓긴 인물이다. 결국 일주교에서도 교주의 배덕으로 내쫓긴 신세가 되었다. 더하여 자기 집마저 사기당하고 말았으니 오갈 데도 없는 처지가 된 것이다. 물심양면에 걸쳐 엄청난 상처를 지니게 된 이런 사연은 비단 그녀 한 사람에서 그치지 않을 터이다. 「버디」의 에피소드 중에 R이 들려주는 이야기가 있다. 어느 우유부단한 귀족 남자가 자기를 보살피는 하녀와 이웃집 처녀를 희미하게 좋아한다. 어느 날 모친상을 당한 하녀가 자기 집으로 돌아가야 한다며 무심했던 남자를 원망하자, 남자는 하녀에게 청혼을 한다. 하녀는 기뻐하지만 그를 믿을 수 없었기에 그냥 사라진다. 그래서 이웃집 처녀와 결혼해서 '무탈'하게 살지만 그 '무탈'한 것이 남자에게는 지독한 상처가 된다. 하녀에 대한 남자의 사랑을 알고 있는 아내의 노련함이 조종해온 "끔찍하게 단조로운 시간"으로 인해 생긴 상처이다. 그러나 상처를 입은 자가 어디 남자뿐이겠는가. 남자는 아내를 노련하다고 했지만 그렇다고 그녀에게 상처가 없을 수는 없는 일. 그 상처의 심연으로 내려가본 소설이 바로 「개그맨」이다. 이 작품의 주인공은 한 개그맨과 사랑했지만, 사랑 없는 남편과 결혼해 14년을 무탈하게 산다. "그와 사별했을 때 눈물이 많이 났지만, 그건 다른 옹이를 가슴에 지닌 채 충실한 아내 노릇을 했던 내가 가증스러웠기 때문이다"(pp. 76~77). 자신이 능동적으로 선택하지 않은 삶을 나름대로 충실하게 운영해왔지만 그게 그녀에게는 상처였던 것이다. 이렇게 가고 싶은 길이 아닌, 어쩌다가 어떤 인생길에 접어들어 그러구러 걸어온 사람들은 가지 않은 길에 대한 상처가 깊은 법이다. 그래서 지난 삶은 가능하면 지우려 애쓰기도 한다. 옛 애인인 개그맨의 사망 소식을 듣고 달려간 미국에서 만난 "괴짜와 아웃사이더"(p. 88) 같은 사람들도 대개 그런 상처를 지닌 인물이다. 그들은 개그맨에 대해 이렇게 말한다. "그는 1권이 없는 책 같았지요. 어떻게 살아왔는지는 통 말하지 않더군요"(p. 81). 「버디」에서 귀족 남자가 그랬듯이, 「개그맨」에서 여자는 자기가 정녕 사랑하는 사람을 선택하지 않고 다른 삶을 살았다. 그 결과 시간과 인생을 낭비한 것 같은 상처를 가지게 된다. "나는 인생이 낭비되어버린 것을, 어떤 선택지에도 동그라미를 치지 않으려고 발버둥치는 동안 이곳의 누구보다 외롭고 비참해져 있는 것을 깨달았다"(p. 90). 때로는 악몽으로 인해, 때로는 선택의 불가능성이나 비능동성으로 인해 상처받은 내면의 고통과 심리적 혼돈의 궤적을, 작가 김성중은 다채로운 겹무늬로 형상화하고 있는 셈이다.

4. 만돌라의 상상력과 치유 가능성

그래서 「간」에서는 조금 다른 방식으로, 그러니까 우화적으로 상처와 치유에 관한 이야기를 전개한다. 옛이야기 「토끼전」을 그녀만의 방식으로 패러디한 이 소설에서 작가는 슬픔 속으로 깊게 서사적 그물을 드리운다. 거북이 토끼의 간을 구하는 것은 거기에 "상처랄까 트라우마랄까…… 이런 게"(p. 240) 붙어 있다고 용궁에서 생각하기 때문이다. "간은 치유와 재생의 장기입니다. 육(肉)의 눈으로 보면 몸의 독소를 해독하는 장기지만 영(靈)의 눈으로 보면 상처와 슬픔을 치유하는 곳이죠. 심장이 사랑을 알려주고 위장이 사회성을 담당하는 것과 마찬가지로 간장은 슬픔을 해독합니다. 놀라운 것은 당신 종족입니다. 대부분의 슬픔은 강력한 효소로 녹이지만 무의식 속에서 끝내 녹지 않는 상처는 통째로 간에 넣어두더군요. 많은 동물 중에 오직 토끼만이 이렇게 상처를 저장해둔다는 사실을 용궁의 과학자들이 밝혀냈습니다"(pp. 240~41). 용왕이 그 슬픔과 상처를 일용할 양식으로 하여 연명한다며 상처 있는 간들을 구한다는 설정을 하고 있다. 거북들이 세계 도처에서 상처 많은 토끼들을 구해 경연을 거쳐 가장 상처가 깊은 토끼를 선정하여 용왕께 바치는 형식이다. 이런 우화 같은 이야기에 작가는 현실 맥락을 슬그머니 끼워 넣는다. "정신을 차려보니 방세는 몇 달째 밀려 있고 카드까지 막혔지만 이상한 오기 때문에 손 놓고 파국만 기다리는 상황이었다. 거북이 준 계약금으로 급한 불을 끄고 나니 정말 간이라도 팔 수 있을 것 같았다"(p. 241). 바로 경제적 형편이 어려워 불가피하게 장기 매매에 나설 수밖에 없는 사람들의 깊은 상처와 관련짓는 것이다. 이런 지점에서 우리는 김성중의 소설이 우화나 공상의 포즈를 활달하게 취하면서도 현실의 시대적 맥락에 다양한 방식으로 관여하려는 산문 정신의 흔적을 지니고 있음을 발견하게 된다. 그녀의 상상력은 허공 높이, 바다 깊이 탈주하지만, 그럼에도 뒷발은 땅에 맞닿아 있는 페가수스를 연상케 한다.

「그림자」는 상처로 얼룩져 탈난 인간의 무의식과 더욱 역동적인 대화를 시도한 문제작이다. "난시의 눈으로 세상을 보면 사물에 겹쳐 있는 또 하나의 상을 만날 수 있다"(p. 37)는 문장으로 시작되는 이 소설에서 우리는 일단 '보다'와 관련한 서사 문제에 동참하게 된다. 그것도 인식론과 존재론의 문제가 복합적으로 얽히고설켜 있는 문제이다. 왜곡되고 전도된 그림자들로 인해 혼돈의 도가니가 된 초현실적인 섬으로, 작가는 우리를 안내한다. 가령, 등이 심하게 굽은 팔십 노파의 발밑에 긴 생머리에 허리가 꼿꼿한 처녀의 그림자가 붙어 있는 식이다. 목사의 그림자를 지닌 살인범은 기도를 하고, 연쇄 살인범의 그림자를 뒤집어쓴 사람은 자신도 모르는 사이에 살인 행각을 저지른다. 또는 아예 그림자를 지니지 못한 사람들도 있다. 이와 같이 "뒤바뀐 빛의 사생아들"(p. 40)로 인해 빛과 어둠은, 존재와 그림자는, 질서를 알지 못하고 혼돈으로 치닫는다. 이런 혼돈을 틈타 여러 일탈 행동 내지 파격 행동 들이 연출된다. 또 혼돈을 거두어 질서를 회복하겠다는 각종 사이비 행각들도 넘실댄다.

 '정체를 알 수 없는 그림자들이 춤추는 한낮의 거리에 나서는 일은 위험하다. 그것은 살아 있는 유령 속으로, 그 자신이 유령이 되어 걷는 것이다. 언제 핸들을 꺾을지 모를 운전자와 눈이 먼 간호사, 네발로 기어 다니며 사람들을 물어뜯는 목사와 마약에 취한 공무원들의 거리를 배회하다가는 영영 집으로 돌아오지 못할 수도 있다. 이제 상식의 보호 서클이 깨지고 보이지 않는 틈새로 비이성의 광기가 숨어들었다. 존재의 수동적인 추격자였던 그림자가 거꾸로 존재를 넘어뜨리고 그 위에 자신의 위엄을 드러낸 것이다.
 섬사람들에게 찬사를 받던 태양은 외로운 신이 되고 말았다. 추방당한 신은 창문마다 배교의 표식처럼 드리워진 검은 천을 핥으며 쓸쓸히 뜨고 졌다. 빛은 백색 공포가 됐고 하늘에서 떨어지는 덫으로 변했다. 함부로 거리를 나서는 자들은 어김없이 그 덫에 걸려 가족과 친구들을 잊었다……'

존재자가 제 그림자를 지니지 못한다는 것, 이 문제적 지점에 대한 신예 작가의 도전이 도저하다. 근대 이후 세속적 자아의 추구를 위해 방치되었던 그림자, 이성 중심 사회에서 억압되었던 무의식의 영역에 섬세한 관심의 촉수를 펼치면서, 전체성 혹은 전일성을 상실한 채 부분성 내지 파편성에 시달리는 동시대인의 풍경을 일종의 알레고리로 보여준 것이라 하겠다.

굳이 칼 구스타프 융에 기대지 않더라도 삶의 균형을 위해서 현대인들은 자신의 그림자를 대면하고 이를 통합하는 과정이 필요하다. 그런데 대부분의 현대인들은 그림자를 방치한 채 살아가기 일쑤다. 그 극단적 결과를 희화한 것이 이 섬의 풍경이다. 그림자가 전도되어 아수라장이 된 이 섬에서, 그림자를 찾아주는 "기적의 소녀"의 행동이 전경화되는 것은 차라리 자연스럽다. 소녀는 뒤바뀐 그림자를 찾아주는 기적을 펼친다. 놀라운 신비 체험은, 그러나 양가적이다. 정상적인 그림자를 되찾아준다는 점에서는 전일성을 향한 값진 노력이지만, 그 결과가 종종 존재의 비극적 국면을 환기한다는 점에서 전일성을 향한 도정의 대가 또한 만만치 않다. 그것은 어쩌면 존재 그 자체의 역설이기도 하다. 긍정적인 것과 부정적인 것, 희극적인 것과 비극적인 것, 행복한 것과 불행한 것, 선과 악, 빛과 어둠, 평안과 불안이 서로 얽히고설켜 있는 존재 그 자체의 불가해한 역설 말이다. 혼돈과 질서를 넘나드는 이 카오스모스적인 상황에서 만돌라는 나름의 치유 효과를 보인다. 대극적인 것들이 스미고 중첩적으로 짜이는 가운데 새로운 화학 반응처럼 분열된 세계를 치유하고 통합하는 효과를 보인다는 것이 바로 만돌라이다. 그런 맥락에서 "기적의 소녀"는 일종의 만돌라의 메타포로 보인다. 물론 현실에서 만돌라는 완벽하게 구현되기 어렵다. 자아와 그림자가 통합되어 전일성을 확보하는 일이 그리 쉽겠는가. 잃어버린 자아, 혹은 잃어버린 그림자를 찾는 것이 어디 말처럼 쉽겠는가. 하여 소설의 결미에서 소녀는 군중들로부터 오히려 불신의 대상이 되고, 불신과 불안 혹은 공포의 분위기는 고조된다. 그리고 겨우 되찾았던 그림자는 어둠과 광기 속에 휩싸이고 만다. 그럼에도 불안의 존재론을 성찰하면서 만돌라의 치유 가능성을 모색했다는 점에서 김성중의 「그림자」는 매우 의미심장한 주제적 효과를 발산한다. 더 인상적인 것은 만돌라 주제와 만돌라 스타일을 중첩적으로 구성한 서사 전략이다. 인물 구성(쌍둥이 자매), 자아의 담론과 그림자의 담론 사이의 중첩, 빛의 언어와 그림자의 언어 사이의 중첩, 현실과 환상의 중첩 등을 통해 만돌라의 수사적 효과를 극화하려 했다. 이런 대극적인 것들의 중첩과 융합으로 인해 김성중의 서사적 허공은 공허를 넘어선다. 아니 매우 역동적인 에너지로 허공을 춤추게 한다.

5. 허공의 소설 쓰기와 가능세계의 확장

「그림자」에서 여러 층의 그림자, 혹은 다양한 그림자로의 변신 양상은, 매우 심각한 상황이다. 한 세계가 속절없이 파국을 맞이하고 새로운 세계는 아직 도래할 기미도 보이지 않는 그런 혼돈의 상황처럼 말이다. 그럼에도 작가는 특유의 위트와 유머로 경쾌한 리듬을 유지한다. 이미 살펴보았듯이 김성중은 슬픔이나 상처에 대한 인문학적 관심이 많은 작가이다. 그런데 따지고 보면 슬픔이나 상처에 깊은 그물을 드리우지 않는 작가가 또 어디 있으랴. 그것들을 다루는 방식에서 개성을 보여야 할 것이다. 이때 김성중은 전혀 눅진하지 않은 경쾌한 방식을 택한다. 김성중만의 위트와 유머를 통해 역동적인 텍스트 효과를 표출한다. 그렇다는 것은 이미 그녀의 등단작 「내 의자를 돌려주세요」에서부터 확인 가능하다. 어떻게 보면 이 소설은 매우 단순하다. 무생물 주체인 의자에게 말이라는 기호를 능동적으로 부여한 일종의 탈현실적 의인체소설이다. 여기서 의자는 보는 자, 경험하는 자에서 말하는 자에 이르기까지 능동적인 커뮤니케이션을 수행한다. 그에 반해 주인공은 단지 의자의 말을 받아 치는 타자수에 불과한 존재로 얘기된다. 그러니까 의자에 앉는 여러 사람을 중첩적으로 보고 체험하고 그 결과를 전달할 수 있는 역할을 의자가 해주는 것이다. 의자들은 "자신을 개성적인 고독을 지닌 견자(見者), 즉 세상을 끝없이 바라봄으로써 비밀을 꿰뚫는 존재라고 생각했다. 그리고 자신이 본 세상에 대해서 지구가 끝나는 날까지 떠들고 싶어 했다"(p. 158). 이런 그들의 소원인 "진솔한 대화"에 응하는 '나'는 "타자수"에 불과하다.

이렇게 "타자수"를 자임할 수 있는 것은, 김성중이 세상에 존재하는 것들은 물론 존재하지 않는 것들과의 감각적인 대화나 상상적인 소통을 위한 남다른 수고를 하고 있는 작가이기 때문이다. 이런 교감, 대화, 소통은 서사적 가능세계의 확장과 심화로 이어진다. 우리가 앞에서도 확인할 수 있었듯이, 김성중은 그 누구보다도 인공적인 가능세계의 확장에 관심이 많은 작가다. 현실과 환상을 넘나들고, 사실과 허구를 가로지르며, 순수 상상의 환영과 패러디 사이를 교란하고 있는 것도 사실 가능세계의 확장이라는 서사 전략과 일맥상통한다고 보아도 좋다. 그 결과, 김성중의 소설은 하나의 소설이 아니라 복수로 분산하는 가능 담론들로 이루어져 있다. 그만큼 다양한 의미망들로 중첩되어 있기에 다양한 징후 독법이 가능하다는 말이다. 의자의 경험과 말, 소망과 상처에서부터 공상적인 그림자의 교란과 치유의 이야기까지 다채로운 레퍼토리로, 다채로운 이야기를 펼치면서, 다채로운 방식으로 가능세계를 확장하고 있는데, 이렇게 조성된 가능세계들은 매우 역동적인 것이어서 어떤 맥락에서 대화하느냐에 따라 다른 방식의 소통 지평이 탄력적으로 형성될 수 있다. 그렇다는 것은 기본적으로 김성중의 거울이 허공의 만화경을 닮았기 때문이고, 또 그 만화경들이 복합적으로 중첩되면서 다각적인 만돌라 효과를 낳는 것과도 관련된다. 그것이 바로 김성중이 구상하는 허공의 만돌라 효과이다. 그녀의 허공은 일종의 탈현실의 공간이다. 여러 소설에서 김성중의 서술자들은 시간적으로나 공간적으로 매우 자유롭게 탈주하는 모습을 보인다. 특정한 시간대에 특정한 공간에서만 이루어질 수 있는 이야기보다는 역동적으로 시간과 공간을 초극하는 모습을 연출한다. 그렇다고 해서 현실의 시간과 공간을 초월하여 초현실의 지평으로 완전히 이륙하는 것도 아니다. 이를 탈시간성, 탈공간성에 기초한 탈현실성이라고 부르면 어떨까. 이런 탈현실성을 위한 기제가 바로 허공의 만화경이다. 김성중의 그 거울은 현실적인 것과 현실을 넘어선 것을 중첩적으로 비춘다. 현실의 표면과 심연 및 현실 너머까지 중층적으로 투사한다. 그러면서 불안한 상처의 심연에서 치유의 가능성을 길어내고, 차단된 관계에서 소통의 실마리를 발견해내고, 닫힌 현실에서 전복적 탈주를 통한 신생의 지평을 모색한다. 김성중의 허공의 만돌라는 그런 점에서 인상적이다. 이제 그 허공에서 어떤 새로운 궁리를 할지 궁금하다. 옛 선사들이 말했다. 허공의 백척간두까지 오르는 일은 그리 어렵지 않다. 문제는 백척간두에서 허허롭게 한 걸음 내딛는 일이다. 바로 백척간두에서 진일

보! 그 순간 허공의 만돌라는 매우 이채로운 효과를 새롭게 발하게 될 것이다.

작가의 말

 수요일 오후, 텅 빈 카페에 앉아 전에 써놓은 〈작가의 말〉을 다 지웠다. 누군가에게 보여줄 수 없을 만큼 비장한 글이었기 때문이다. 새 노트를 펼치고 있으려니 문득 기이하고 아득하다. 그리고 비현실적이다. 세상에, 내가 첫 소설집에 들어갈 〈작가의 말〉을 쓰고 있다니!

 내 인생에서 가장 신기한 일은 내가 소설을 쓰기 시작했다는 것이다. 대학에서 문예창작을 전공했지만 한 번도 글재주로 주목받아본 적이 없는 나였다. 항상 오만한 독자였지만, 작가는 특수한 다른 종족이라고만 생각했다.
 그러다 서른두 살부터 다시 소설을 썼다. 구립도서관까지

자전거를 타고 가서, 좋아하는 자리에 앉아 공상에 잠기는 행복한 시간이었다. 습작은 별로 진전이 없었고 노트북을 켜놓은 채 남의 글만 잔뜩 읽다 돌아오곤 했다. 어쩌다 쓴 글 중에는 책 뒤에 들어갈 〈작가의 말〉 즉, 지금 이 글을 당겨 쓴 것도 있는데 한밤중에 벌떡 일어나 소리를 지르고 싶을 만큼 낯부끄러운 글이다.

비슷한 것으로 편지들이 있다. 몇 개의 습작을 부러뜨리고 나서 실의에 빠진 채, 내 첫 소설에게 보내는 편지였다. '언젠가 올 너를 기다리고 있어……' 연서에나 들어갈 문구로 빼곡한 글이었다. 소설을 써야 할 시간에 소설에게 편지나 쓰고 있으니, 도무지 진도가 나갈 리 없었다.

그때는 전혀 글을 쓸 줄 몰랐고, 이야기를 만들어낼 줄은 더더구나 몰랐기 때문에 낙서밖에 할 수 없었다. 격한 감정이 밀려올 때, 어떤 '원석'을 발견할지도 모른다는 기대감에 충전되어 있을 때, 그 감정의 정체를 몰라 '뮤즈' 운운할 때, 나는 늘 근사한 첫 문장을 고대했다. 뭔가로 가득 차 있지만 어떻게 터뜨려야 할지 몰라 내버려두는 고름처럼, 그렇게 끙끙거리며 날마다 문장 타령만 했다. 2년 후에야 겨우 마침표를 찍은 첫 소설(도서관 생활을 수기처럼 옮긴 터라 부끄러움이 컸다)로 등단을 했다.

힘겹게 첫 소설을 끝냈더니 그다음부터 신기한 일이 벌어졌다. 놀랍게도 이야기를 만들어내는 것이 가능해진 것이다!

신호등 앞에 가만히 서 있기만 해도 이야기의 입자가 저절로 달라붙었다. 느닷없이 소설과 나 사이에 회로가 생겨 전류가 흐르는 느낌이었다. 첫번째 소설이 내게 행한 마법이었다.

그다음부터 진정한 문제가 발생했다. 근사한 얘기들이 밀려들었는데, 그걸 제대로 받아 적을 필력이 한참이나 모자랐다. 등단할 때 당선 소감에 '물러설 수 없는 사각의 링' 운운했는데, 막상 링에 올라와보니 정신없이 쏟아지는 펀치는 다름 아닌 나 자신의 부족함이었다. 두번째, 세번째, 작품이 쌓일 때마다 곤죽이 되도록 나에게 얻어맞았다. 독자인 내가 작가인 내게 분통을 터뜨렸는데, 비난의 요체는 멋진 이야기를 왜 이렇게밖에 못 쓰느냐는 것이었다.

물론 내 원단이 순면이나 순모가 아닌 폴리에스테르나 아크릴 따위인 것은 익히 알고 있었다. 문재(文才)가 없으니 정전기라도 일으켜보겠다는 게 내 씩씩한 낙관의 근거였다. 그러나 이런 유의 괴로움—소재도 있고, 어떻게 접근해야 하는지도 알고, 강렬한 문장이 어느 순간에 폭발해야 하는지도 훤히 꿰고 있는데 막상 써놓고 보면 머릿속의 소설과 멀어도 한참이나 먼—이 반복되자 다시금 소설에게 편지를 써대기 시작했다. 이 글의 몸통이 될 내용은 사실 내 소설들에게 보내는 미안함과 반성문이다.

현재까지 내가 처한 곤란은 이렇다. 흥미로운 이야기라면 열 개든 스무 개든 만들어내겠는데, 그걸 잘 살려내지 못하는 것이다. 거칠고 조악한 글에 이야기들이 얹혀 있는 모습은…… 무지막지한 벽돌로 성급하게 쌓아 이야기를 가둬놓은 것 같았다.

그렇다. 매일매일 벽돌을 구웠지만 예쁜 장밋빛 벽돌은 얻지 못했다. 모처럼 내게 온 이야기들, 세상 곳곳에 빛처럼 바람처럼 떠다니다 운 나쁘게 나에게 수신된 이야기들이 다른 곳으로 흘러가지 못하도록 허둥지둥 쌓은 아홉 개의 감옥, 그것이 내 첫번째 창작집이다.

곰곰이 생각해보니 이런 곤란은 당연한 수순이었다. 한두 해 죽자고 덤벼서 해결될 일도 아니었다. 머릿속의 소설이 종이 위의 소설보다 완벽한 것은 당연하다. 아직 언어의 터널을 통과하기 전이니까. 그러나 굴착기의 시간이 도래하면 사건은 점점 생기를 잃어가면서 딱 내 수준만큼의 모습만 드러냈다.

이제 나는 세상 어디에나 멋진 이야기들이 떠다닌다는 것을 알고 있고, 대단한 작가일수록 이야기를 가둔 벽돌의 색이 옅어진다는 것을, 옅어지다 못해 투명해지기도 한다는 것을, 그리하여 사막 한가운데 신기루처럼 홀연히 독자 앞에 이야기를 펼쳐 보인다는 것을 깨달았다. 내 문학의 영웅들이 투명한 벽돌을 얻을 때까지 걸었을 여정을 생각하면 참으로 아득하다.

(역시나 소설이 아닌 글을 쓰면 대책 없이 솔직해진다. 이 글도 앞선 글과 마찬가지로 파기해버리고 4줄짜리 작가의 말이나 짤막한 콩트를 쓸까 하다가 너무 태연한 척하는 것 같아 관뒀다. 더 부끄러워지기 전에 글을 정리해야겠다.)

 엄마에게 드리는 감사 인사만은 생략할 수 없다. 어릴 때는 세상 엄마들이 다 우리 엄마 같은 줄 알았는데, 커서 보니 아니었다. 서른이 넘도록 자리 잡지 못한 딸에게 심지어 잔소리도 별로 안 한 우리 엄마. 변함없이 다정한 엄마의 지지가 없었다면 이렇듯 열렬히 절망하고, 또 씩씩할 수 없었을 것이다. 우리 엄마를 엄마로 만나서, 나는 겨우 작가가 됐다.

 그리고 내 노트북에 등을 대준 무수한 탁자들 중에서도 특히 연희창작촌 203호 책상에게 고맙다. 그곳에서 세 편이나 만지작거렸으니 이 책의 3분의 1은 녀석에게 빚진 셈이다.

 문학과지성사 편집부 식구들, 해설을 써주신 우찬제 선생님과 유약한 작가를 잘 끌어준 편집자 필균, 근사한 표지를 만들어주신 김현우 씨에게도 감사드린다. 인생의 첫번째 책에 연루된 사람들이니 평생 동안(무섭죠?) 잊지 않을 테다.

마지막으로 이 책을 읽어준 독자들에게 감사하고 싶다. 내 글에 나 외에 다른 독자가 생기는 건 여전히 어색하지만, 여기까지 읽어준 당신들에게 고맙다는 말을 꼭 전하고 싶다. 솔직히 '독자'라는 존재는 좀 두렵지만…… 이제 막 내 언어로 된 세계의 지도를 그려나가기 시작한 풋내기 작가니까, 다음 소설에서 신대륙을 발견할지 누가 아는가? 그러니까 첫 책의 독자가 되어준 분들은 계속 내 글을 읽어주셨으면 좋겠다. 하하.

 여기까지다. 수수하고 솔직한 글을 쓰려던 것이, 수다하고 장황한 글이 되고 말았다. 온도가 뜨거운 소설을 쓰겠다는 결심을 내려놓고 이 글을 마친다.

2011년 가을
김성중

수록 작품 발표 지면

허공의 아이들　『창작과비평』 2010년 겨울호

그림자　『현대문학』 2009년 4월호

개그맨　〈문장웹진〉 2009년 4월호

버디　『자음과모음』 2010년 가을호

게발선인장　『문학과사회』 2010년 여름호

내 의자를 돌려주세요　『중앙일보』 2008년 9월 18일자

머리에 꽃을　『한국문학』 2010년 겨울호

간　『한국소설』 2009년 5월호

순환선　『문학동네』 2009년 겨울호